中國語言文字研究輯刊

十 六 編

許 學 仁 主編

第 **1** 冊

《說文解字》與經典文獻
常用字詞比較研究（上）

王 世 豪 著

花木蘭文化事業有限公司

國家圖書館出版品預行編目資料

《說文解字》與經典文獻常用字詞比較研究（上）／王世豪
著 -- 初版 -- 新北市：花木蘭文化事業有限公司，2019〔民
108〕
目 4+234 面；21×29.7 公分
（中國語言文字研究輯刊 十六編；第 1 冊）
ISBN 978-986-485-691-6（精裝）
1. 說文解字 2. 研究考訂
802.08   108001138

ISBN-978-986-485-691-6

中國語言文字研究輯刊
十六編　　第一冊　　　　ISBN：978-986-485-691-6

《說文解字》與經典文獻常用字詞比較研究（上）

作　　者　王世豪
主　　編　許學仁
總 編 輯　杜潔祥
副總編輯　楊嘉樂
編　　輯　許郁翎、王　筑　美術編輯　陳逸婷
出　　版　花木蘭文化事業有限公司
發 行 人　高小娟
聯絡地址　235 新北市中和區中安街七二號十三樓
　　　　　電話：02-2923-1455／傳眞：02-2923-1452
網　　址　http://www.huamulan.tw 信箱 hml810518@gmail.com
印　　刷　普羅文化出版廣告事業
初　　版　2019 年 3 月
全書字數　303694 字
定　　價　十六編 10 冊（精裝）　台幣 28,000 元

《十六編》總目

編輯部編

《中國語言文字研究輯刊》第十六編
出版序言

許學仁

　　《中國語言文字研究輯刊》之刊行，旨在適時體現當前海內外中國語言文字研究之新視角，共饗學術研究之新成果，原由許錟輝教授擔任主編，主持編務，前已發行十五編，一百三十餘冊，廣為學界見重取資。惟錟師於去歲因病辭世，年前潔祥兄委以編務之賡續，既懷錟師之殷殷垂教，敢不全力以赴，承攬編務，但期不忘先生初衷，不辱摯友託負之雅意耳。

　　本編分「說文學研究」、「古文字研究」、「詞語研究」及「古代音韻研究」四個專輯，收錄凡四類七種十冊。

　　說文學研究有：王世豪「《說文解字》與經典文獻常用字詞比較研究」，王君比勘《說文》與經典文獻常用字詞之相關材料，探析漢代與歷時常用詞彙用字，及其核心詞詞義系統，可供漢代常用字詞整理及辭書編纂之憑參。

　　古文字研究二種，有：葉正渤「武成時期銅器銘文與語言研究」，為西周銅器銘文之斷代研究，葉君於武成時期銅器詳作考釋，務求文義允當，並深入探究鑄銘體例及篇章結構特徵、文字構形及體態特點、新字及新詞意涵。又林宛臻「《上海博物館藏戰國楚竹書（五）、（六）》疑難字研究」，林君綰合前輩學者研究所獲，聚焦於《上博五》、《上博六》中具爭議而待考訂之「疑難字」，務求確定文字形構，推勘簡文辭例，尋繹詞義確詁，解決釋讀疑竇。

「詞語研究」二種，有：吳佳樺「古漢語名詞轉動詞研究」，吳君研究植基於認知框架，採雙向策略以探討古漢語名動轉化過程中，論證詞彙意義之建構歷程。既將動詞所涉及之論元結構，以事件框架概念加以呈現，依動詞凸顯之框架視角，詮解詞彙的語意轉變。復以事物屬性結構爲基礎，釐析名詞取用屬性結構中相關語意面向，藉由轉喻策略而生成不同的動詞意涵。又甘小明「概念場詞彙系統及其演變研究——以《朱子語類》爲中心」，甘君以《朱子語類》中涉及「運動、狀態、評價」凡十九個概念場詞彙系統及其演變爲切入點，納入漢語詞彙史研究框架，考察既以單詞爲中心的「點」式研究，及歷時爲中心的「線」式研究；更以「點、線」式爲研究基礎，繼以概念場爲結構框架，結合共時描寫和歷時演變，融貫語言本體研究和認知理論研究，拓宇爲「面」式研究。藉以探討概念表達和詞彙系統，體現在語言中的「一詞多義」及「一義多詞」等演變軌跡。

古代音韻研究二種，有：彭靜「明傳奇用韻研究」，彭君採擷明隆慶至明末六十部明傳奇一萬五千多支曲子用韻，參照《中原音韻》，系聯韻腳，統整韻部，詳考明傳奇與南戲用韻之異同，得知明傳奇之用韻，既承南戲之用韻，又受宋詞用韻之影響。復結合現代吳語方言，闡述明傳奇用韻中所謂「雜韻」「犯韻」現象，適足反映明代蘇州話之特點，及其他方言現象用韻。又徐從權「王力上古音學說研究」，王力先生致力上古音研究，長達六十年，徐君以動態語言視角，分從上古聲母、韻母及聲調研究，考察王力先生早、中、晚期上古音研究建構歷程。於上古聲母研究，將上古聲母由四十一類而定爲三十三類。對複輔音說則持愼重態度，堅持「日母不歸泥」等多所發明。於上古韻部研究，提出脂微分部之說，主張「一部一主元音」，中期構擬陰、陽、入三分體系，從傳統韻部系統研究提升至韻母系統研究。於聲調研究，則承段玉裁「古無去聲說」，並將音長引入上古聲調，改造段說，形成上古聲調新說。

本輯撰述之作者學養俱豐，於漢語言文字發展軌跡中，語言文字、聲韻方言、詞彙語義諸面向，披沙揀金，多所觀照，開拓研究視野，開展研究方法，融古鑄新，後出轉精。復梓在即，爰綴數語如上。

國立東華大學中文系榮譽教授　許學仁謹識

《中國語言文字研究輯刊》
十六編 書目

《中國語言文字研究輯刊》十六編
各書作者簡介・提要・目次

第一、二冊　《說文解字》與經典文獻常用字詞比較研究

作者簡介

　　王世豪，臺灣臺中人。臺灣師範大學國文研究所博士。就讀東吳大學中文研究所，師從許錟輝先生研習文字訓詁及尚書史傳之學。以「《說文解字》與經典文獻常用字詞比較研究」獲文學博士學位。

　　研究領域以歷代字書、語言文字訓詁學與經學、文獻學爲主，兼及辭典編纂、字樣學。

　　曾任教於東吳大學、中原大學、雲林科技大學、臺灣海洋大學等校，目前爲臺灣師範大學共同教育委員會國文組約聘教師、中原大學通識教育中心兼任助理教授，擔任國文、文學經典閱讀等博雅通識課程之講席。

提　要

　　本論文以「《說文解字》與經典文獻常用字詞比較研究」爲題，針對東漢許愼編纂的辭典——說文解字》本身的常用字詞之內部性質與類型進行研究，並且和漢代當時通行的經典文獻以及字辭書的常用字詞分別從詞義和字形進行比較分析。

　　第一章緒論部分，重新審視、討論訓詁學在漢字、漢語研究的地位與價值，並且從《說文解字》出發，從詞彙學的角度研究其在語言史上的價值。說明本文將依據的研究學理，以及藉由對《說文解字》與經典文獻常用字詞的比較研究，求諸形義之本然與派生，作爲詞典編輯時義項分析、形音義結構字樣辨似之依憑。

　　第二章則以「常用字詞」與《說文解字》之常用字詞的性質界定為主題，分述詞彙學上的常用字詞與基本詞、核心詞等的異同，並評述歷來常用字詞之研究，劃分類型，最後針對《說文解字》與經典文獻之常用字詞相關的材料及研究進行分析討論，作為開展本論題之研究基礎與背景。

　　第三章旨在探討《說文解字》部首義類的劃分以及部首字的常用訓釋字詞與部首字義的關係，並且依照語原關係，聚合《說文解字》裡字義相近且又具聲音關係的字群，歸納出一百種義類，然後分析每一義類的字群中的訓釋字詞，整理出二百多個最常用的訓釋常用字詞。以此為比較分析的基本範圍，與其他學者歸納出的核心詞彙進行比較，然後分析該字詞彼此間之關係以及語義場的流動與演變。最後則就常用字詞中同源性質所產生的複合構詞現象進行析論。

　　第四章旨在討論《說文解字》與漢代經典文獻常用字詞的內涵性質之異同。首先分析辭典訓詁和經典注釋的字詞型態，比較辭典訓詁的代表——《說文解字》與經典注釋的代表——《爾雅》在常用字詞訓解方法與內容上的承襲與演變。最後以漢代經書註解與史書引用先秦經典文獻的翻譯常用詞彙加上經典常用虛詞為參照對象，就其詞彙的字形與詞義與《說文解字》常用字詞進行共時的比較，以探索漢代常用通行詞彙之使用面貌。

　　第五章則延續前兩章對於《說文解字》常用字詞的討論，取材漢代字辭書與簡帛碑刻作為比較觀察對象，考察《說文解字》所使用之常用字詞在漢代童蒙識字教材、字辭書與民間通用詞彙所反映的情形。透過《說文解字》與童蒙字書如《急就篇》與簡帛碑刻用字的比較，試圖探究許慎釋形和漢人書寫使用之字形的面貌；透過與《方言》訓釋用詞的比較，旨在考索漢代通用常語的使用情形與演變狀況；透過和《釋名》聲訓詞的比較，意在分析漢代對事物名稱與日常用詞訓釋的差異，綜合以上之研究作為整理漢代常用字詞之憑參。

　　第六章結論則綜述本論文之研究心得，討論《說文解字》常用字詞與漢語常用詞彙的關係及研究價值，並闡述本論題未來延伸研究之面向，為「漢代常用詞彙用字和詞義系統」與「歷時常用詞彙用字」之研究建立研究基礎。

目　次

上　冊

凡　例

第三冊　武成時期銅器銘文與語言研究

作者簡介

　　葉正渤，江蘇省響水縣人，教授，文學碩士。1988 年 6 月陝西師範大學中文系漢語史專業碩士研究生畢業，獲文學碩士學位。畢業後赴雲南師範大學中文系任教，講師。1995 年 2 月調入徐州師範學院中文系任教，1997 年 7 月晉升爲副教授，2003 年 8 月晉升爲教授，碩士研究生導師。主要從事古代漢語、古文字學、古漢語詞彙學和先秦兩漢文獻教學與研究。是國家哲學社會科學基金項目通訊評審專家、成果鑒定專家。江蘇省社科優秀成果獎評審專家。臺灣中央研究院歷史語言研究所訪問學者。主持國家哲學社會科學基金項目一項，後期資助項目一項，教育部人文社科基金項目一項，江蘇省社科基金項目一項，江蘇省高校人文社科基金項目二項，江蘇省高校古籍整理研究項目二項。發表學術論文、譯文 100 餘篇，參加《中國書院辭典》的編寫，和李永延先生合著《商周青銅器銘文簡論》（1998，1999 年獲江蘇省社科優秀成果評選三等獎），另著《漢字部首學》（2001）、《漢字與中國古代文化》（2003）、《金文月相紀時法研究》（2005，2008 年獲江蘇省高校社科成果評選二等獎）、《上古漢語詞彙研究》（2007）、《葉玉森甲骨學論著整理與研究》（2008，2011 年獲江蘇省第十一屆哲學社會科學優秀成果評選二等獎）、《金文標準器銘文綜合研究》（2010，2012 年獲江蘇省高校社科成果評選三等獎），點校朱駿聲《尚書古注便讀》（2013），《金文四要素銘文考釋與研究》（2015，2016 年獲江蘇省第十四屆哲學社會科學優秀成果評選三等獎），《古代語言文字學論著序跋選編》（合著，2015），《金文曆朔研究》（2016），《〈殷虛書契後篇〉考釋》（2018）。

提　要

　　《武成時期銅器銘文與語言研究》是一部對西周武王成王（含周公攝政）時期鑄造的銅器銘文和語言文字進行研究的專書。研究內容既包括對武成時期所鑄銅器銘文的體例、特徵做分析總結，也對武成時期銘文作考釋，並對武成時期金文文字特點作分析總結，還包括對武成時期所出現的金文新字與新語詞作分析探討，盡可能作出正確的解析。論著共分五章：第一章相關研究背景回顧，第二章武成時期銅器銘文考釋，第三章武成時期銅器銘文的特點，第四章武成時期金文文字特點，第五章武成時期新字、新語詞探析。在以上五個方面論著都取得了預期的研究成果。

目　次

第四冊　《上海博物館藏戰國楚竹書（五）、（六）》疑難字研究

作者簡介

林宛臻，師大國文系、師大國文碩士班畢業，現職爲高中國文教師。著有單篇期刊論文〈《說文》古籀文來源的性質及年代試探〉（《中國語文》614 期，2008.08）、〈金文「鑄」字異體探析〉（《中國語文》619 期，2009.01）等。

提　要

《上海博物館藏戰國楚竹書（五）》（簡稱《上博五》）及《上海博物館藏戰國楚竹書（六）》（簡稱《上博六》）分別於 2005 年 12 月及 2008 年 12 月出版。原書中諸位整理者已經做了相當有貢獻的初步考釋工作，但是部分內容存在著爭議性，在釋讀上仍有困難。

本論文的寫作焦點擺在對《上博五》、《上博六》其中具有爭議性的「疑難字」進行探討。本文寫作步驟：首先蒐集該疑難字的相關研究材料，例如前輩學者的討論，字形歷時材料的蒐集與比對，在確認字形結構之後，同時配合聲韻、訓詁的研究方法，進一步解決疑難字在簡文中的釋讀問題，而疑難字若非僅出現於《上博五》、《上博六》者，以見樹又見林的原則，在行有餘力的情況下，筆者也試圖去推勘疑難字在其他材料上的辭例意義，以便更全面性的瞭解疑難字在文獻學中的歷史定位。

而本文的寫作大綱如下：

第一章爲「緒論」，分爲三節，依序說明「研究動機與目的」、「文獻回顧與探討」、「研究方法與步驟」三個部分。

第二章爲「疑難字分釋」，總括七個相關疑難字在字形、字音、字義的相關問題，並將個別疑難字回歸文本，說明其在原始材料上的用法。分別爲釋「市」、釋「逴」（歡）、釋「嗇」（戴）、釋「宜」、釋「湆」（沈）、「醻」（酖）、釋「 」（簪？從？）、釋「忱」等七節。

第三章爲「結論」，首先綜述研究成果，其次說明研究困境與限制，最後說明未來展望。

目　次

第五冊　古漢語名詞轉動詞研究

作者簡介

吳佳樺，台灣師範大學華語文教學研究所碩士，中正大學語言所博士。曾任二林高中國文教師、海外華裔青年語文研習班華語教師、哈佛大學北京書院暑期語言教師，現職斗六高中國文教師。研究領域以認知語意學、古漢語教學、華語教學為主，尤以漢語的語意轉變現象為關注焦點。

提　要

本文以認知框架的概念探討名動轉變過程中詞彙意義的建構。分析古漢語名詞轉動詞現象主要從三方面著手：一、從句法結構探討動詞選擇的論元和名動轉變的語意類型；二、從事件框架和參與者的互動，分析動詞的語意轉變現象；三、從語意認知策略推論名詞如何產生動詞意義。句法結構的分析幫助我們建立動詞所呈現的事件框架，而事件框架中的參與者能夠幫助我們進一步推導名詞到動詞的語意建構過程。

根據語料呈現，同一名詞可能產生不同的動詞意義。以戰爭框架和醫療框架為例：名詞「軍」具有「駐紮軍隊、駐紮、以軍隊攻打、組編」等動詞意義；

名詞「兵」具有「以兵器砍殺、拿取兵器、以軍隊進攻」等動詞意義；名詞「藥」可描述「用藥敷塗、使～服藥、服藥、治療、用藥治療」等動詞意義；而名詞「醫」則具有「擔任醫生、治療」等動詞意義。我們無法單憑動詞的句法分布決定動詞意義，必須進一步討論動詞所選用的論元限制。

因此，本文嘗試將動詞所涉及的論元結構，以事件框架的概念加以呈現，根據動詞所凸顯的框架視角進一步解釋詞彙的語意轉變現象。我們發現，動詞意義轉變在於框架中不同認知視角的選取，當事件框架中相關的參與者被凸顯，動詞所描述的事件關係即隨之改變。例如動詞「兵 V1」除了凸顯呈現在表面結構的參與者「部屬」和「敵軍」外，也將併入到動詞中的參與者「兵器」一併凸顯，構成「以兵器砍殺」的事件關係。

本文的第三個議題是探討名詞轉變為動詞的語意建構過程。文中以事物的屬性結構為基礎，分析名詞如何取用屬性結構中相關的語意面向，藉由轉喻策略（Metonymy）產生不同的動詞意義。我們發現，名詞轉變為動詞在意義上受到不同事件框架影響，敘述者會根據框架中所突顯的參與者，取用名詞屬性結構中和該事件相關的語意面向，藉由「部分代表整體」的轉喻策略描述和參與者相關的事件關係，產生動詞的用法和意義，是屬於同一屬性結構中的概念映攝。這解釋了名詞為何能產生不同的動詞意義，動詞所描述的事件關係會隨著事件情境與框架視角的改變有所微調，大多不是辭典中已約定俗成的詞條定義。

由此可知，縱使詞類轉變的意義多變，但建構在語言背後的認知框架卻極為相似。如果從人類認知事物的角度出發，藉由事件框架的概念輔助理解動詞的語意轉變現象，可以使古漢語學習者更有系統地掌握名動轉變所描述的事件關係。

目　次

第六、七冊　概念場詞彙系統及其演變研究──以《朱子語類》爲中心

作者簡介

甘小明，女，1980 年生，安徽太湖人，文學博士。2006 至 2009 年於安徽師範大學文學院攻讀碩士學位，師從曹小雲、儲泰松兩位教授；2009 至 2012 年於上海師範大學人文與傳播學院攻讀博士學位，師從徐時儀教授。2012 至 2016 年，先後任教於天華學院語言文化學院（漢語言文學、漢語國際教育專業教師）及上海商業會計學校基礎部（語文教師）。2016 年 9 月進入上海市師資培訓中心工作，現任國內交流協作部副主任，主要從事教師教育研究、教師培訓項目管理及教師培訓課程的研發工作。

提　要

本文以《朱子語類》概念場詞彙系統及其演變研究爲切入點，旨在探討概念表達和詞彙系統的關係問題。二者的關係可以表述爲：1. 同一個詞表達不同的概念，在語言中表現爲「一詞多義」，涉及相關概念與同一個詞的詞義系統之間的關係問題；2. 不同的詞表達同一概念，在語言中表現爲「一義多詞」，涉及同一概念與意義相近的不同的詞組成的詞彙系統之間的關係問題。

基於在漢語詞彙史的研究框架內，漢語詞義、詞彙系統演變研究完成了以單個詞爲中心的「點」式研究方法；以歷時考察爲中心的「線」式研究方法，我們的創新點在於充分發揮「點、線」式研究方法的基礎上開拓以概念場爲結構框架的結合共時描寫和歷時演變並整合語言本體研究和認知理論研究的「面」式研究方法。通過對《朱子語類》中涉及「運動、狀態、評價」共十九個概念場詞彙系統及其演變的分析研究，我們得出的結論主要有以下兩方面的內容：

一、對於「一詞多義」，即單個詞的詞義系統而言，一方面，一個詞的詞義系統中義項的延伸演變與該詞所處概念場詞彙系統的其他成員的基礎義有著密

切的聯繫，這些義項相互之間具有基於表達同一概念的語義關聯性，這是屬於語言內部發展規律調整的結果。另一方面，一個詞的詞義系統中義項的產生與該詞的其他義項沒有直接的語義相關性，它們借用一個「音近」的詞去記錄語言中的另一個詞，這類詞的本體義與其記錄的那個詞具有客觀存在或人們主觀臆想的聯繫，該義項的產生屬於一種因語音相近（相同）、語義相關和概念整合多重因素而導致的詞義演變模式，包含著外力干擾的因素。

二、對於「一義多詞」，即表達同一概念的詞彙系統而言，在特定概念場詞彙系統的歷時層面上出現過的任何一個成員，都是從一個特定維度對這個概念的詮釋。一方面，詞彙表達概念的維度是判斷和評價一種語言中詞彙表達概念多方位、多角度、多層次的基本參數。只要特定的概念存在，人們的無限可能的認知維度就會形成語言中詞彙表達概念維度的無限可能。然而任何一種語言的辭彙系統都只能無限接近要表達的概念，卻永遠不可能準確、完整的去詮釋一個概念，就像人類只能無限接近真理，卻永不可能抵達真理一樣。另一方面，人類在對概念的認知過程中，客觀性和主觀性同在，思想性和文化性並行，語言中的詞彙對概念的解讀像蘇東坡筆下的廬山：「橫看成嶺側成峰，遠近高低各不同。」這就決定了研究語言，包括詞彙系統、詞義系統都必須和人類的認知規律相結合。

目　次

上　冊

第八、九冊　明傳奇用韻研究

作者簡介

彭靜，1971 年 9 月生，江蘇省徐州市沛縣人，2004 年畢業於徐州師範大學（現江蘇師範大學）語言研究所，獲文學碩士學位，2008 年畢業於北京大學中文系，獲文學博士學位，現為韓國梨花女子大學中文系助教授。主要研究興趣為音韻學、現代漢語語法、對外漢語教學等，在《語言科學》、《中國語文學志》（韓國）、《中國語文學論叢》（韓國）、《中國文學研究》（韓國）等雜誌上發表過相關論文 20 餘篇。

提　要

明傳奇承襲南戲而來，從明中葉開始進入繁盛時期，湧現出大批優秀的明傳奇作家和作品，很多作品具有文學上和語言學上的雙重價值，對這類材料的挖掘和研究對近代漢語語音史及漢語方言語音史都將是有益的補充。

本書隨機選取了明嘉靖以後，特別是隆慶至明末的六十部明傳奇作品為研究對象，採用韻腳字系聯的方法，對六十部傳奇的一萬五千多支曲子的用韻情況做了詳盡的研究，發現明傳奇用韻既繼承了南戲用韻的很多特點，又受宋詞韻及《中原音韻》的影響很大，同時還反映出很多明代方言，特別是吳方言的語音特點。

本書以《中原音韻》為參照，對系聯出的六十部明傳奇的韻部進行歸納整理，並分「東鍾、江陽、蕭豪、尤侯」、「庚青、真文、侵尋」、「寒山、桓歡、先天、監咸、廉纖」、「車遮、家麻」、「魚模、歌戈」、「支思、齊微、皆來」、「入聲韻部」等七個單元對其用韻情況作詳細介紹。

本書深入細緻地比較了明傳奇用韻與南戲用韻的相似之處、不同之處、明傳奇與南戲的用韻特點以及和宋詞韻的關係，並結合現代吳語方言，解釋了明傳奇用韻中許多所謂的「雜韻」「犯韻」現象恰恰反映了明代吳語方言，特別是明代蘇州話的特點。

目　次

上　冊

第十冊　王力上古音學說研究

作者簡介

徐從權，南京大學博士，商務印書館副編審，古代漢語辭書編輯室主任，從事圖書編輯和漢語史研究工作。《辭源》（第三版）骨幹編輯，負責《辭源》（第三版）後期出版、品牌維護、產品開發等工作，審讀過《新華字典》《現代漢語詞典》《古漢語常用字字典》《古代漢語詞典》《古音匯纂》等國家重點辭書。在《古漢語研究》《語言研究》《語文研究》《漢語學習》等刊物上發表過論文。

提　要

一代語言學宗師王力先生道德高尚，思想深邃，著作等身，貢獻至偉。上古音是王力先生研究時間最長，取得成果最豐的一個領域，本書以王力先生的上古音學說作為研究對象。王力先生上古音學說是指王力先生上古音研究的內容、方法、思想、觀點的總和。王力先生上古音研究大約經歷了五六十年，可分為早、中、晚三個時期。我們從「變化發展」的角度來研究王先生上古音學說變化發展的歷程，「動態觀」是本書的特點。

聲母方面，王先生堅持歷史比較法原則，所分上古聲母類別較多。早期將上古聲類分為四十一類，中期將上古聲母定為三十二類，為每類作了構擬，晚期增加了「俟」母，成三十三類。王先生對複輔音說持慎重態度，堅持「日母不歸泥」，主張「喻四擬為邊音」「章組擬為舌面音」。

韻母方面，王先生早期以「開合」「洪細」全面整理了上古音系，提出了脂微分部學說，主張「一部一主元音」；中期，王先生推出了嶄新的現代化構擬體系，實踐了「一部一主元音」的主張，堅持陰、陽、入三分體系，將陰聲韻構擬爲開音節；晚期王先生進一步修訂、完善自己的上古音學說。

聲調方面，王先生接受了段玉裁的「古無去聲說」，並進行了改造，將音長引入上古聲調中，形成了自己獨特的上古聲調學說。

王先生在上古音研究上取得了輝煌的成就：一、提出了脂微分部學說；二、將上古音研究從傳統的韻部系統提高到了韻母系統水平；三、是實踐「一部一主元音」主張的第一人；四、堅持陰、陽、入三分體系，將陰聲韻構擬爲開音節；五、爲上古二等韻構擬了介音；六、堅持歷史比較法原則，將上古聲母定爲三十二（或三十三）個；七、將音長引入上古聲調中，對段玉裁聲調學說加以改造，形成新的聲調學說。

王力先生的上古音學說是一筆寶貴遺產，在中國語言學史上佔有十分重要的地位。本書還對有關問題作了討論，旨在繼承、發揚優良傳統。

目　次

《說文解字》與經典文獻
常用字詞比較研究(上)

王世豪　著

作者簡介

王世豪，臺灣臺中人。臺灣師範大學國文研究所博士。就讀東吳大學中文研究所，師從許鍩輝先生研習文字訓詁及尚書史傳之學。以「《說文解字》與經典文獻常用字詞比較研究」獲文學博士學位。

研究領域以歷代字書、語言文字訓詁學與經學、文獻學爲主，兼及辭典編纂、字樣學。

曾任教於東吳大學、中原大學、雲林科技大學、臺灣海洋大學等校，目前爲臺灣師範大學共同教育委員會國文組約聘教師、中原大學通識教育中心兼任助理教授，擔任國文、文學經典閱讀等博雅通識課程之講席。

提　要

本論文以「《說文解字》與經典文獻常用字詞比較研究」爲題，針對東漢許愼編纂的辭典——說文解字》本身的常用字詞之內部性質與類型進行研究，並且和漢代當時通行的經典文獻以及字辭書的常用字詞分別從詞義和字形進行比較分析。

第一章緒論部分，重新審視、討論訓詁學在漢字、漢語研究的地位與價值，並且從《說文解字》出發，從詞彙學的角度研究其在語言史上的價值。說明本文將依據的研究學理，以及藉由對《說文解字》與經典文獻常用字詞的比較研究，求諸形義之本然與派生，作爲詞典編輯時義項分析、形音義結構字樣辨似之依憑。

第二章則以「常用字詞」與《說文解字》之常用字詞的性質界定爲主題，分述詞彙學上的常用字詞與基本詞、核心詞等的異同，並評述歷來常用字詞之研究，劃分類型，最後針對《說文解字》與經典文獻之常用字詞相關的材料及研究進行分析討論，作爲開展本論題之研究基礎與背景。

第三章旨在探討《說文解字》部首義類的劃分以及部首字的常用訓釋字詞與部首字義的關係，並且依照語原關係，聚合《說文解字》裡字義相近且又具聲音關係的字群，歸納出一百種義類，然後分析每一義類的字群中的訓釋字詞，整理出二百多個最常用的訓釋常用字詞。以此爲比較分析的基本範圍，與其他學者歸納出的核心詞彙進行比較，然後分析該字詞彼此間之關係以及語義場的流動與演變。最後則就常用字詞中同源性質所產生的複合構詞現象進行析論。

第四章旨在討論《說文解字》與漢代經典文獻常用字詞的內涵性質之異同。首先分析辭典訓詁和經典注釋的字詞型態，比較辭典訓詁的代表——《說文解字》與經典注釋的代表——《爾雅》在常用字詞訓解方法與內容上的承襲與演變。最後以漢代經書註解與史書引用先秦經典文獻的翻譯常用詞彙加上經典常用虛詞爲參照對象，就其詞彙的字形與詞義與《說文解字》常用字詞進行共時的比較，以探索漢代常用通行詞彙之使用面貌。

第五章則延續前兩章對於《說文解字》常用字詞的討論，取材漢代字辭書與簡帛碑刻作爲比較觀察對象，考察《說文解字》所使用之常用字詞在漢代童蒙識字教材、字辭書與民間通用詞彙所反映的情形。透過《說文解字》與童蒙字書如《急就篇》與簡帛碑刻用字的比較，試圖探究許愼釋形和漢人書寫使用之字形的面貌；透過與《方言》訓釋用詞的比較，旨在考索漢代通用常語的使用情形與演變狀況；透過和《釋名》聲訓詞的比較，意在分析漢代對事物名稱與日常用詞訓釋的差異，綜合以上之研究作爲整理漢代常用字詞之憑參。

第六章結論則綜述本論文之研究心得，討論《說文解字》常用字詞與漢語常用詞彙的關係及研究價值，並闡述本論題未來延伸研究之面向，爲「漢代常用詞彙用字和詞義系統」與「歷時常用詞彙用字」之研究建立研究基礎。

目次

凡　例

一、本文所依據之《說文解字》版本為大徐本，以北京中華書局出版，陳昌治刊行之一字一行本為引文根據，並參酌臺北萬卷樓圖書出版有限公司出版之《說文解字注》，有增刪者，隨文標注，如「叛：半（反）也」括號中之「反」為段注訂正。

二、本文引用民國以前古籍之文獻內容，除了部分因敘述而引述於文中，其餘皆獨立引文。凡《說文解字》與字辭書如《爾雅》、《方言》、《釋名》、《玉篇》、《廣韻》、《集韻》等，皆標明卷數，如「啟：彊也。從攴民聲。（攴部，卷三）」；其餘文獻內容則標明書名及篇名，如「仲尼之徒，無道桓文之事者。（《孟子·梁惠王上》）」

三、本文第三章論及《說文解字》語原義類字，因參照董俊彥《說文語原義類研究》論文材料，故依其以段玉裁十七部為古音之歸屬，該章第三節討論同族複合構詞之內容，因其牽涉同源字詞聲義關係之分析，為避免仍循段氏而失之過略，故採用王力同源字典之分部及擬音。

四、本文古聲之歸類依黃侃古聲十九紐為分類之據，並參酌王力三十二聲紐，作為同族複合構詞擬音之依據。

五、本論文第四章常引用之經典文獻古籍內容以清代阮元《十三經注疏》為底本，並參酌「中國哲學書電子化計劃」電子資料庫中所錄之古籍內容。

六、本論文引用之甲骨文、金文、簡帛字形，以行政院國家科學委員會經費補助，臺灣大學中國文學系、中央研究院歷史語言研究所、資訊科學研究所共同開發的「小學堂文字學資料庫」為主，引注方式先註明該字原始出處，再註明其餘《甲骨文合集》、《殷周金文集成》之字號，如「乙 3765 反」（《合 10501 反》），「」中為《乙編》第 3765 片反面，（　）中為《甲骨文合集》第 10501 片反面；又如「伯矩尊」（《集成 5846》），「　」中為該銘文出處之器名，（　）中為《殷周金文集成》之器號；再如「睡.日甲 71 背」則為《睡虎地秦簡・日書甲》第 71 簡背面。

七、本論文引用之碑刻字體，以教育部建構之「教育部異體字字典」（民國九十三年一月版）網站收錄為主，旁參《石刻篆文編》收錄之材料。

八、本文所使用的「義位」，為語義系統中最自然、最基本的語義單位，是一個能夠獨立運用的意義所形成的語義單位。「義項」則是一個詞彙中單義詞或多義詞內含的單個或數個「義位」的項目。「字位」原為拼音文字中最小的區別單位，在漢字的系統中，一個字形變體（如異體字等）則代表一個字位，與前述「義位」結合，形成一個「詞位」。

第一章 緒 論

「常用字詞」在王引之《經傳釋詞》中稱爲「常語」。〔註1〕不過後者指稱的純粹是出於經籍文獻裡的常用虛詞，屬於前者的一部份。是則「常用字詞」之範疇、性質、內涵爲何？其存在著哪些值得研究之處？若欲研究則應從何處著眼、入手？此乃本文所欲探究之問題。

第一節　《說文解字》與經典常用字詞研究之動機與目的

本文論題之選擇是以「常用字詞」爲焦點，以東漢許慎的《說文解字》及其同時代的經典文獻語料爲範圍。爲何要研究《說文解字》和經典的常用字詞？主要有兩項動機：

其一，重新審視、討論訓詁學在漢字、漢語研究的地位與價值。

訓詁學在臺灣的漢學研究領域裡，一直處於應用多而論述少的階段，常用於考證經史，訓釋出土文獻詞義。其所論者，多爲訓詁分析形式之描述，涉及理論與層次建構者幾希。〔註2〕其所考論的對象，也多關注在疑難字詞，

〔註1〕　〔清〕王引之：《經傳釋詞》：（臺北：世界書局，1956 年），頁 1。

〔註2〕　此間有蔡謀芳先生《訓詁條例之建立與應用》一書，採取全面性、邏輯層次之法，推闡訓詁之學理，發其端緒。詳參蔡謀芳：《訓詁條例之建立及應用》（臺北：文史哲出版社，1975 年）。

對於佔據漢語主要成分的常用字詞，多存而視之或引而用之，但對於常用字詞本身之論考，多只流於童蒙教材或因應詞典編輯之統計分析，鮮少更深入的研究。〔註3〕

　　丁邦新提到：「近年來研究詞彙的學者注意到常用詞以及詞彙系統性的重要。」〔註4〕常用詞事實上早已反映在訓詁學以「已知釋未知」、以「常用解罕用」、以「今語釋古語」的模式中。從「釋未知之已知」、「解罕用之常用」、「釋古語之今語」的路徑出發，其實提供了另一種研究詞彙訓詁的方向。

　　王力曾說：「古語的死亡，大約有四種原因：……第二是今字替代了古字。例如『怕』替代了『懼』，『絝』字替代了『褌』。第三是同義的兩字競爭，結果甲字戰勝了乙字。例如『狗』戰勝了『犬』，『豬』戰勝了『豕』。第四是綜合變為分析，即由一個字變為幾個字。例如『漁』變為『打魚』……無論怎樣『俗』的一個字，只要它在社會上佔了勢力，也值得我們追求它的歷史。……我們必須打破小學為經學附庸的舊觀念，然後新訓詁學才能成為語史學的一個部門。」〔註5〕此處所說的「新訓詁學」實際上就是「詞彙學」。

〔註3〕在臺灣、中國大陸和香港對於常用字詞的研究，大半是對於出現字頻的調查分析，官方部分如教育部國語推行委員會：《八十七年常用語詞調查報告書》。台灣：教育部，1999年、教育部國語推行委員會：《國小學童常用字詞調查報告書》。台灣：教育部，2000年、教育部國語推行委員會：《大陸小學教科書字詞調查報告》。台灣：教育部，2000年；個人部分如柯華葳、吳敏而等：《國民小學常用字及生字難度研究──六年級》。臺北：台灣省國民學校教師研習會編印，1990年、何秀煌：《現代漢語常用字頻率統計》（香港部分）。香港：香港中文大學人文學科研究所，1998年、何秀煌：《現代漢語常用字頻率統計》（台灣部分）、何秀煌：《現代漢語常用字頻率統計》（大陸部分）、陸勤、宋柔：《人民日報字詞調查》，2001年、李學銘主編：《常用字字形表》（2000年修訂本）。香港：香港教育學院，2000年等。計算常用度的方法：先找出每個單字在 A 至 G 內的序號，然後按以下比重的公式算──（**A**x0.3+ **B**x0.25+ **C**x0.15+ **D**x0.15+ **E**x0.05+ **F**x0.05+ **G**x0.05）

參考網址：http://lcprichi.hkbu.edu.hk/table_search.html。2013年11月23日。

〔註4〕丁邦新：〈漢與唐宋兩代若干常用詞動作動詞的比較〉：《Studies in Chinese and Sino-Tibetan Linguistics：dialect,phonology,transcription and text（漢語與漢藏語研究：方言、音韻與文獻）》（南港：中央研究院語言研究所，2014年），頁37～51。

〔註5〕王力：〈新訓詁學〉，原載《開明書店二十周年紀念文集》，後收入《龍蟲並雕齋文集》（北京：中華書局，1980年），第1冊，頁321。

　　筆者認爲中國的訓詁學研究自《漢書・藝文志》的〈六藝略〉便以「小學」爲名，用於經籍之訓釋。此學門於傳統的學術上，在清代以前是經學、考證學的附庸，至清代晚期近代則應用於文字學、音韻學及西方的語言學、語義學、語法學上。及至今日，訓詁學則爲古文字學、經典文獻詮釋的考訂、訓解之方法。王寧在 2012 年 12 月 7 日於臺灣大學文學院舉辦的「語文與文獻國際學術研討會」上提出的〈訓詁與語義——大陸訓詁學在 21 世紀的發展〉文中說到現今訓詁學研究當分二途：一者爲「理論訓詁學」，二者爲「應用訓詁學」。前者是在西方語言學的框架以外，建立中國傳統訓詁學的理論；後者則是藉由詞典的編纂、漢字與漢語的教學實務，提出經驗與見解。〔註6〕故本文首要的動機欲探討分析漢語的主要成分——「常用字詞」，藉以重新審視訓詁學的研究，重新以訓詁時用來研析疑難古語的「常用今語」爲對象，討論訓詁的方法，並且試圖從中建構漢語訓詁學的理論系統與應用模式。

　　其二，從《說文解字》出發，從新角度研究其在語言史上的價值。

　　《說文解字》之研究，有清以來已取得極豐碩的成就。民國以降，前輩學者接受西方語言學的觀念，加上古代文字材料的出土，更進一步豐富了「說文之學」的研究面向。在這些成果之下，筆者選擇《說文解字》作爲研究題材，研究《說文解字》與其對應的經典文獻之常用字詞，此實源於前項動機而來。

　　丁邦新在其〈漢與唐宋兩代若干常用動作動詞的比較〉一文論其研究乃「利用許慎《說文解字》的說解文字，說明漢代部分常用動作動詞的意義。因爲許慎的說解一定是當時通用的語言，《說文解字》又涵蓋當時他所見的文字，所以這項資料具有系統性，可以完整地呈現若干詞彙的用法。」〔註7〕筆者認爲在當前學界對於漢語詞彙斷代的看法，多認爲東漢是上古漢語轉變爲中古漢語的關鍵時期，所以作爲全面整理當時文獻語料並進行解釋的《說文解字》之內容材料，不啻固是首要觀察與研究的對象。

　　《說文解字》與經典中的常用字詞，所體現的是東漢以前訓詁系統的面貌。此處所討論的「訓詁系統」，是指「詞彙系統」而言，許慎使用東漢當時的語言來解釋這些字詞，也間接地呈現出當時古語和今語、罕語和常語的樣貌。此不

〔註6〕詳參：《語文與文獻國際學術研討會論文集》（臺北：國立臺灣大學，2012 年 12 月）。

〔註7〕丁邦新：〈漢與唐宋兩代若干常用詞動作動詞的比較〉，頁 37。

即是詞彙斷代分析最直接的素材嗎？故析其常語，能別罕語之異；考其今語，能明古語之變。《說文解字》所對應之經典文獻的字詞內容與注釋語料，也是當時東漢詞彙諸多觀察面向之一。

黃侃認爲文字音韻要落實到訓詁上，訓詁要落實到經典上。〔註8〕許慎《說文解字》本來就是爲了解釋經典而作，訓詁是許慎撰述《說文解字》的主要目的，但是長久以來學者多將其視爲「字書」，以考「形」爲首，次論其「音」，而「義」的研究多作爲前二者研究過程中的輔論。其實應該還原本眞，依循許慎編纂《說文解字》的用心和態度，結合文獻語言材料，比較並論考其中之訓詁詞義。〔註9〕

本文之所以選擇《說文解字》與經典常用字詞爲比較研究題材，動機即在於二十世紀以來的中國語言學研究，訓詁學逐漸從原本的章句注釋，走向語言學理與詞彙分析的研究方向。筆者認爲從訓詁的角度著手，重新審視《說文解字》是必要的，對於當今「古文字學」、「經學」、「語言學」、「詞彙學」跨際整合的研究更是當務之急。在此動機之下，本文之研究主要目的有四：

其一，藉由《說文解字》常用字詞的研究，釐清許慎訓解文字之詞彙與模式，檢視其系統。

殷孟倫曾引黃侃之論小學云：「（小學）不外形、聲、義三事。故《說文》中又分：一、文字，二、說解，三、所以說解也。文字者，從『一』至『亥』九千餘字也。徒閱文字，當難知其所言，於是必閱其說解。徒閱說解，而猶不盡精密，於是必究其所以說解。如是則一事始由粗而精、由疏而密，所以知此不可少也。」〔註10〕察黃侃此論，可以知曉大師研析語言文字層次之深。其不只是藉說解以明字頭，還要能剖析被釋字與訓釋字，輾轉相求，其中所考論之對象，即是許慎訓解文字之詞彙以及訓詁模式。

〔註8〕參黃侃：《黃侃國學講義錄》（北京：中華書局，2006 年）。

〔註9〕本文將於「第三章《說文解字》語原義類常用字詞析論」就許慎本身所使用的訓釋字詞爲觀察對象，還原許慎訓釋用詞的語原關係和義類型式。接著於「第四章《説文解字》與漢代經典文獻常用字詞比較析論」、「第五章《説文解字》與漢代字辭書常用字詞比較析論」，再從外部比較漢代當時主要經籍文獻的訓釋字詞和許慎用詞之異同，藉以了解許慎編纂《說文解字》之憑藉背景，試圖探究其用心和態度。

〔註10〕殷孟倫：《子雲鄉人類稿》（濟南：齊魯書社，1985 年），頁 241。

　　詞彙者，許慎所引以釋字之詞語也。依黃侃之論，當要精密地考求《說文解字》，對許慎以常用解罕用、以已知釋未知之語彙必須有深入的了解。黃氏云：「一字之義，就其簡言，本甚易知；溯源剔根，則實難曉。然中國之學，向以比坿而得其確，推求而得其根，施之小學，莫之或易。」〔註11〕故知，專究其詞彙本身，也能體現其在語言研究的價值。徐望駕說：「當許慎用他所處時代的語言去解釋字（詞）的本義（包括古語和方言、名物典制等）時，其注釋語言無不打下了東漢的時代烙印（故注釋語言斷代的真實性無庸置疑）。」〔註12〕黃侃在「看說文三法」第一法便指出研究《說文解字》要「專繙常用字。凡《毛詩》所有字。」〔註13〕《黃侃國學文集》後附有由其學生於課堂整理之「說文說解常用字」，雖非其所自編，但就其篇題已可看出黃氏對《說文解字》研究之深入與獨到的眼界。

　　訓詁模式者，許慎釋字詞彙之運用形態也。透過《說文解字》的訓詁模式，便可以明白許慎如何使用他的語言來解釋古語和方言。本文也欲從「同訓」、「互訓」、「遞訓」、「義界」等訓詁模式，分析此中常用於訓解文字之字詞，透過此研究，試圖反應出東漢時期常用書面語的面貌，並檢視許慎訓釋文字所使用的字詞彙之系統。

　　其二，藉由比較《說文解字》與經典常用字詞，考察詞典編輯和文獻語料在訓詁詞義上的異同，探討其差異性。

　　《說文解字》「童」字下段玉裁注曰：

　　　蓋經典皆漢以後所改。〔註14〕

許慎所處的東漢時代，已歷「五帝三王之世，改易殊體」，又經秦世變篆改隸，所以古文、古文奇字與今文在當時的識別與書寫上是混亂的，所以才會有《說文解字》之成書。然則許慎以考字之本義為指撝，與經學家隨文釋義的章句訓詁有所差別。陸宗達說到：「《說文》之字與文獻用字有所不同。處於使用

〔註11〕同前註，頁241。

〔註12〕徐望駕：〈《說文解字》注釋語言常用詞的語料價值〉，《合肥師範學院學報》，第27卷第2期，2009年3月，頁33。

〔註13〕黃侃：《黃侃國學講義錄》，頁128。

〔註14〕〔東漢〕許慎撰、〔清〕段玉裁注：《說文解字注》（臺北：萬卷樓圖書出版有限公司，2004年），頁55。

狀態的漢字，文獻所用的漢字，由於並非出自一人之手，這裡既有時代的差異，又有社會風尚的影響，所以其狀態是紛雜多樣的。」〔註15〕這種文字詞語的多樣性，多半是展現在常用字詞上，故其又云：「有些字，它們在古文獻中常用的意義，與《說文》之字的本義或者符合，或者不符合。……有些人不明白這種區別，用《說文》中貯存狀態的字來硬套使用狀態的文獻用字，或者用使用狀態的文獻用字指責《說文》中貯存狀態的字，造成許多混亂。解決這一類問題不能僅從字形上，還要從詞的音、義上加以探討。」〔註16〕在當前古文字的研究與經典文獻的詮釋裡，對於文字詞義的解釋，常出現陸氏所云之情況。考字者，未能把握本字之原則，反倒成了隨文釋義的訓詁，結果詮釋經典或出土文獻也因為釋字之隨意性，莫衷一是，眾說紛紜。若能把握本字本義之原則，釐清文字常用之形義，明其轉注、假借造字〔註17〕之脈絡，則對於上述情況定能析理出可資憑依之條理。

其三，藉由童蒙字書與前輩學者對東漢口語常用詞之研究，探究漢字在隸書通行的時代的詞彙使用情形。析解俗民書寫用字與口說用語，在文字整理與書面用語上之差別，觀察其實際演變之情形。

唐蘭說：「一個時代，有一個時代的文字，某些字慢慢地廢掉，某些字慢慢地興起，但是字的數量是不會相去太遠的。李斯作《倉頡》七章，趙高作《爰歷》六章，胡母敬作《博學》七章，每種都不過一千來字，這都是為教小孩的，所以後世村塾裡都把千字文來作識字的基礎。……並不是秦代文字只有這些。……漢興，閭里書師合《倉頡》三篇，斷六十字為一章，五十五章，三千三百字，中間還有些重見的。史游的《急就篇》，現在還存在，三十一章，二千零三十四字，也有複字。」〔註18〕筆者認為這些識字教材所採用的文字，必然是當時生活認知上最常用的文字，且應用於文書，其性質結合了基本書面語的性質，當是本論文考察《說文解字》與經典常用字詞範圍重要

〔註15〕陸宗達：〈文字的貯存與使用〉，《湖南師大社會科學學報》，1987 年第 2 期，頁 103。

〔註16〕同前註，頁 106～107。

〔註17〕本文提到之轉注與假借，其內涵皆本於魯實先先生「四體二輔六法」之說，轉注、假借造字也相應的製造出新詞之字位，故為文字詞彙演變之實況。此外「假借」因訓釋詞的解說與論述，故包含「用字假借」之情形，皆依論例分析敘述呈現。

〔註18〕唐蘭：《中國文字學》（上海：上海古籍出版社，2004 年），頁 126。

的比較參酌對象。

　　蔣紹愚提到:「常用詞是詞彙的主體,如果不弄清常用詞在近代漢語時期的發展變化,那麼要描寫一個時期的詞彙系統和近代漢語詞彙發展史,都是無從談起的。」〔註19〕張永言、汪維輝也提到:「不對常用詞作史的研究,就無從窺見一個時期的詞彙面貌,也無從闡明不同時期之間詞彙的發展變化,無從為詞彙史分期提供科學的依據。」〔註20〕近來研究常用詞的前輩學者們,對於口語常用詞的研究,得到了很高的成果,但多從詞彙角度著手以及書面文獻爬梳,對於語言和文字之間的演變關係,則立論不多。

　　二十世紀初期,簡牘文書逐漸出土,除了春秋戰國之文獻,漢代之簡牘數量也很豐富,其中《蒼頡篇》便分別在不同地區被發掘。加以在漢代流通之碑刻隸寫文字材料,對於漢代常用字詞之研究,不僅可以進行與傳世文獻之對照,也可以比較「隸變」之詞彙的意義性質。以往對於「隸變」僅止於字形之論,就字樣學的角度觀之,「隸變」實也關乎漢語言整體之演變,筆者此處提到「隸變」與文字和語言之演變有關係,主要是從漢語的「詞彙」特色進行討論。學者提到「隸變的本質和產生原因是漢字形體系統由表示物象轉化為表示詞的音義。」〔註21〕由於漢語詞彙的呈現是以「漢字」為表示,漢字形體結構的轉變表示承載詞義的字位產生變化,事實上也就呈現出詞彙內涵的更替。所以隸變產生的偏旁分化、偏旁混同、結構簡省等等型態,都有可能影響詞彙的應用,例如「刀」隸變為「刂」,在造字(詞)時,則多依「刂」作「利」、「削」;又如「火」隸辨作「灬」,於後來造字(詞)實則分化為從「火」如「炮」、「烘」;從「灬」如「然」、「照」的系統,不過值得注意的是會產生「隸變」之文字和語言,一定是常用字詞為主,因為常用之字轉寫頻繁,形變訛舛的機會相對增加,所以隸變不僅僅是字形的問題,也牽涉到語言詞彙的表現了。

　　本論文之研究目的之一便是結合文字之形與義,探究這些常用字詞的語言與書寫之變化,這彼此間的連結,結合出土、口語和書面文獻之字詞,統合觀

〔註19〕蔣紹愚:《近代漢語研究概況》(北京:北京大學出版社,1994 年),頁 283。

〔註20〕張永言、汪維輝:〈關於漢語史詞彙研究的一點思考〉,《中國語文》1995 年第 6 期。

〔註21〕王貴元:〈隸變問題新探〉,《暨南學報(哲學社會科學版)》,2011 年,第 33 卷第 3 期。

照，試圖析解有漢一代常用字詞之使用變化情形。

其四，藉由對《說文解字》與經典文獻常用字詞的比較研究，求諸形義之本然與派生，作爲詞典編輯時，義項分析、形音義結構字樣辨似之依憑。

蔣紹愚說：「構成某種語言詞彙系統的主要部分畢竟還是常用詞……應該把常用詞的研究放到更重要的地位上來。」又說：「我們在學習古漢語詞彙時，要用歷史發展的觀點來看待它。有人誤認爲古漢語詞彙是一個平面上東西，以爲先秦到宋元明清，各個時期的詞彙都一個樣兒。事實當然不是這樣。……因爲『語言，實際上是它的詞彙，是處在幾乎不斷變化的狀態中。』（斯大林語）」〔註22〕詞彙的變化其實也反映在文字的變化上，黃焯在〈文字學筆記〉紀錄黃侃曾提及：「漢時字數增加之故有五：一、得故書，二、得之方俗語，三、仍存古籍，四、漢世新增字，五、六藝群書所載。」〔註23〕這種語言與文字混亂的情況下，才有許愼《說文解字》之成書，而要釐清這些字詞，必然得從《說文解字》與經典文獻常用字詞的比較開始。

常用字詞包含著漢語的基本核心字詞，其性質是以語義爲基礎的「語根」結合形、音、義符號的「字根」呈現在當時人們溝通、理解、閱讀、書寫上。筆者認爲漢延續了秦統一的局面，使得區域語言交流頻率更夥，且更穩定，官府蒐集文獻並傳播教育、學者註解經典的活動，使得漢代語言呈現了有別於春秋戰國時期的面貌。且由於漢代立五經博士，經學之注說形成師法、家法等流脈，間接地影響了學者們對文字訓詁的重視。又今古文經學之爭，使得詞彙在字形、字義的分析與解釋成爲論爭的一部分。據黃侃所論，可以發現其中的語言變化，可以從文字的使用上尋得線索，並可探求脈絡。此線索與脈絡的系統整理及體現，皆呈現在東漢許愼的《說文解字》裡，所以研究《說文解字》的詞彙，上可溯先秦之古文，近可得漢時之用字與用語，下可探魏晉南北朝即至近代漢語演變之源。依蔣紹愚的說法可以推演得知，古漢語詞彙研究其中最要緊的就是針對《說文解字》常用核心字詞進行系統的考察，以及比對當時經典文獻的字詞使用情況。

當前的學者多試圖從文獻中查考口語常用詞的面貌，其實文獻中書面語已

〔註22〕蔣紹愚：《古漢語詞彙綱要》（北京：商務印書館，1989年），頁14～15。

〔註23〕黃侃：《黃侃國學講義錄》（北京：中華書局，2006年），頁55。

然涵蓋前者，只要從詞彙本身的意義、來源材料的性質進行界定，就常用、罕用進行類分便可，並不一定要強調哪些材料口語成分之多少其與詞彙常用的關係。所以循這種觀點的切入與研究，對於整體漢語詞彙面貌的研究實是畫地自限的行爲。筆者認爲反而應該就文字書寫、使用的角度，結合詞彙的角度，進行形、音、義的綜合考察，作爲研究文字史、詞彙史在歷代演變現象的基本態度。此外中國大陸學者對於常用詞的研究大多以局部性的字詞爲主，例如〈常用詞「焚」、「燔」、「燒」歷時替換考〉、〔註24〕〈常用詞「喝」、「飲」歷時更替考〉、〔註25〕〈「走」對「行」的替換與「跑」的產生〉〔註26〕等等，進一步的則有以某同義類詞爲研究之對象，例如〈現代方言中「喝類詞」的演變層次〉、〔註27〕〈近代漢語「喝類語義場」主導詞的更替及相關問題〉、〔註28〕〈漢語「吃喝」語義場的歷史演變〉〔註29〕等等。雖然常用字詞的研究透過這種幾個詞、某類詞的研究，慢慢積累，是建構研究領域的基礎，但是卻稍嫌瑣碎，見樹不見林，筆者認爲應該利用詞典學與字樣學的觀點，全面性的從字辭書進行考察，並延伸至與經典文獻詞彙進行比較，對於將來建立斷代的語料庫更有助益。

第二節　《說文解字》與經典常用字詞研究之學理

本論文運用之學理涵蓋：「文字訓詁學」、「異文語料分析」、「詞彙語義學」、「文獻詞義學」、「詞典學」、「字樣學」等幾個範疇。意在說明常用字詞研究的各項學理依據，分析《說文解字》常用字詞在文字學、訓詁學、異文語料分析、詞彙語義學、文獻詞義學、詞典學、字樣學上的研究重點，以及

〔註24〕史光輝：〈常用詞「焚」、「燔」、「燒」歷時替換考〉，《古漢語研究》，2004 年，第 1 期。

〔註25〕呂傳峰：〈常用詞「喝」、「飲」歷時更替考〉，《語文學刊（高教版）》，2005 年，第 9 期。

〔註26〕杜翔：〈「走」對「行」的替換與「跑」的產生〉，《中文自學指導》，2004 年 6 月。

〔註27〕呂傳峰：〈現代方言中「喝類詞」的演變層次〉，《語言科學》，2005 年，第 6 期。

〔註28〕呂傳峰：〈近代漢語「喝類語義場」主導詞的更替及相關問題〉，《語言論叢》（北京：北京大學出版社，1998 年），第三十三輯。

〔註29〕崔宰榮：〈漢語「吃喝」語義場的歷史演變〉，《語言學論叢》（北京：商務印書館，2002 年），第二十四輯。

該學理如何應用在《說文解字》常用字詞的研究中，為下一節研究步驟與方法張本。

《說文解字》開創了以形、音、義析解字詞的體例，因而也反映出「形」在漢語詞彙的意義和價值。漢語常用字詞之所以「字詞」稱之，而不用「語彙」、「詞彙」，其意義即在於「字」為「詞」之形態表現，而「詞」為「字」之內涵意義，故合為一詞，一體視之，才能體現形、音、義密合的特質。

在這個前提概念下，漢語常用字詞在文字訓詁學的領域裡，便有著密切的關係，例如《說文解字》常出現的訓釋字詞「故」字：

古，故也。从十口，識前言者也。（古部，卷三）

段玉裁注云：

按故者，凡事之所以然。所以然皆備於古，故曰：古，故也。〔註30〕

又云：

識前言者口也，至於十則輾轉因襲，是為自古在昔矣。〔註31〕

從常用字詞的研究角度審視「古」字「从十口」、「識前言者也」兩個解釋，一為形訓、一為義訓，但是義在形中，所以段氏解釋「識前言者口」、「十則輾轉因襲」，讓从「十」、「口」之形和「識前言」之義連結起來。章太炎也說：「若夫文字之學，以十口相授，非依據前聞不可得。」〔註32〕就文字訓詁學理而言，可以發現「十」、「口」、「前」、「言」這些常用訓解字詞，聚合出「紀錄古義、代代相傳」的構形意義。就詞彙語義流變的學理而言，則常用字詞的語義聚合，也顯示出「十」、「口」、「前」、「言」這些常用字詞，在漢語詞彙中具有常用核心詞義的性質和內涵。

就「古」的訓釋詞「故」而言，《說文解字》使用「故」作為訓解他字時，如：

詁：訓故言也。从言古聲。《詩》曰詁訓。（言部，卷三）

夏：行故道也。从夊，富省聲。（夊部，卷五）

〔註30〕〔東漢〕許慎撰、〔清〕段玉裁注：《說文解字注》，頁55。

〔註31〕同前註。

〔註32〕章太炎：《章太炎全集（五）》（上海：上海人民出版社，1985年），頁131。

戲：故國。在陳留。从邑戈聲。（邑部，卷六）

這裡的「故」呈現出「古」之「自古在昔」之義，而其他如：

祳：社肉，盛以蜃，故謂之祳。天子所以親遺同姓。从示辰聲。
　　《春秋傳》曰：「石尚來歸祳。」（示部，卷一）

芋：大葉實根，駭人，故謂之芋也。从艸亏聲。（艸部，卷一）

寡：少也。从宀从頒。頒，分賦也，故爲少。（宀部，卷七）

等的「故」，則多半呈現「凡事之所以然」的常用詞義。可以了解到許慎使用常用字「十」、「口」、「前」、「言」是結合了字形義的訓釋，使用「故」釋「古」，則是以「故」在當時的常用詞義作爲訓釋的主要義位，明白顯示出常用字詞在形義的訓解上之應用情形。

　　本文所考察的常用字詞，以《說文解字》和秦漢以前的經典文獻爲範疇，而《說文解字》的常用字詞其實也反映在經典文獻當中，而存在著字形和詞義性質的異同。這類字詞表現出來的，就是東漢以前漢語常用字詞的「古形」、「古音」、「古義」。分析《說文解字》引經、書、通人的材料，不管是五經、諸子或當時注家之說解，對這些共通的文獻，都有著一批交集度很高的共同解釋語言，這些語言反映在異文的語料裡，藉由形態相異、字詞假借的方式展露出來。這些共通的字詞，在詞彙語義的學理範疇中，往往存在著共同的語義，具有常用詞彙的性質。在文獻語義的學理概念裡，它們又可以進一步被拿來分析常用書面詞彙和常用口語詞彙的異同。宋永培說：「《說文解字》用來解釋漢字的形、音、義時往往要引證六經、群書、方言、通人說爲依據。『方言』與『通人說』中包括的內容許多都是上古的前聞，這就表明，能夠反映漢字古形、古音、古義體系之面貌的第一手語言材料，主要的只能是六經與前聞，實際上主要是六經。」〔註33〕段玉裁在〈江氏音學序〉中便云：

學嘗聞六經者，聖人之道無盡藏。凡古禮樂制度名物之昭著，義理性命之精微，求之六經，無不可得，雖至億載萬年，而學士大夫推闡容有不能盡，無他，經之所蘊深也。〔註34〕

〔註33〕宋永培：〈漢字古形古音古義體系的研究與前聞六經〉，《說文與訓詁研究論集》（北京：商務印書館，2013年），頁100。

〔註34〕徐世昌：《清儒學案（二）》（北京：中國書店，1990年），頁680。

就語言學的概念考察段氏之論，可以發現經典中「禮樂制度名物」、「義理性命」的材料，不僅是文獻詞義討論的對象，也是文字訓詁與詞彙語義討論的範疇，所以宋永培說：「六經所載前聞、史實與觀念是漢字體系之源。」〔註35〕乃是研析漢語字詞考源的依據。

試從異文語料分析的角度切入視之，王引之《經義述聞》載云：

> 「業功不伐，貴爲不善」家大人曰：「業功」當依《家語》作「美功」，字之誤也。「美功」與「貴位」對文。（《經義述聞》，卷十二）〔註36〕

王念孫以《孔子家語》「美功」和《大戴禮記》「業功」的異文對勘，以爲誤字，其實如果考察《說文解字》：

> 美，甘也。从羊，从大。（羊部，卷四）

徐鉉等注云：

> 羊大則美，故从大。〔註37〕

再看《爾雅·釋詁》：

> 業，大也。（釋詁，卷一）

〈釋器〉：

> 大版謂之業。（釋器，卷六）〔註38〕

又《公羊傳·僖公十年》：

> 桓公之享國也長，美見乎天下。（《公羊傳·僖公十年》）

注云：

> 桓公功大，善惡相除，足封有餘，較然爲天下所知。〔註39〕

〔註35〕 宋永培：〈漢字古形古音古義體系的研究與前聞六經〉，頁104。

〔註36〕 〔清〕王引之：《經義述聞》（臺北：臺灣商務印書館，1968年），卷十二。

〔註37〕 〔東漢〕許慎撰、〔北宋〕徐鉉等校訂：《說文解字》（北京：中華書局，2011年），頁55。

〔註38〕 〔清〕阮元：《十三經注疏·爾雅注疏》（臺北：藝文印書館，2001年），頁66。

〔註39〕 〔清〕阮元：《十三經注疏·春秋公羊傳注疏》（臺北：藝文印書館，2001年），卷十一，頁68。

〈釋詁〉：

　　烈，績，業也；績，勳，功也。（釋詁，卷一）〔註40〕

《公羊傳》此句說明齊桓公的巨大功業，見於天下。

　　上述引文皆發現「業」也存在著「大」的詞義，與「美」可以構成一個以「大」爲核心意義的語義場。就本文之研究歸納，「業」、「美」、「大」在文獻語料的《爾雅》常用爲被解釋或解釋的字詞，在詞典訓詁語料的《說文解字》出現頻率也很高（尤其是「美」與「大」爲常用訓釋字詞）。王念孫認爲的「誤字」，其實在文獻語義的範疇，它們其實是相同語境下的同義詞，由此可知，藉由常用字詞的分析，可以溝通文獻詞義與異文語料研究。

　　宋永培提到：「《說文》眾多字詞的形、音、義是在表述、反映上古特定的環境、事物、現象、史實、情感、觀念、典制、變化時構成特定的聯繫的。《說文》某些字詞表述和反映的環境、史實、典制、變化已不可考，則可以從有關的眾多字詞表述與反映事物、現象、關係、觀念時顯現的意義類別來考察與論證這些字詞的聯繫。」〔註41〕文中「有關的眾多字詞」之論，其研究對象，實際上即可從常用的字詞入手析理，歸納《說文解字》常用字詞本身語原義類的訓詁模式，比較其和經典文獻用字、釋字在構形與詞義的形態與性質內涵的異同。

　　此外針對宋氏「《說文》經由形、音、義的整體聯繫，經由每個本義同意義體系的貫通來表述上古史實與文化觀念，這樣就造成了表述史實與文化觀念的語義原理與語義規律，開闊了發展中國歷史文化、發展後代漢語語義的廣遠深沉的源頭。」〔註42〕的看法，筆者認爲針對《說文解字》與經典文獻常用字詞的研究，透過析形義、辨六書、明通假，便能夠掌握漢語字詞的體系。

　　朱承平提到：「古代詞典主要是在古書傳注訓詁的基礎上產生的，它們與古代文獻中的文字訓詁有著十分密切的聯繫。」〔註43〕黃侃對訓詁的定義是「以語言解釋語言」。殷孟倫也說：「『訓詁』是用語言分析語言、解釋語言，

〔註40〕〔清〕阮元：《十三經注疏・爾雅注疏》，卷一。

〔註41〕宋永培：〈漢字古形古音古義體系的研究與前聞六經〉，頁105。

〔註42〕宋永培：《說文漢字體系研究法》（南寧：廣西教育出版社，1999 年），頁249。

〔註43〕朱承平：《文獻語言材料的鑑別與應用》（南昌：江西高校出版社，1991 年），頁200。

而『訓詁學』是怎樣理解語言分析語言和正確地運用語言的科學。」〔註44〕其更進一步認為：「所謂分析語言、解釋語言，是結合兩個方面來進行的，一是語言內部要素諸問題和關聯，一是語言所反映外部事物即所依賴的社會生活、社會環境以及文物制度等諸問題和關聯。為了在正確地理解某種具體的語言事實，在一定的相應的語言環境和需要下，以分析解釋作為手段，或以此地的語言說明彼地的語言，或以現代的語言說明以往各個時代的語言，或以樸質的語言說明修飾過了的語言，或已明暢的語言說明簡約的語言。」〔註45〕概括來說，就是以已知的語言解釋未知的語言；以常用的語言解釋罕用的語言；以容易的語言解釋困難的語言。這些「已知」、「常用」、「容易」的訓釋語言，即為詞典學訓詁詞義的基本立場與模式。

　　一般或許認為詞典訓詁研究，是以被訓詁的疑難字詞為主軸。其實就漢語應用與學習的角度而言，這種觀念並不適當。殷孟倫也指出一般人對於訓詁存在著幾點錯誤的看法，其中第三點提到：「凡屬於常知常見的用不著訓詁，用得著的是不常見和不常用的。這種認識也是錯誤的。我們經常都有種不好的的習慣，即是不求甚解，但觀大意，這是很危險的。自然不常見的和不常用的字義詞義，我們一下遇著就去注意它，所以存在的問題就能很好地解決了，而我們以為常知常見的，就是不去注意它，問題仍然存在，困人的地方就在於此。」〔註46〕所以研究漢語文字詞彙系統，所應關注的主軸，還是這批義項琳瑯滿目，轉注、假借形態變化多端的常用字詞，而這批常用字詞則存在於傳統的字辭書當中，作為訓釋字詞存在著。

　　詞典學的詞目、義項是對文字詞義的整理與解釋，其對象包含疑難與常用字詞，但是用來解釋的語言必然是當時最常用、常見的字詞。這些常用字詞的概括力強，相應的也具有較大的規範力量。所以針對前述的異文語料而言，詞典學利用了字詞規範的功能，將某個時代一個常用義項，卻有著諸多引申或假借關係，而轉注創造的異文，進行了字樣規範。規範出最符合形音義密合條件，也最常見易曉的字詞。由於「語義就是意識到的現實生活而凝聚於語言中的東

〔註44〕黃侃：《黃侃國學講義錄》。

〔註45〕同前註。

〔註46〕殷孟倫：《子雲鄉人類稿》，頁13。

西，或者說是反映了現實生活的意識而凝聚於語言中的東西。」〔註 47〕收集了這些字詞並解釋的《爾雅》、《說文解字》裡對天地萬物的釋義，就是語言所反映的現實生活紀錄。

　　詞義存在著「伸縮性」、「系統性」、「多樣性」、「互滲性」、「模糊性」的幾項特質。〔註 48〕在詞彙語義中，它存在著互文、互滲、同化、吞併、吸引、影響等現象；〔註 49〕在文字構形中，它呈現著同化、異化、類化、轉注、假借等形態。朱承平認為：「只有在確認了古代詞典某字某義與本書文句的密切關係之後，才能使古代詞典發揮更大的作用……有必要首先了解古代詞典對前代古書的淵源承繼關係以及辨識這種關係的基本方法。」〔註 50〕所以經由詞典整理規範的過程，便呈現出字樣學理的內涵。字樣是整理語言所呈現出來的形式（包含形、音、義），所以不只是正其形，還得訂其音、辨其義，而所訂正、辨似的對象主要就是詞典中的常用字詞。

　　本文《說文解字》與經典常用字詞所包含的學理，涉及了傳統的文字訓詁學、異文語料分析，也囊括了語言學中的詞彙語義學研究，並且結合了詞典學和字樣學內容對象的考察，兼顧了理論的探討和漢語漢字整理、教學的應用。

第三節　《說文解字》與經典常用字詞研究之方法與步驟

　　本文研究之方法大抵可以分為三個類型、兩個層次。第一類是以「訓詁體例分析法」為本，利用對《說文解字》中同訓、互訓等訓詁模式，對於常用來訓解字義的字詞進行歸納整理。因為《說文解字》對「六藝群書之詁，皆訓其意」〔註 51〕，是透過許慎那個時代所得見的經典文獻、方言、通人之說為依據，解釋字詞的形、音、義，故本文以《說文解字》所常用的訓釋字詞為考察對象，作為本文所欲和經典常用字詞進行比較互證的基本層次。

　　陸宗達在〈我所見到的黃季剛先生〉一文中，即提及黃氏「對傳統語言學

〔註 47〕黎良軍：《漢語詞彙語義學論稿》（桂林：廣西師範大學出版社，1995 年），頁 3。

〔註 48〕詳參黎良軍：《漢語詞彙語義學論稿》，頁 6～13。

〔註 49〕錢鍾書：《管錐篇》（臺北：友聯出版社，1981 年），第四冊，第 1353 頁；又第一冊，頁 49、頁 82。

〔註 50〕朱承平：《文獻語言材料的鑑別與應用》，頁 200。

〔註 51〕〔東漢〕許沖：〈上說文表〉，《說文解字》，卷十五。

的研究是以訓詁爲中心的。」〔註52〕陸氏認爲「文字和音韻僅是他（此指黃季剛）研究訓詁的工具。詞義的發展是語言發展的一個內在的主要推動力，詞義也是文獻語言學研究的落腳點；所以，以訓詁爲中心來帶動其他兩個部門的研究是抓住了要害的。」〔註53〕以這種方式作爲領導方法，歸納《說文解字》裡的常用字詞，並且系聯這些常用字詞，溝通其詞義，分析其語義。

宋永培繼承了陸宗達對於《說文解字》意義系聯的方法，提出了「詞訓系聯的條例」，其「詞訓」就是一般認知的訓詁，其條例提到必須以「義位」爲系聯的基本單位，因爲「詞訓包含的義位是用『字』記錄的。但紀錄中存在著同字而不同義位、不同字而同一義位的情形。因此系聯時要將詞訓的『字』轉化爲它實際代表的義位。」〔註54〕同一個常用字，可能包含著諸多不同的義位，必先釐清本義、引申義、假借義，然後再區分哪些是核心義、非核心義，並且進而考察常用義與非常用義。這種訓詁分析，是站在傳統的訓詁方法上，進一步就訓詁條例歸納出來的字詞構形變化與意義內涵，系聯其詞訓。

陸宗達在〈文字的貯存與使用〉中舉出「唇」和「脣」在今天爲常見混用的人身詞，但前者許慎解釋作震驚的意思，而一般文獻卻往往用作「脣齒」。〔註55〕由此便可以看出必須把握常用字詞的義位，才能夠比較其出現的語料背景，系聯其構形與詞義系統。宋永培也提出以「義位」爲基本單位的系聯方法，首先是「區別訓釋詞、被訓釋詞中『同字』記錄的不同義位」。例如①遺，亡也。②賂，遺也。③粲，食所遺也。其中的常用字「遺」在①爲亡失義；在②爲贈送義；在③爲剩餘義，應當區別後系聯。

再者，則要「將『異部重文』合併爲一個義位。例如『僔：聚也。』、『噂，聚語也。』分爲異部，但是都有『聚』這個相同義位的常用字詞，所以應該要歸納在一起。並且要『從不同類別的詞訓中確定義位』」，其類別可以圖示作：

〔註52〕 陸宗達：〈我所見到的黃季剛先生〉，《訓詁研究》（北京：北京師範大學出版社，1981年），第一輯，頁41。

〔註53〕 同前註，頁41。

〔註54〕 宋永培：〈《說文解字》詞義系統研究（提要）〉，《說文與訓詁研究論集》，頁120。

〔註55〕 陸宗達：〈文字的貯存與使用——《說文》之字與文獻用字的不同〉，《湖南師大社會科學學報》，1987年，第2期，頁104。

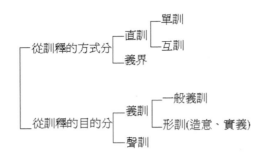

接著要「具體分析『直訓』的『同訓詞』所代表的義位」，例如「穿，通也。」、「孔，通也。」、「逞，通也。」雖然都同訓為「通」，但是分別代表「穿孔」、「孔穴」、「迅疾」三個義位，所以常用字詞「通」必須先確認義位，才能進一步系聯分析。

　　除了「分析、系聯『義界』訓釋的義位」，還應「將『形訓』的『造意』改造為『實義』」。所謂的「造意」是指字的造形意圖，它只解釋字形，不包括詞的獨立義項。「實義」指文獻中使用過的獨立義項，故對於造意訓釋，應參照文獻材料，概括出它代表的實義。然後，則接著分析常用義項與常用字形的關係。此外還得注意「訓釋詞與被訓釋詞確為同源詞的『聲訓』，才能系聯」，把握「義位聯結」和「義位分別」的原則。了解「有訓釋關係又並列連用的兩個詞，其義位屬同一個義系」並「把具有相同意義核心的表示名稱的義位與表示變化、性質的義位系聯入同一個義系」，最後「以文獻語言材料為基礎把握《說文》詞訓的聯系」。〔註56〕在這個系聯方法之下，又可以導引出輔助方法──「字詞頻統計法」。本論文針對《說文解字》中的常用字詞的出現頻率，先進行訓詁分析與語源分類，然後在訓詁模式和語源義類的訓釋字詞中，找出最常出現的字詞，結合上述的系聯方法，著手研究《說文解字》和經典文獻常用字詞的文字與詞義系統。

　　之所以如此，主要是在字詞頻的計量統計研究上，很容易直觀和平面地將數據作為最有力或唯一的解釋證據。常出現的字，本身是否為常用的意義？含有幾個常用意義？都不是單純的計量分析可以概括的，所以仍然要把握以義位為原則。李宗江也提到：「常用詞的常用程度並不相同，對使用頻率較高的詞，如虛詞等採用統計方法比較有效，但對實詞，如一般名詞進行統計就

〔註56〕詳參宋永培：〈《說文解字》詞義系統研究（提要）〉，《說文與訓詁研究論集》，頁121～123。

要難作一些。」〔註57〕于飛則提出「平均見次率」為標準的判斷方式。其具體作法為「首先，統計出某部語料的全部字數，然後確定這部語料的詞彙數，也就是統計出這部語料中一共出現了多少個詞。用總的字數除以詞的個數得出平均每個詞的出現頻率，即這部語料中的平均見次率。出現頻率高於平均見次率的詞即為這部語料中的常用詞。」〔註58〕本文也參酌這種計量方式，將目前已存在與本論題語料背景時代相近的計量材料，如龍仕平《說文解字訓釋語常用詞研究》的「附表一、說文解字訓釋語常用詞名詞詞表」、「附表二、說文解字訓釋語常用詞動詞詞表」、「附表三、說文解字訓釋語常用詞形容詞詞表」、〔註59〕《古籍漢字字頻統計》「4.古籍字頻統計表」、〔註60〕、《十三經字頻研究》「第四章、十三經字頻總表」、〔註61〕、《史記字頻研究》「第四章、史記用字概況和字頻區的劃分」〔註62〕、《古璽文字量化研究及相關問題》「附錄一、古璽文字字頻級別表」〔註63〕等，以及運用當前兩岸三地所編纂的「語料庫」如香港中文大學「先秦兩漢一切傳世文獻電腦化資料庫」、中研院「平衡語料庫」〔註64〕等，進行參照與比對。

此外統計《說文解字》常用詞的字頻，有四個比對步驟：

1、《說文解字》本文在訓釋字詞中的頻率。（語原義類出現的常用訓釋字詞）

2、王力《古漢語常用字典》在《說文解字》訓釋字詞中的頻率。

3、古籍常用字與《說文解字》常用字詞比較。

4、十三經字頻與《說文解字》常用字詞比較。

〔註57〕李宗江：《漢語常用詞演變研究》（上海：漢語大詞典出版社，1999年），頁74。

〔註58〕于飛：《兩漢常用詞研究》（長春：吉林大學博士學位論文，2008年），頁27～28。

〔註59〕詳參龍仕平：《說文解字訓釋語常用詞研究》（重慶：西南大學碩士學位論文，2007年）。

〔註60〕詳參北京書同文數字化技術有限公司：《古籍漢字字頻統計》（北京：商務印書館，2008年）。

〔註61〕詳參海柳文：《十三經字頻研究》（北京：高等教育出版社，2011年）。

〔註62〕詳參李波：《史記字頻研究》（北京：商務印書館，2006年）。

〔註63〕詳參朱疆：《古璽文字量化研究及相關問題》（上海：上海人民出版社，2010年）。

〔註64〕參中央研究院資訊科學研究所、中央研究院語言學研究所、中央研究院計算中心：中央研究院漢語平衡語料庫（簡稱 Sinica Corpus），網址：http://asbc.iis.sinica.edu.tw/。

經上述步驟之後，然後將龍仕平《說文解字訓釋常用詞研究》的字表打散，比對「十三經字頻」、「古籍字頻」、「《爾雅》字頻」、「漢代字辭書字頻」。此外，更可以擴大延伸比較，茲表示如下：

《說文解字》語原義類的常用訓釋字詞歸納。

↓

王力《古代漢語常用字典》中有引用《說文》及漢代典籍解釋的字詞比對。

↓

古籍常用字字頻、十三經字頻比對整理。

↓

漢代字辭書比較：《蒼頡》、《急就》、《方言》、《釋名》、《爾雅》、《廣雅》等。

↓

漢代典籍比較：《淮南子》、《新序》、《說苑》、《論衡》、《鹽鐵論》、《白虎通義》等。

↓

漢代語料比較：經注、簡帛、碑刻等。

第二類以「文字構形分析法」為本，包含「語源分析法」的輔助方法。此為字詞內部性質的分析。

經過第一類對於常用字詞範圍的歸納與系聯，接下來便得考慮在系聯過程中，字詞構形與訓義之形態與內涵。陸宗達提到：「漢字造字初期的原則是因義而繪形，所以，早期漢字的形義本來是統一的。這使因形而索義、以形而證義的訓詁方法成為可能。但是，隨著漢字形體的演變，形義脫節的現象越來越明顯。」〔註65〕如此演變的過程中，產生了一批常用的文字，搭配著常用的詞義，彼此交錯變化，所以考察文字除了溯其本源，還當明其派生。陸氏也云：「考字和用字畢竟不是一回事：用字當然最好是遵守當時社會的約定性，而考字卻必須去追索原始的造字意圖，以求得造字當時的詞義。」〔註66〕本文除了考究造字原始之外，另要著重探究的，就是這些「用字」的構形與

〔註65〕陸宗達、王寧：〈論求本字〉，陝西理工學院學報（社會科學版），1983 年，第 1 期，頁 79。

〔註66〕同前註，頁 79。

詞義系統，故先藉由「以形索義」的方法，探求核心常用字詞的本義，本著六書皆造字之法的原則，以魯實先先生在《轉注釋義》、《假借遡原》、《文字析義》的考證方式爲典範，探索常用字詞形、音、義的演變情形。

因爲「詞源研究對音近義同的詞的詞源意義的歸納，與詞義整理對感性訓釋所包含的義位的概括，在整個意義系統中居於不同的層次，但它們的道理和方法是一樣的。」〔註 67〕所以在常用字詞構形與訓義的內部分析過程中，應以「語源分析法」爲參照。由於「同狀異所的同源詞是同一個源義素與相應於不同事物範疇的類義素的結合，同一義位的義位變體是這個義位在不同事物範疇中實現的義值。它們在詞義運動中居不同的層次，但都反映了詞義運動中『抽象概括——形象具體』這一過程。」〔註 68〕故在《說文解字》與經典常用字詞的研究中，必須具有詞義運動的脈絡觀念，以「因聲求義」的方法，藉由聲音與意義的關連性，析理出每個常用核心字詞的語義場，進行系統的審視。

第三類以「詞例分析法」爲本，涵蓋「詞彙比較法」的輔助方法。蘇寶榮和宋永培認爲：「詞義是社會生活的反映，其本身不是孤立的，只有在與同義詞的類比中，與反義詞的對比中，與同源詞的聯系中，才能更加深刻地理解和說明它。」〔註 69〕本文透過第一類的訓詁體例分析和字詞頻統計作爲參照，再經第二類文字構形與語源分析《說文解字》的常用字詞語料後，接下來就是要結合經典文獻的語料，進行比較互證和詞義系聯研究。

蘇氏與宋氏又說：「我國傳統詞彙學說解字（詞）義的著作分爲兩個系統：一個是以《說文》爲代表的系統，從本義出發說解詞義；一個是以《爾雅》爲代表的系統，歸納、收集經傳中隨文釋義的訓詁而編輯成專書，對詞的本義、引申義不加區別。」〔註 70〕在這兩個系統的語料中，對於詞義的解釋存在著差異。段玉裁便曾云：「字書與說經有不同。」〔註 71〕在詞義訓詁上，其實

〔註67〕黃易青：〈同源詞意義關係比較互證法〉，《古漢語研究》，2000 年，第 4 期，頁 66。

〔註68〕同前註，頁 66。

〔註69〕蘇寶榮、宋永培：〈論漢語詞義的系統性及說解詞義的方法——兼論《說文解字注》詞彙研究借鑑價值〉，《河北師範大學學報》，1985 年，第 2 期，頁 25。

〔註70〕同前註，頁 26。

〔註71〕〔東漢〕許慎、〔清〕段玉裁：《說文解字注》，卷八。

分爲「獨立之訓詁」和「隸屬之訓詁」兩種，又說：「小學之訓詁貴『圓』，而經學家之訓詁貴『專』。」〔註72〕所謂的「圓」是詞的概括意義，「專」則是詞在句子裡、文章中所反映的意義。

　　詞的概括意義和文句中具體的意義，展現出詞的兩重性，分別顯示在「詞典訓詁」和「經典詮釋」兩個解釋系統上。漢語以文字爲表述工具，所以面對這兩種相對的解釋系統，所探究的其實是同一批常用的文字。所以必先考察這些「字面普通而義別」〔註73〕的常用字詞，才能釐清《說文解字》和《爾雅》訓解字詞體例的承繼與演變，並且才能進一步釐清當前詞典編輯義項時，對本源意義派生和隨文釋義的異同。陸宗達、王寧〈談比較互證的訓詁方法〉中提到「相同義項的比較變異」、「相同義段的以此證彼」、「重合義列的同源相系」〔註74〕就是將文獻語言材料結合詞典訓詁，進行比較互證的方法。

　　除了以針對個體「詞例」和群體「詞彙」的互證外，還必須利用傳統的文獻校勘方法，比較「異文語料」，例如《周禮集說》：

　　案：春秋緯：天子墳高三仞，樹以松；諸侯半之，樹以柏；大夫八

　　尺，樹以藥草；士四尺，樹以槐。（《周禮集說》）〔註75〕

「藥草」雖然是常用字詞，但是比較內文的對偶句，似乎非植於墳前之樹的名稱。另觀班固《白虎通義》所引云：

　　《春秋含文嘉》曰：天子墳高三仞，樹以松；諸侯半之，樹以柏；

　　大夫八尺，樹以欒；士四尺，樹以槐；庶人無墳，樹以楊柳。（《白

　　虎通義・崩薨》）〔註76〕

由此比較下，可以發現筆劃繁多的「欒」，因爲形體和常用字「藥」相近，所以產生訛混，且當時「藥草」爲常用複合詞，所以衍生「草」，誤成「藥草」一詞。透過比較互證和異文比較，一來，可以明該字詞的源流，辨別其訛誤；

〔註72〕詳參黃侃：《黃侃國學講義錄》。

〔註73〕詳參張相：《詩詞曲語詞匯釋》（臺北：臺灣中華書局，1975年）。

〔註74〕陸宗達、王寧：〈談比較互證的訓詁方法〉，《訓詁研究》（北京：北京師範大學出版社出版，1981年），第一輯，頁118～122。

〔註75〕〔元〕陳友仁：《周禮集說》，（臺北：臺灣商務印書館，1983年），明成化甲午（十年，1474）福建巡撫張瑄刊本，卷四。

〔註76〕〔東漢〕班固：《白虎通義》（臺北：臺灣商務印書館，1968年），卷下。

二來，可以探究常用字詞的語言意義和語境意義，分析其語義場，是本論文欲應用在《說文解字》和經典文獻常用字詞比較研究第三類方法。

總的來說，本論文這三類研究方法，可以分爲「常用字詞」和「《說文解字》與經典常用字詞」兩個研究層次，在步驟上則循著先「狹」後「廣」的方向，首先聚焦在《說文解字》常用語料的分析，進而擴展至和經典文獻常用語料的比較研究，以此做爲本論題將來發展東漢、西漢等斷代常用語料研究的基礎。

在這些方法之中，要把握幾項原則與概念，茲述如下：

（一）本論文的研究方法必須融合李宗江對於漢語常用詞之研究方法，只是順序輕重有所差別：

1、以語義場爲單位的研究。（李氏認爲此應佔中心位置。）

2、以同義聚合爲單位的研究。（本論文將參酌《爾雅》訓詁字詞考察之。）

3、聚合類比分析。

4、組合關係分析。（以魯實先先生《文字析義》研考字群的概念與方法推考之。）

5、以單詞爲單位的研究。

6、專書性的研究。（以《說文解字》爲本體。）

7、斷代性的研究。（以漢代詞彙爲考察重點。）

8、通史性的研究。（以先秦春秋戰國至漢代爲考察時段。）

9、用量統計方法。（以爲輔證參酌之用。）

再加上：

具辭書特性的研究方法→針對詞義與詞彙的演變。

具字書特性的研究方法→針對字形變化和義位轉變的內涵。

（二）針對《說文解字》和經典常用字的性質分析方式，分為兩個方面

1、內部比較分析

《說文解字》訓釋字詞	V.S	〈說文解字敘〉常用字詞
		許沖〈上說文表〉常用詞

上表的內部分析，在往後的研究發展上，進一步還能比較許慎《淮南子注》訓釋常用詞[註77]與《五經異義》訓釋常用詞還可延伸至許慎的訓詁觀念和語言風格，甚至其方言背景之影響。

2、外部比較分析

（1）與辭書相比

《說文解字》訓釋字常用字詞A，B也。之B。	《爾雅》訓釋常用字詞。A、B、C、D、E、F，G也。之G。
	《方言》訓釋常用字詞。
	《釋名》訓釋常用字詞。

在外部分析裡，與《爾雅》相比可得先秦至西漢書面常用字詞之面貌；與《方言》相比可得漢代區域常用字詞及前期通語之面貌；與《釋名》相比可得東漢後期常用字詞之部分發展。

（2）與字書相比

《說文解字》訓釋字常用字詞	蒼頡篇（含博學篇、爰歷篇、訓纂篇等）
	急就篇

此處與字書相比，可得漢世用字之情形以及文字整理、字形演變之概況。

（3）與《史記》改經書字相比

而和太史公改經書之字，以漢世常用字譯之，可比較經典文字之義位在漢代的演變。

（4）與漢代簡帛碑刻文字相比

此處比較可從字形上、文字整理上以及構字組合在隸變因素影響下的面貌。

（5）與漢代經注相比

則可以明白《說文解字》之訓詁、所引通人之解釋和經注語料的解釋異同。

總體的分析原則，可以下面之概念圖示之：

[註77] 詳參郭向敏：〈《淮南子》許注與《說文解字》字義之比較（一）〉，《新鄉師範高等專科學校學報》2007 年 11 月，第 21 卷，第 6 期。

（三）字詞分析概念圖

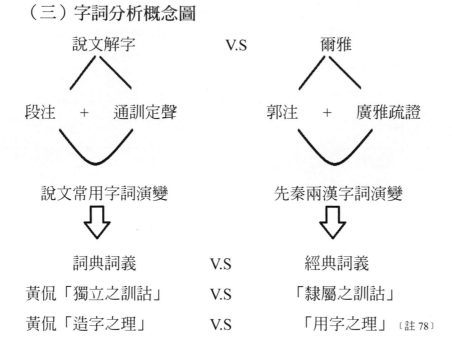

由這兩個系統方法，考其「同義詞」的類比關係、「反義詞」的對比關係、「同源詞」的系聯派生關係，並作比較互證的考察工作。

（四）核心詞（基本詞）與常用詞的比較研究

黃樹先及其學生〔註79〕對於漢語「核心詞」的研究，提出了「三級比較法」:「語義場⇨詞族⇨詞」此中涉及了常用詞研究的範疇，所以本論文也參酌其論述，所爲常用字詞定義與性質的分析參考。

總而言之，本論文秉持著一個基本立場，就是「論文中對於『基本詞』、『核心詞』、『常用詞』、『通用語』必須要清楚的定義與界定」。因爲基本詞與核心詞的性質偏向於跨時代的詞彙性質，常用詞與通用語則存在著時代性與地域性的差別，故不得不嚴謹考察。在此立場下，以《說文解字》爲研究之根本，針對各家對於先秦至漢代常用詞彙研究的語料，進行拆解應用。由於本論文的研究，所考慮的不僅僅是《說文解字》一書中常用詞彙的調查與整理，而是從文字訓詁、文獻詞義異文分析之角度，審視《說文解字》常用字

〔註78〕參黃侃《黃侃國學講義錄》，頁 280。

〔註79〕詳參黃樹先:《比較詞義探索》（成都：巴蜀出版社，2012 年）、吳寶安《西漢核心詞研究》（成都：巴蜀出版社，2011 年）、施眞珍《後漢書核心詞研究》（成都：巴蜀出版社，2011 年）。

詞在漢代辭書學史與經典詮釋、注釋史所呈現之演變與發展，從而探究漢代常用字詞的面貌。考慮到經典文獻的註釋與字辭書的訓釋詞本身即依照「以已知釋未知」和「以常用解罕用」的訓詁原則，故其本身存在著常用詞義的性質，也具有通用語的內涵，所以尚須「增加與經典與字辭書訓釋詞的比較」，針對經典文獻或方言詞語進行解析。

此外由於文獻異文本身也存在著常用字形的性質，所以也要「增加與經典異文的比較」，擇取《周禮》、《春秋》、《尚書》、《易經》、《詩經》、《論語》之異文研究資料，進行字形比較、字義分析。並且利用近來之出土材料，例如「增加漢代碑刻詞彙與生活詞彙的比較」、「漢代簡帛文獻的詞彙比較」。藉由漢代碑刻和簡帛詞彙可以分析《說文解字》常用字詞的文字構形與釋義，生活詞彙則可以看出漢代通用語的詞彙發展概況，藉以比較文獻書面常用字詞與生活口語詞彙的異同。並能據此，再對照漢代字書如《蒼頡篇》、《急就篇》之編纂，考察其主要使用對象與用途，以及和《說文解字》在常用字詞使用上的異同。

第二章 《說文解字》與經典文獻
常用字詞研究析述

　　本章所要探討的是《說文解字》與經典文獻常用字詞，在研究上之本質——「定義與性質」。藉由對常用字詞此論題內涵的分析，聚焦在《說文解字》和經典常用字詞的性質和定義上。

　　透過對本論題重點：「《說文解字》」、「經典文獻」常用字詞語料的內涵性質與變化類型之探究，不僅能觸及常用字詞研究的廣位概念，並且能連結以漢字為觀察重點的書面常用字詞及其使用與演變的研究。

　　在探討上述主題的過程中，本文還要對該主題相關的研究論著，進行分類概述，如此一來便能對漢語常用字詞，這個近年來才逐漸勃興的研究領域有初步的認知，也可以呈現本文對於《說文解字》與經典常用字詞，其比較研究的特點與價值。

第一節　常用字詞釋義

一、常用字詞之定義

　　對於常用字詞的性質，應該要如何界定呢？周祖謨在《漢語詞彙講話》針對現代漢語常用詞提到：「現代漢語文學語言中的詞彙包羅極廣，其中有的

是『常用詞』，有的是『非常用詞』。凡是日常用來表達人們的思想的詞，一般人都能掌握的詞，我們就稱為『常用詞』。專門的詞和由古代沿用下來的文言詞以及具有特殊修辭色彩的詞，未必是一般人常常應用的，尤其是一些帶有歷史性的名詞，一般的談話和寫作中很少應用，所以我們稱為『非常用詞』。常用詞與非常用詞的界限儘管不易劃分，可是分別常用詞和非常用詞在語文教學上還是有意義的。那就是說，教師在進行教學當中應當多多注意使學生掌握常用詞的含義和用法，非常用詞就居於次要的地位。」〔註1〕其實每個時代都有每個時代的常用字詞，上文提到：「專門的詞和由古代沿用下來的文言詞以及具有特殊修辭色彩的詞，未必是一般人常常應用的」這類詞，如果不是站在現代漢語的立場，它們可能分別是某個時代很常出現在通用口語或書面語中的詞彙。

顯而言之，常用字詞的性質必定要考慮時代的因素，而歷來的討論中其實多將「常用詞」、「基本詞」、「核心詞」混淆，故首先要釐清目前語言學界對此領域各類主題的討論，茲分述如下。

（一）基本詞

早期對於常用字詞的認知概念包含了「基本詞」、「核心詞」等，何謂基本詞呢？最早提出論述的斯大林對其定義道：「語言中所有的詞構成所謂語言的詞彙，語言的詞彙中的主要東西就是基本詞彙。其中包括所有的根詞，成為基本詞彙的核心。基本詞彙比語言的詞彙窄小得多，可是它的生命卻長久得多，它在千百年的長時期中生存著，並給語言構成新詞的基礎……語言的文法構造和基本詞彙是語言的基礎，是語言特點的本質。」〔註2〕不過何謂「詞彙中的主要東西」？在此必須要考察其所包含的性質、特點，找出判分的界限。

方師鐸在〈怎樣才算是基本詞？〉一文中提到做為基本詞應具備三個條件：

1、不管大人還是小孩兒，不管識字還是不識字，人人都會說，都聽得懂，用不著查字典。

〔註1〕 周祖謨：《漢語詞彙講話》（北京：外語教學與研究出版社，2007年），頁7。

〔註2〕 參斯大林：《馬克思主義與語言學問題》（北京：中國人民大學出版社，1953）。

2、意思很固定，「男」絕不會變成「女」，「單」絕不會變成「雙」；雖然有的時候，本義也許擴大或縮小，但那些發生變異的詞兒，為數很少，「人微言輕」，不足以影響大局，我們可以把他們視作例外。

3、有構造新詞的能力。〔註3〕

從前述兩點可以明白了解到，方氏對基本詞的定義是口語的、白話的，不必見諸於書面（不管識字還是不識字），而且絕對貼近生活。不過就語言詞彙的立場而言，第三點才能觸及「基本詞」性質的內在條件。方氏提到：「構成基本詞的主要條件，是在於他的常用不常用，流不流行，而不在於他的時間長短；只要他流行，為大家所喜愛，你也用他來造新詞，我也用他來組成詞組，那他馬上就會變成基本詞。」〔註4〕此說似乎將常用、流行做為判斷是否為基本詞彙的主要條件，而略去了詞彙的時間條件，如此一來，基本詞和常用詞便相差無幾了。

筆者認為方氏對於「基本詞」的論說價值在於說明其「有構造新詞的能力」的定義。他提到：「基本詞既然具有強大的『構造新詞能力』，那他們是不是就完全等於『詞素』呢？不！基本詞決不可與詞素混為一談，他們根本是兩碼事。」〔註5〕這個說法將詞和詞的組成因子進行了層次判別。方氏進一步界定「基本詞」和「詞素」的三點差別，他說：「第一，詞素是最小的、有意義的，然而他卻是『不能』獨立運用的語言單位；基本詞卻是最小的、有意義的，『可以』獨立運用的語言單位。」又說：「第二，基本詞並不見得都是單音節的，而詞素卻大部分都是單音節的。」最後述及：「第三，有些合成詞，並非渾然一體的單純詞，明明是由一些基本詞組合而成的，然而我們也分析不出他們的詞素來。換句話說，這些詞兒的『原生詞』是一種意思，由原生詞組合而成的『孳乳詞』，卻具備了另一種意思。」〔註6〕這三點清楚地釐清了「基本詞」是詞彙，而非詞素的位階差異。

〔註3〕　方師鐸：〈怎樣才算是基本詞？——詞彙學淺說（五）〉，《中國語文》，1965 年 11月，第 16 期，頁 47～48。

〔註4〕　同前註，頁 48。

〔註5〕　同前註，頁 49。

〔註6〕　同前註，頁 50。

斯大林提到基本詞彙具有「全民性」、「穩固性」、「能產性」三個特性，〔註7〕比較前述方氏之說，「全民性」就是「人人都會說」；「能產性」即是「有構造新詞的能力」，但在「穩固性」上便產生了一些不同的認定。徐正考和于飛提到：「基本詞之所以成為基本詞，是由於它所表達的概念具有概括性和全民常用性決定的。概括性使得它在一組類義詞中具有詞義基礎的作用，全民常用性則體現了社會生活的需要。具備了這兩個條件的詞便會在眾多詞中脫穎而出，成為構成新詞的基礎，久而久之，以其為中心，就會形成一個相關概念的語義場，這個詞也就具備了進入基本詞彙的條件。因此，與常用詞不同，基本詞彙的性質可歸納為：能產性、概念的概括性和全民常用性。」〔註8〕其中「概念的概括性」、「全民常用性」呈現的內涵即接近詞彙的「穩固性」。

（二）核心詞

詞彙的部分意義因為具有恆定性，所以它能跨越時代，而永遠是語言使用的核心詞彙，所以在語言學中「基本詞」（basic vocabulary）又稱作「核心詞」（core vocabulary）。其概念是相同的，一來是語言交流中必需的詞彙，往往也是詞彙系統的核心。〔註9〕

楊同用統計了高名凱、石安石（1963）、張志公（1982）、符淮青（1985）、馬學良（1985）、北京大學中文系現代漢語教研室（1993）、楊潤陸（1995）、林祥楣（1995）和葉蜚聲、徐通鏘（1997）等八部現代漢語專著和教材中所引的基本詞彙例子，加起來只有 199 個，其中 116 個（占 60%）多次重複使用。〔註10〕這一百多個口語基本詞彙，內容範圍應該接近 Swadesh 在 1952、1955 年提出基本詞彙的「100 詞表」和「200 詞表」。王惠提到：「因為基本詞彙最重要的特徵是通用性。作為語言交際中使用面最廣的詞，基本詞彙是不同領域、不同地區、不同語體、不同風格的詞彙共核部分（common core）。因此，在判斷基本詞彙時，不僅要看詞的使用頻率，同時也要看它的使用範

〔註7〕 參斯大林：《馬克思主義與語言學問題》（北京：中國人民大學出版社，1953 年）。

〔註8〕 徐正考、于飛：〈漢語的基本詞和常用詞〉，《詞彙學理論與應用（四）》（北京：商務印書館，2008 年），頁 29。

〔註9〕 王惠：〈日常口語中的基本詞彙〉，《中國語文》，2011 年，第 5 期，頁 443。

〔註10〕 楊同用：〈基本詞彙問題的重新思考〉，《語文研究》，2003 年，第 3 期。

圍是否廣泛，是否具有顯著的『大眾化』特點。」〔註11〕此處說明了常用詞彙通用的本質。

　　陳保亞將 Swadesh 的 200 詞表進行分階，他說：「高階由 Swadesh 在 1995 年提出的 100 詞組成，低階則是 200 詞中剔除前述的高階詞所剩。他發現高階詞相較於低階詞更穩定，更不容易被借用，也就是說高階詞中遺存形式更多，而低階詞較容易受借用形式影響干擾。」〔註12〕施眞珍提到：「核心詞是語言中最穩定的，其構詞能力也是最強的，在相當長的一段時間裡，這些詞都有較爲穩定的語音形式和較爲準確的含義。」〔註13〕故其認爲：「核心詞的外延比基本詞還要小，是指『基本詞彙』中最核心的那一部分詞。」〔註14〕此觀點的認定來源與研究的對象其實就是以 Swadesh 的「100 詞表」爲主。

　　在這一百詞當中所呈現出來的詞彙，大半從古至今都還維持著常用的性質，也是生活中基本的詞彙，就意義性質而言，它們的常用義位如「葉 leaf」，《說文解字》：「艸木之葉也。」「骨 bone」，《說文解字》：「肉之覈也。」「誰 who」，《說文解字》：「誰何也。」等，都仍以本義行之，而外延的二百詞如「唱」，《說文解字》：「導也。」《廣雅・釋詁》：「道也。」《廣韻・漾韻》：「發歌。」在本義之外就具有較多的常用義項。

　　由此可以了解到「核心詞」較之前述的「基本詞」，在常用的情況下，其義位較少，甚至只有本義維持著常用詞彙的性質，可見其範疇較之基本詞更爲狹小。

（三）常用詞

　　討論了「基本詞」和「核心詞」，再回顧「常用詞」本身來看，可以發現，此三類詞的基本輪廓和範圍大小逐漸清晰。其實以共時的角度視之，同一個時代最常用的字詞裡面，一定會存在著最核心的詞彙和基本的詞彙。核心的詞彙指的就是亙古以來，隨著人類生活與文明的活動，行諸語言的詞彙，例如表示人身部位、生物體、稱代、自然現象、顏色、低位數字以及簡單的狀

〔註11〕王惠：〈日常口語中的基本詞彙〉，頁 446。

〔註12〕汪峰、王士元：〈基本詞彙與語言演變〉，王士元：《語言湧現：發展與演化》（臺北市：中央研究院語言學研究所，2008 年）。

〔註13〕施眞珍：《後漢書核心詞研究》，頁 1。

〔註14〕同前註，頁 1。

態、動作等。〔註15〕基本詞也涵蓋了前述部分，只不過可能在自然現象、顏色、數字、狀態、動作上，多了較多的表述和形容的詞彙。

　　同一時代中，扣除核心和基本詞彙，仍然還會有一些當時很常用的字詞，這些常用詞的性質就包含了許多構成因素。就語法因素而言，徐正考和于飛在論及「基本詞彙和常用詞彙混淆的最根本原因」時認為，必須回歸漢語自身的發展特點，他們說：「漢語的構詞方式又不同於英語、俄語的派生構詞法，而是以兩個詞根組合成詞的複合詞構詞法為主。在複合詞產生之初，兩個詞根都可以獨立成詞，根詞、詞根與成詞語素往往合一，那些全民常用的；穩定的詞往往具有很強的構詞能力，但當詞彙呈現複音化趨勢時，漢語構詞法並沒有出現相應的變化。這樣一來，一方面雙音詞的發展趨勢使得原來的單音詞多被雙音詞取代，失去了成詞的資格；另一方面，漢語的構詞法和複音詞為主的特點又限制了雙音詞的構詞能力。本身是詞，又有一定構詞能力的基本詞就只剩下了『天』、『人』、『手』等單音詞，即我們所說的『根詞』。它們倒也的確是現代漢語常用詞的一部份，但這樣一來，基本詞彙就變得寥寥無幾了。」〔註16〕複合詞構詞產生的過程，實際上可以從古漢語訓詁語料看出端倪，由於訓詁的原則是以已知釋未知，以常用解罕用，所以訓釋字詞本身必須具備易知、常用的性質，才能達到訓詁字詞的目的。往往這些用來訓詁的常用字詞，也是構成複合詞的直接材料。例如《說文解字》：「伸，屈伸。」「伸」字的解釋是以本字為訓，已見「伸」的核心本義，而又和「屈」構詞，成為常用動作詞彙「伸屈」、「屈伸」。斯大林提到「能產性」是基本詞彙三大特性之一，也就是說具有構詞功能的單音節詞素，本身在漢語發展的早期就是常用詞。張世祿認為：「它的這種作用，不但使得語言連續不斷地發展，而且使得詞彙的變化具有極顯著的系統性。」所以徐正考和于飛提到：「漢語中絕大多數新詞都是在舊有的類義詞或語素的基礎上，根據一定的組合或派生原則形成的。這些舊有的詞總是負擔著構造新詞的重要作用，它們便是漢語詞彙發展的基礎和源泉。」此中明確的說明了常用字詞在複合構詞的能產性。

　　常用詞在「能產性」、「恆定性」、「穩固性」、「概括性」的強度，實際上是

〔註15〕施眞珍：《後漢書核心詞研究》，頁1。

〔註16〕徐正考、于飛：〈漢語的基本詞和常用詞〉，《詞彙學理論與應用（四）》，頁29。

遜於「核心詞」、「基本詞」的，不過它的「全民常用性」則使得它常常涵蓋了「核心詞」和「基本詞」。只是要注意的是「共時」和「歷時」；「局部」和「全部」的差別。以時間因素考慮這三類詞，則：

核心詞＝基本詞（跨時代）≠常用詞（某一時代）

〈漢語的基本詞和常用詞〉一文中論及「常用詞和基本詞的關係」便說：「常用詞與基本詞存在的平面不同，常用詞具有明顯的時代特徵，是一個純粹的共時概念。一個時代有一個時代的常用詞，一種方言有一種方言的常用詞，甚至一個行業、一個人、一本書都有能夠代表語言特點的常用詞。」若從共時的角度看待「常用詞」和「基本詞」，則呈現的是一種交叉的集合：﹝註17﹞

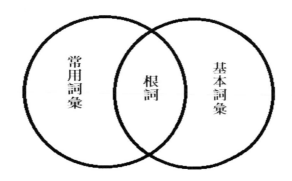

文中認為要界定常用詞的性質要考慮三個面向：﹝註18﹞

1、從使用頻率考慮，常用詞即高頻詞。一般情況下，描寫詞彙學都採用這一定義。

符淮青談到常用詞時指出：「常用詞就是當代社會中最常用的詞。它可以是基本詞彙中的詞，也可以是一般詞彙中的詞。常用詞的確定，完全根據詞在最流行的書刊上運用的頻率。」﹝註19﹞不過頻率的統計與調查必須考量常用詞本身的性質和分判的因素，絕不能單純的以高頻詞當作常用詞看待，而不考慮常用的性質和出現常用詞彙的來源性質。

2、是從意義的角度考慮，常用詞是與傳統訓詁學中的疑難詞相對立的「字面普通而義別」的詞。從王力先生開始，這一定義被很多學者所採用。

﹝註17﹞詳參徐正考、于飛：〈漢語的基本詞和常用詞〉，頁31。

﹝註18﹞同前註，頁31。

﹝註19﹞符淮青：《現代漢語詞彙》（北京：北京大學出版社，1985年），頁163。

　　王力在《古代漢語・凡例》「常用詞」的部分，指出「常用詞」是字面普通而古今詞義差別較大且使用頻率較高的詞語。其《古代漢語》「上冊的常用詞大致是以《春秋三傳》、《詩經》、《論語》、《孟子》、《莊子》書中出現十次以上的詞爲標準。」〔註20〕此處言明了常用詞的性質以及來源根據。

　　李宗江認爲常用詞的內涵：（1）這類詞的所指與人類自身以及生產生活有著密切的關係，而且這種關係不會因時代的不同而改變。（2）這類詞的能指，包括語音和文字形式曾隨著時代的不同而有過變化。〔註21〕

　　汪維輝進一步解釋：「首先，『常用詞』是跟『疑難詞語』相對待的一個概念，……是從訓詁學的立場看基本上沒有考釋必要和價值的那一部分詞。其次，使用頻率不是確定常用詞的主要依據，更不是唯一依據。我們所說的常用詞，主要是指那些自古以來在人們的日常生活中都經常會用到的、跟人類活動關係密切的詞，其核心就是基本詞。第三，有些詞雖然很常用，但跟詞彙的歷時更替關係不大，也不在我們討論範圍之列，比如專有名詞、一些新生事物的名稱等。」〔註22〕綜前三家之說，筆者認爲以意義爲依歸，才能從根本把握住常用詞的特點。

　　3、第三種面向則認爲常用詞是那些同人們生活密切相關的詞，它們往往具有概念上的高度概括性，基本等同於認知語言學中的基本範疇詞。

　　文中結合了上述三個面向，認爲「它們（基本詞）的發展變化往往會引起相關語義場內詞義的系統性變化，進而推動詞義系統的不斷發展。」又「那些只具備語法意義的虛詞也是語言運用中必不可少的一部分。據統計可見，它們總是漢語中使用最頻繁的詞，因此也理應歸入常用詞的範疇。」所以說，王引之《經傳釋詞》中的「常語」，實際上就是書面語言中常見的字詞，理應納入常用詞的研究中。最後，文中論說：「即使是一些術語或專有名詞，它們在某一時代或某一專書中的頻繁使用，也總是鮮明地反映出一個時代的社會生活和語言特色、語體風格等特點，有些詞由於使用頻繁，逐漸淡化了專名的特徵而成爲一個廣泛運用於日常生活中的詞語。它們的這一變化也給詞彙系統帶來了不可忽視的影響。漢魏六朝時佛教名詞對漢語詞彙的影響就是其

〔註20〕王力：〈古代漢語・凡例〉，《中國語文》，1989 年，第 2 期。

〔註21〕李宗江：《漢語常用詞演變研究》，頁 11。

〔註22〕汪維輝：《東漢──隋常用詞演變研究》（南京：南京大學出版社，2002 年），頁 11。

中的典型。」〔註23〕其實這一類不僅是外來佛教詞語，在傳統文獻語料中尤其明顯，所以考察文獻語料，更是研究漢語常用詞演變主要也是必先行之的工作，而文獻語料的詞彙整理則以《爾雅》為初聲，進至《說文解字》則形成體系，故他們將常用詞定義為：「在一定時期和範圍內，意義普通，使用廣泛，具有穩定和活耀的生命力，能夠體現特定語言中詞彙系統的使用特點及整體面貌的詞。」〔註24〕王雲路則認為「常用詞」具五項特點：

1、義項豐富。

2、使用頻率高。

3、構詞能力強。

4、字面普通。

5、涵義相對穩固。

她說：「這幾個特點是密切聯繫的。因為使用頻率高，經常出現，就不會顯得陌生，也就會覺得字面普通而常見；因為構詞能力強，能與許多單音節語素構成新詞，其功能就多，其義項就豐富；常用詞的基本含義相對穩固，因而能夠延續很久。當然以上五個特點一個常用詞不可能都具有，具備了其中的一至二個特點也就可以了。」〔註25〕白雲在《漢語常用動詞共時與歷時研究》也提到：「因為它們的『所指』是與人類活動關係最密切、最重要的概念，經常出現，因而使用頻率高；因為常用，在使用中被不斷賦予新的意義，義項逐漸豐富起來，語法功能也就越來越多，與別的語素組合能力就越強，因而生命力較為長久；因為與人類生活關係最密切，因而存在時間與空間上的差異。當然，並非每個常用詞都同時具有以上五個特點，具備其中的一些特點就可以了。」〔註26〕白氏針對常用詞的特點，補充了它們具有「時代性與地域性」，這點實可反映出學者們實際取材來源的各類文獻，其撰述者、編纂者、注釋者本身可能存在的時代性與地域性因素，在分析常用詞的內涵性質上，應該納入整體的考量。

〔註23〕徐正考、于飛：〈漢語的基本詞和常用詞〉，《詞彙學理論與應用（四）》，頁32

〔註24〕徐正考、于飛：〈漢語的基本詞和常用詞〉，《詞彙學理論與應用（四）》，頁32。

〔註25〕王雲路：〈中古常用詞研究漫談〉，《詞彙訓詁論稿》（北京：北京語言文化大學出版社，2002年），頁234～249。

〔註26〕白雲：《漢語常用動詞歷時與共時研究》（北京：中國社會科學出版社，2012年），頁15。

　　吳寶安在《西漢核心詞》一書，針對研究對象「核心詞」的內涵提到它們是「語言中最核心的這一類詞，目前學術界並沒有統一的術語。大致有以下幾個名稱：常用詞、基本詞、核心詞。漢語史界的學者常稱之為常用詞或基本詞；民族語學界的學者則一般稱之為核心詞。」〔註27〕漢語詞彙史學界的學者，例如黎錦熙稱其為「基本語詞」，王力稱之為「基本詞彙」，方師鐸稱為「基本詞」；鄭張尚芳、黃布凡、陳保亞、黃樹先等稱為「核心詞」；符淮青、汪維輝、李宗江等稱為「常用詞」。之所以會混為一談，是因為早先對於基本詞、核心詞、常用詞的討論並不多，也就無暇顧及對象與範疇詳細的界分；二來是對於研究對象採取直接的詞彙分析，關注在詞彙系統與性質的演變研究上，反而忽略了對象本身名義的探討。

　　事實上這三類詞還是有所差異的，綜上所述，基本詞、核心詞、常用詞的範疇應該是一個同心圓：

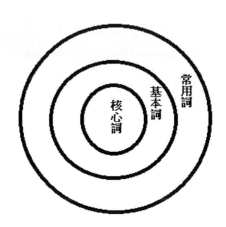

前圖以核心詞為中心，中圈是基本詞，最外圍則是常用詞。在這個同心圓裡，核心詞代表著字詞派生的來源，而基本詞則是牽涉到人類生活日常應用之語言的用詞，進而擴展至社會文化領域所產生的語言應用分類。在此脈絡中，時間的因素造成「核心詞」、「基本詞」與「常用詞」的差異。加以「地域」的差異性，也使得「常用詞」的成分複雜，相對的涵蓋面就擴大了，不過其內部仍舊是本著「核心詞」、「基本詞」所演化派生，才會讓人感覺此三類詞有混淆的情形。

〔註27〕吳寶安：《西漢核心詞研究》（成都：巴蜀書社，2011年），頁1。

　　本文要討論最外圍的「常用詞」，目的就在於從整體進行分析，故抓住某時代為斷限（漢代），某範疇為觀察對象（《說文解字》與相近時代的經典文獻），試圖爬梳此同心圓在領域間的變化情形。

二、《說文解字》與經典常用字詞之性質

（一）字詞類型：經學字詞、文獻字詞、民俗字詞；歷史語言、當代語言

　　《說文解字》本身的編纂動機，一則整理文字，訂正俗儒「人持十為斗」之誤析；二則博采通人，詮釋經典字詞。審視《說文解字》本身的訓詁觀念，可以發現它的字詞存在幾種性質。

　　首先是經學字詞，這一點可以從許慎之子許沖〈上說文解字表〉裡提到：

　　慎博問通人，攷之於逵，作《說文解字》，六藝群書之詁皆訓其意。

　　（卷十五）〔註28〕

這句話知道，就訓詁釋義的角度分析許慎的訓解語言性質，可知《說文解字》和經典文獻在字詞語義的文獻範疇和文化背景是很相近的。

　　黃德寬和常森在〈說文解字與儒家傳統──文化背景與漢字闡釋論例〉一文中，便舉出許慎訓釋某些漢字時，所使用的語言其實連結著儒家六藝經典的語言詮釋觀點。例如許慎釋「天」：

　　顛也。至高無上，從一大。（一部，卷一）

「顛」是天這個自然形象的語言意義，但是在這之後，許慎又說：「至高無上」，因為天的至高無上，所以在字構的詮解時才會帶出「從一大」（「大」為人之義，「一」為人上頭「天」的指事符號。）「如此，他將人們對「天」的觀念與「天」字的形義做了和諧統一。」〔註29〕這種文化觀點的語言詮釋，在：

　　大：天大地大人亦大，故大象人形。（大部，卷十）

　　三：天地人之道也，從三數。（三部，卷一）

────────────

〔註28〕〔東漢〕許慎、〔宋〕徐鉉等：《說文解字》，卷十五。

〔註29〕黃德寬、常森：〈《說文解字》與儒家傳統──文化背景與漢字闡釋論例〉，《江淮論壇》，1994年，第6期，頁77。

許慎的解釋和《易經》乾卦的文言所提到的：

> 夫大人者，與天地合其德，與日月合其明，與四時合其序。（《易
> 經·乾·文言》）

說法是一樣的，充分的展現了儒家「天人合一」的觀點。

在制度面上，許慎也運用了經典中的禮制，爲字詞進行解釋，例如：

> 市：韠也。上古衣蔽前而已，市以象之。天子朱市，諸矦赤市，大
> 夫葱衡。从巾，象連帶之形。凡市之屬皆从市。（市部，卷七）

> 帢：士無市有帢。制如榼，缺四角。爵弁服，其色韎。賤不得與裳
> 同。司農曰：「裳，纁色。」从市合聲。（市部，卷七）

此處許慎闡釋了社會尊卑等級在服儀的制度，其對字詞進行解釋，反映了當時
對該字詞文化層面的理解，也展現出其〈敘〉言裡：「蓋文字者，經藝之本，王
政之始，前人所以垂後，後人所以識古」的歷史文化觀。

經學語言是互通的，其證據就是許慎引用了經典文獻訓釋字詞，而經學家
也引用了《說文解字》來詮釋經典。例如顏之推云：

> 大抵服其爲書隱括有條例，剖析窮根源。鄭玄注書，往往引其爲證。
>
> （《顏氏家訓·書證》）[註30]

黃侃提到：「《說文》成書未久，鄭康成注經即援以爲證。如《周禮·攷工記·
冶氏》注引許叔重《說文解字》云：『鉊，鏺也。』《儀禮·既夕禮》注引許叔
重說：『有輻曰輪，無輻曰輇。』」[註31]許慎引用經典訓解字詞之外，曾校書
東觀的他，本身即爲一博學鴻儒，所以在《說文解字》裡還可得見其引用各類
文獻，輔以字詞之釋，例如：

> 盅：器虛也。从皿中聲。《老子》曰：「道盅而用之。」（皿部，卷五）

援引了《老子》：

> 道沖而用之或不盈。淵兮似萬物之宗。（《老子·無源》）[註32]

〔註30〕〔北齊〕顏之推：《顏氏家訓》（臺北：廣文書局，1977年）。

〔註31〕黃侃：〈說文略說〉，《黃侃國學文集》（北京：中華書局，2006年），頁39。

〔註32〕本論文引用《老子》之文獻，主要以「中國哲學電子書計畫」中之河上公本爲主，
　　　　理由是許慎時代河上公本即通行於世，且爲完整之文獻傳本，不以郭店楚簡本和

之語。朱謙之論曰：

> 謙之案：「沖」，傅奕本作「盅」，「盅」即「沖」之古文。說文皿部：
> 「盅，器虛也。老子曰：『道盅而用之。』」郭忠恕汗簡（上之二）
> 「沖」字，引古老子作**盅**。畢沅曰：「說文解字引本書作『盅』，
> 諸本皆作『沖』，淮南子亦作『沖』，并非是。」蓋器中之虛曰盅，
> 盅則容物，故莊子應帝王篇曰：「太盅莫勝。」〔註33〕

從引用材料來源，可以了解《說文解字》訓釋根據的豐博，從「盅」、「沖」版本異文，也可見當時常用文字的變化。又如：

> 圣：汝潁之閒謂致力於地曰圣。从土从又。讀若兔窟。（土部，卷十
> 三）

段玉裁注：

> 此方俗殊語也。

可以了解到許慎編纂《說文解字》援引了當時的方言常用之字詞。〈說文解字敘〉曰：「今序篆文，合以古籀。」許慎的《說文解字》最受人稱道的就是對語言的演變分析具有歷史觀，並且對於字形符號的演變、古今語言的流轉，都納入了其書，進行訓解。

　　在經典文獻的角度之外，《說文解字》的編輯不盡然只是爲文獻書面語言服務，當代的文學用語、俗民用字語言、方言詞語都是許慎編輯纂納的範圍，例如：

> 氐：巴蜀名岸脅之窊旁箸欲落墙者曰氐，氐崩，聞數百里。象形，乁
> 聲。凡氐之屬皆从氐。楊雄賦：響若氐隤。（氐部，卷十二）

因用當時通行的文學家揚雄所寫的〈解嘲〉篇中：

> 功若泰山，響若坻隤。〔註34〕

馬王堆帛書甲乙本，是因爲其是否傳世通行，尚待考證，再者王弼本和河上公本雖區別不大，但王本字數多於河上公本，多呈現在虛詞上，註解上以河上公本以修身煉氣爲主，王弼本則以談玄說虛爲主，詞彙內容與時代已有差別，不以王弼本爲主則是爲了避免時代先後的矛盾。

〔註33〕朱謙之：《老子校釋》（北京：中華書局，1984年），頁66。

〔註34〕〔西漢〕楊雄：《太玄》（北京：中華書局，1998年）。

以當代通行的文學語言，爲字詞進行意義的輔助解釋。又如：

> 殢：棄也。从歺奇聲。俗語謂死曰大殢。（歺部，卷四）

這裡的「大殢」，見李善注稽康〈養生論〉引《養生經》：

> 老子曰：人生大期，以百二十年爲限，節度護之，可至千歲。（《文選・養生論》）〔註35〕

裡的「大期」和「大殢」同，是當時對生死年限常用的俗語詞。再：

> 悼：懼也。陳楚謂懼曰悼。从心卓聲。（心部，卷十）

> 渚：滄溢也。今河朔方言謂沸溢爲渚。从水沓聲。（水部，卷十一）

則是用陳楚方言常用字詞「懼」、河朔方言「渚」來訓解字詞。所以《說文解字》的常用字詞類型在語料來源上，它是經學語言也是文獻語言和民俗語言；在語料時代上，它是歷史語言同時也是當代語言，因爲其承襲了先秦以來經籍文獻的常用字詞，故其具有歷史性，但是在漢代經典文獻之研究發展的說解過程中，這些傳承於歷史文獻的語言，也成了當時學界的常用字詞，故也包含當代常用語言的性質。

（二）字詞語言內部性質

1、本義、引申義、假借義、比擬義

《說文解字》常用字詞的內部性質，指的就是詞義的性質。在訓解字詞時，有時是以訓釋字的本義解釋，有時則以其引申義、比擬義或假借義釋之。從這當中可以看出該義位在漢代當爲常用易解，才能用以解釋字詞意義。例如：

> 丩：相糾繚也。一曰瓜瓠結丩起。（丩部，卷三）

> 產：生也。从生，彥省聲。（生部，卷六）

此以本義作爲訓解之義位。又：

> 駿：馬之良材者。（馬部，卷十）

> 䮦：羖也。从飛異聲。（飛部，卷十一）

「駿」本義應爲一種馬，此處許愼則用其引申出「良材」之義，訓解其字；「䮦」

〔註35〕〔梁〕蕭統：《文選》（臺北：華正書局，1995年）。

本為飛動之義，此處則以其引申義「翍」，表示飛動形象的羽翅之義。再：

> 余：語之舒也。从八，舍省聲。（八部，卷二）

此則以假借義為訓。〔註36〕

　　蔡信發提到：「所謂比擬義，即比喻義，是由某字形體經比擬而產生的意義。」〔註37〕例如《說文解字》對「脣」解釋云：

> 脣：口端也。从肉辰聲。（肉部，卷四）

蔡氏說：「該字从肉為形，是表脣為人體器官之一，猶背、脊、腑、臟之从肉。辰義『大蛤』，而脣之所以辰為聲，是取蛤殼有二，開合自如，以狀人之嘴脣，至為吻合，自屬比擬義。」〔註38〕此處將生活中常見的「蛤」比喻成人的嘴脣，有意識的解釋了「口端」的形象之義，也在無意之間令人發現能取譬為用者，當為生活常見易解之物形。

2、核心義與本義

　　張聯榮在〈談詞的核心義〉提到：「詞的核心義，是就詞的意義結構而言。分析多義詞的意義關係，一般都要從本義說起，這當然很正確，因為不先從根兒裡說，後長出的枝葉就說不清楚，不免還要發生本末倒置的事。不過，要理清一棵大樹的枝枝杈杈，光說根兒，有時還嫌不夠。」〔註39〕從前述提到《說文解字》常用字詞的性質可以發現，越是常用的字詞，在意義上變化越多端，本身即為一「多義詞」，所以要分析常用字詞，還要「進一步分析這個多義詞的意義核心。」〔註40〕這裡要注意的是，在《說文解字》對該字頭的解說，通常是以本義為主，但是就常用字詞的角度，審視許慎運用這些字訓解其他字詞時，是否仍以其本義為說呢？其實不然，因為用以說解其他字詞時是以其常用義為主，這常用義有時是本義所引申出來的意義，例如：

> 節：竹約也。从竹即聲。（竹部，卷五）

〔註36〕例參蔡謀芳：《訓詁條例之建立及應用》，頁114～115。

〔註37〕蔡信發：〈比擬義析論〉，《第二屆國際暨第四屆全國訓詁學學術研討會論文集》（臺北：臺灣師範大學國文系、中國訓詁學會，1998年），頁277。

〔註38〕同前註，頁280～281。

〔註39〕張聯榮：〈談詞的核心義〉，《語文研究》，1995年，第3期，頁31。

〔註40〕同前註，頁31。

本義是「竹節」，可是當許慎用「節」訓解其他字詞時，如：

> 叚：治也。从又从卩。卩，事之節也。（又部，卷三）

> 肘：臂節也。从肉从寸。寸，手寸口也。（肉部，卷四）

> 音：聲也。生於心，有節於外，謂之音。宮商角徵羽，聲；絲竹金石匏土革木，音也。从言含一。凡音之屬皆从音。（音部，卷三）

> 稼：禾之秀實爲稼，莖節爲禾。从禾家聲。一曰稼，家事也。一曰在野曰稼。（禾部，卷七）

> 卮：圜器也。一名觛。所以節飲食。象人，卩在其下也。《易》曰：「君子節飲食。」凡卮之屬皆从卮。（卮部，卷九）

取其引申出來的法度、關節、節奏、木禾之節、節約之義。所以黃侃論曰：「文字之形、音、義有變遷，而訓詁以立。若文辭之有變遷，則與訓詁異趣。蓋文字重論原理，而文辭則承習慣，二者不相侔也。故以《說文》釋古籍者，必不可通。以《說文》明造字之本，而非解用字之義故爾。」〔註41〕此處闡明了《說文解字》析解本字之本義，以造字本義爲主，以至於用每個字的本義去訓解其他字詞，或溝通古籍中的文辭之義，往往是不可盡通的。也就是說該字應用在其他的解釋上，是不能和自身之本義一概而論。因爲訓詁的實況常以該字的引申義或假借義，做爲解釋他字詞的用義。這些用義的詞義性質，通常是當時代常用的詞義，所以必須了解其常用詞義，分析其字詞的內部性質，才能理解其核心義的演變與派生爲何，並不能直接以本義爲常用義，也不能就將本義視爲其核心義。

　　本義是否就是核心義呢？其實這是兩個分離的概念範疇，張聯榮提到：「核心義和本義還是兩個概念，嚴格地講，二者並不相當。本義和引申義的關係，側重於分析詞歷時的變化；核心義和引申義的關係，是就兩者在詞義結構中的地位而言（核心義處於中心地位），是一種共時的關係。」〔註42〕從這裡可以了解到，本義和核心義在本質上的差異，這也是研究《說文解字》常用字詞必須要釐清之處。

〔註41〕黃侃：《黃侃國學講義錄》（北京：中華書局，2006年），頁235。

〔註42〕張聯榮：〈談詞的核心義〉，頁32。

3、理性義與語境義

　　清楚本義和核心義之差別後，研究《說文解字》和經典文獻的常用字詞，還必須要釐清字詞的「理性義」和「語境義」。前者就析解本字而言，有其本義之義位；後者就其用字而言，則得考慮黃氏前面提到的「文辭」之義位，所以他提到：「不明本有訓詁，不能說字；不知後起訓詁，則不能解文章而觀文爲說。」﹝註43﹞又認爲：「說字之訓詁與解文之訓詁不同」他說：「小學家之訓詁與經學家之訓詁不同。蓋小學家之說字，往往將一切義包括無遺。而經學家之解文，則只能取字義中之一部分。如『悉』，《說文》訓詳盡也。而常語云知悉，不能說知盡。」﹝註44﹞文中的「常語」指的就是常用字詞，其表現出的意義性質，不僅只是結合字形的本義，而還具有使用該字詞的引申義或假借義。

　　呂叔湘說：「在人們的語言活動中出現的意義是很複雜的。有語言本身的意義，有環境給予語言的意義；在語言本身的意義之中……有單字、單詞的意義，有語法結構的意義。」﹝註45﹞以《說文解字》的「賒」字爲例：

　　　賒：貰買也。从貝余聲。（貝部，卷六）

本指買物品延期交付款項，有賒購之義。但是因爲「賒」故有「餘」義，轉而指稱數量「多」，進而又從數量多轉指空間「遠」和時間「久」。﹝註46﹞這些義位必須搭配該文辭的語境才得以呈現。

　　《說文解字》說解文字以理性義爲主，但是其將該字解釋其他字詞時，常常也遷就人們對另一字詞的理解，而使用了原來本字之引申或假借義。以此比較經典文獻的常用字詞，便可以了解到爲何黃侃說「以《說文》釋古籍者，必不可通。」但是研析《說文解字》可以溝通經典文獻之內容，其關鍵點就在於常用字詞的分析，本文在第四章「《說文解字》與漢代經典文獻常用字詞比較析論」、第五章「《說文解字》與漢代字辭書常用字詞比較析論」，透過《說文解字》的常用訓釋字詞與漢代經籍文獻常用字詞的比較，考察《說

﹝註43﹞黃侃：《黃侃國學講義錄》，頁 238。

﹝註44﹞同前註，頁 242。

﹝註45﹞蘇寶榮：〈詞的語境義與功能義〉，頁 14。

﹝註46﹞詳參蘇寶榮：〈詞的語境義與功能義〉，頁 14。

文解字》之訓釋詞在漢代典籍常用詞彙的呈現情況與異同。

4、詞典義與文獻義

此部分的性質，其實是延續前面的「理性義」和「語境義」而來。在《說文解字》多半是以理性意義來訓解字詞，這也是辭典編輯釋義的基本態度，所謂的辭典義就是該詞最概括的意義。蘇寶榮提到：「一般認為，語文詞典所收錄詞的義項，是該詞常用的、穩定的意義，人們稱之為語言義；而詞在特定語境（包括特定交際背景和特定上下文）中臨時的、靈活的意義，人們稱之為語用義（即前人所謂的『隨文釋義』之『義』），是不宜收入辭書的。」〔註47〕其實就本義釋本字的基本立場，這麼說是沒問題的，可是就詞典實際的編輯上，這種立場顯然過於狹隘，所以蘇氏也說：「不過，詞典編纂的實踐同這一理論認識是存在矛盾的。」〔註48〕他進一步提到：「在語文詞典的編纂中既要防止把語境靈活義與詞的基本的、常用的意義相混淆，保持詞典釋義的系統性；又要幫助人們解決古籍閱讀和言語交際中的實際障礙，注重詞典的實用性，語詞釋義應當注意到語言釋義和語用釋義這兩個層次。」〔註49〕蘇氏提到詞典的語言義是基本的、常用的不同於語境靈活義，事實上並不盡然能如此分判。從更細緻的角度審視這些常用詞義，它們在語言義和語境義的呈現，同樣也存在於詞典的訓詁解釋中。《說文解字》身為詞典，理論上訓解時，大抵要以語言義對字詞進行概括，不過，許慎也有用文獻義來訓解字詞之例，如《說文解字》：

> 宣，天子宣室也。从宀亘聲。（宀部，卷七）

段注：

> 蓋謂大室也，蓋禮家相傳古語。

朱駿聲《說文通訓定聲》也曰：

> 當訓大室也。與寬略同。（定聲·乾部）

《經義述聞》曰：

> 謂我宣驕」條：宣與廣義相因。《易林·需之萃》：「大口宣舌」。〈大

〔註47〕蘇寶榮：《詞彙學與辭書學研究》（北京：商務印書館，2008 年），頁 290。

〔註48〕同前註，頁 290。

〔註49〕同前註，頁 293。

有之盅〉曰：「大口宣唇」。又〈小畜之噬嗑〉「方喙廣口」，〈井之恒〉作「方喙宣口」，是宣爲侈大之義。〔註50〕

證之《爾雅・釋言》：

> 宣，遍也。（釋言，卷二）〔註51〕

《左傳・文公十八年》：

> 忠、肅、共、懿、宣、慈、惠、和。（《左傳・文公十八年》）

杜注：

> 宣，徧也。

孔穎達正義：

> 宣者，遍也，應受多方，知（智）思周遍也。〔註52〕

由此例可知，「宣」的語言義應該是段玉裁、朱駿聲、王引之所說的「大」、「廣」、「侈大」，才能引伸出文獻注釋「遍」義。許慎沒有直接用「大」、「廣」或「徧」來訓解「宣」字，而承襲了「禮家古語」所使用的「天子宣室」作爲訓釋詞。「宣室」一詞泛指天子的居室，在漢代指的是未央宮前的正室，未央宮乃皇帝之居所，所以常見於文獻中，如：

> 武王甲卒三千，破紂牧野，殺之宣室。（《淮南子・本經訓》）

> 孝文帝方受釐，坐宣室。上因感鬼神事，而問鬼神之本。賈生因具道所以然之狀。（《史記・屈原賈生列傳》）

> 後歲餘，文帝思誼，徵之。至，入見，上方受釐，坐宣室。（《漢書・賈誼傳》）

所以許慎不作「大」之訓解其因乃該詞常用易解，故其逕援引當時常用的文獻詞義作爲解釋。

5、基本詞與非基本詞

就《説文解字》和經典常用字詞內部的性質而言，還是得對「常用詞」和

〔註50〕王引之：《經義述聞》，卷六，頁255。

〔註51〕〔清〕阮元：《十三經注疏・爾雅注疏》，頁266。

〔註52〕〔清〕阮元：《十三經注疏・春秋左傳》，頁288。

「基本詞」進行界定，王惠說：「基本詞彙雖然是實際語言交流中經常使用的詞彙，但不能把它等同於常用詞彙，二者之間的根本差異在於：

（1）基本詞彙的高頻特徵，必須具有顯著的「大眾化」特點，強調全民常用性，要建立在一個語言社團絕大多數普通人所熟知的語言材料上，離不開日常語言交際（特別是口語）的方方面面。常用詞則不受此限制，任何一個領域都可以統計出一份常用詞表，如網絡常用詞、公文寫作常用詞、對外漢語教材常用詞等等。

（2）基本詞彙最重要的特徵是通用性，它是不同領域、不同地區、不同語體、不同風格的詞彙共核（common core）。因此，判斷一個詞是否屬於基本詞彙時，一方面要排除帶有特定語域色彩的詞語，如專有名詞、古語詞、行業詞、網絡詞、外來詞、方言詞、地域詞、俚語詞等非語文詞彙，另一方面還要考察該詞在口語和書面語中的分布有沒有顯著差異。只有把口語視角與書面語視角結合起來，才能兼顧詞彙功能的多樣性，對基本詞彙的認識更進一步。」〔註53〕所以《說文解字》和經典常用字詞的性質，不能單純的用前述「常用詞」、「基本詞」、「核心詞」的劃分去分析，還要分析其自身存在的書面語詞和口語詞的差異。

6、口語詞與書面詞

在兩漢先秦的材料中，書面語詞和口語詞的劃分並不明顯。一來可能是口語材料太少；二來則古代漢語的書面語和口語其實是接近的，要到東漢以後才逐漸產生分離。不過李如龍認為：「口語和書面語之間除了對立和競爭之外，還有相互吸收和相互包容的一面。」〔註54〕因為「漢語的口語詞和書面語詞並不只是『語體色彩』上的差異，而是牽連到漢語詞彙本體——造詞的本源及後來的流變的特徵。漢語的口語詞和書面語詞的差異之大、交往之深正是漢語詞彙系統的重要事實。」〔註55〕《說文解字》和經典文獻的訓釋解說所使用的常用詞語，其實在某一程度就是口語詞和書面詞交匯之處，也是釐清口語詞和書面詞之間對立與競爭、承繼與演變關係很好的觀察對象。

〔註53〕 王惠：〈日常口語中的基本詞彙〉，頁451。

〔註54〕 李如龍：〈漢語的口語詞彙與書面語詞彙〉，《詞彙學理論與應用（四）》，頁39。

〔註55〕 同前註，頁42。

　　李氏針對「書面語詞彙和口語詞彙」提出了幾個問題，他說：「從理論方面說，研究漢語口語詞和書面語詞對於理解漢語的特點、解決漢語詞彙學上的一些基本問題，可能是一個突破口。例如：書面語造詞就是從漢字入手，運用漢字的字義組合來創造新詞的。如果說，歷史上的書面語造詞是文人造詞，口語造詞是平民造詞的話，這兩種造詞各有什麼語言特點和文化特點？在漢語詞彙大系統中各占著多少比例？這種比例對於理解漢語詞彙的特點又有什麼意義？又如，除了明顯的書面專用詞和口語專用詞之外，二者共用的又是那些詞？這些詞在總詞量中占著多少比例？如果說，書、口共用詞就是古今漢語的基本詞彙，從理論上和實際上是否經得起檢驗？長期以來，關於漢語的基本詞是哪些，一直有爭議，至今還是模糊不清；分清書——口語詞及其共用詞有沒有可能在這裡找到一條出路？還有，在書面語詞語口頭語詞的競爭和消長上有沒有規律可循？書面語詞進入口語和口語進入書面語，是詞語自身的特點決定的，還是社會歷史文化原因決定的？這些從專用變為通用的詞語是否成為後一時期的基本詞彙？考察漢語史上的基本詞彙的變遷，能否從這方面提供一些有益的思路？在漢語詞彙的歷時研究中，在考察不同歷史時期漢語詞彙的特點及其流變中，究竟應該側重於書面語詞還是側重口頭語詞？抑或是兩方面分別考察，再作綜合比較？凡此種種都應該從書——口的異同考察中得到重要的啟發。」〔註56〕在李氏上述諸多的提問當中，揭示了許多長期以來在漢語的字詞、口語和書面語研究過程中，出現的問題和模糊不清的地帶。本文的研究採取的題材，雖然看似傳統，但是以最傳統的材料搭配新穎的視野——復古以開新的態度來面對漢語與漢字研究上長期懸而未決的問題，是本文研究的目標，也是價值所在。

　　本文援用魯實先先生「四體二輔六法」的漢字造字理論與方法，其實便勘破了書面語造詞和口語造詞之間存在的差異。在漢字研究學界長期爭論的「四書造字說」和「六書造字說」，說到底其實前者認為轉注和假借是用字之法，實是以語言的角度切入，接近口語造詞的概念；而後者先有轉注再有假借造字，實際上是結合了語言和書面文字的認知，接近書面造詞的想法。

　　不管是口語造詞還是書面造詞，所取義的對象一定是人們理解該詞義最

〔註56〕李如龍：〈漢語的口語詞彙與書面語詞彙〉，《詞彙學理論與應用（四）》，頁43。

常用的義位；取形的偏旁也多半是常見之字形，所以討論常用字詞，除了討論詞，也要討論字。應該把握住以義位為根本的原則，對於詞義轉化和字形結構演變進行考究。

7、同源詞與非同源詞

在考察《說文解字》與經典常用字詞時，還必須認識到常用字詞具有同源關係的性質，例如：

> 月：闕也。大陰之精。象形。凡月之屬皆从月。（月部，卷七）

「闕」不僅是「月」的詞義來源，同時也和它疊韻。比較經典文獻語料如《禮記‧禮運》：

> 月，三五而缺。（《禮記‧禮運》）

都以「闕（缺）」作解。從另一面考察「月」這個常用字詞，發現：

> 跀：斷足也。从足，月聲。（足部，卷二）

> 刖：絕也。从刀，月聲。（刀部，卷四）

> 聉：瘖耳也。从耳月聲。（耳部，卷十二）

> 抈：折也。从手月聲。（手部，卷十二）

凡以常用字詞「月」構字，都有不完整、殘缺之義，可見其同源之性質。

（三）歷史和區域性質

《說文解字》和經典文獻常用字詞的研究，必然會涉及其歷史性和區域性，汪維輝提到：「每一個詞都有其時代性和地域性。揭示詞的時代性和地域性是詞彙史學科的基本任務之一，也是正確訓釋詞義的一個重要因素。」〔註57〕在分析《說文解字》和經典文獻常用字詞的過程中，必然要明白其歷史和區域性質，陳第說：「時有古今，地有南北；字有更革，音有轉移，亦勢所必至。」〔註58〕可以推知，易轉變的字多半是常用的字，容易轉變的話也多半是常用的詞。這裡的轉變不是同一個字自身外在的改變，而是其內部性質的轉換，有些字詞在古時便已經為常用訓釋字詞，如《爾雅‧釋詁》：

〔註57〕 汪維輝：〈論詞的時代性和地域性〉，《語言研究》，2006 年 6 月，第 26 卷 2 期，頁 85。

〔註58〕 〔明〕陳第：《毛詩古音考》（臺北：廣文書局，1966 年），頁 55。

慮，謀也。（釋詁，卷一）

念，思也。（釋詁，卷一）

惟，思也。（釋詁，卷一）

在強調地域性質的《方言》中也是常用訓釋字詞：

> 惟，凡思也；慮，謀思也；願，欲思也；念，常思也。東齊海岱之
> 間曰靖；秦晉或曰悼，凡思之貌亦曰悼，或曰悆。（《方言》，卷
> 一）

到了《說文解字》也延續《方言》之訓，如：

> 慮：謀思也。从思虍聲。（思部，卷十）

可知「謀」、「思」爲古今常用之通語。又如：

> 黨、曉、哲，知也。楚謂之黨，或曰曉，齊宋之間謂之哲。（《方
> 言》，卷一）

「知」是常用通語，而「黨」、「曉」和「哲」則分別是楚地和齊宋的常用語。有時「有些詞，前代是通語詞，後代降格爲方言詞，或者相反；有些詞，前代和後代都是方言詞，但是通行地域有大小，或是從甲方言詞變成了以方言詞。」〔註59〕這之間的轉換常常見諸於日常生活所使用的基本詞彙和常用詞彙裡，所以分析常用字詞，必然要考慮其歷史和地域的內部性質。

第二節　《說文解字》與經典常用字詞之範疇

一、本論題範疇之界定問題

　　此節筆者首先要提出「如何界定《說文解字》的常用詞？」以爲自審。此問題實際上是本節後半探討研究範疇前，必須先解決的問題。考察前輩學者與當代學者的研究，主要依語言理論、訓詁理論分析，輔以字頻統計數據，茲述如下：

　　（一）黃侃《黃侃國學文集》中錄有一篇〈說文說解常用字〉，其侄黃焯重輯注云：「依先君手寫稿校訂，惜原稿已殘。」文中所錄之字，卷首提及收字的

〔註59〕汪維輝：〈論詞的時代性和地域性〉，頁88。

原則：「隸複篆者，二字、三字聯爲一名者，象字、从字以下之文，及引經讀若之文，皆不計。爲據說義之詞。一曰義所用字，亦錄焉。」〔註60〕究其篇題意旨，似乎是要將許慎說解文字常用的字詞，進行歸納整理。

筆者研考書中材料，發現其是將各字依筆畫編排，每字下標註卷次。如「二畫」：「人二八刀十九七一上力三上」。覆考此材料，對照大徐本《說文解字》釋義之字，對於該字爲其下所標註之卷數裡的常用字，對其性質甚爲不解，論其頻率並不多，其擇取之內涵甚有疑義，性質應較接近《說文解字》收字的筆畫索引，而還稱不上是說解常用字的彙編。

（二）重慶西南大學龍仕平的碩士論文──《《說文解字》訓釋語常用詞研究》，其論文自云對「《說文解字》訓釋語常用詞的確定步驟」有三：

第一步是將《說文解字》全部訓釋語進行逐字逐詞輸入電腦，然後通過統計、分析，把概率出現三次以上的單音詞篩選出來，這樣得出的詞共有 1247 個（雙音節或多音節詞很少，不作研究對象。）

第二步，從漢代選取有代表性的三部作品即《漢書》、《論衡》、《鹽鐵論》，再將所選出的 1247 個《說文解字》訓釋語高頻詞，分別放到三部作品裡面去檢驗，看它們在三部作品裡的存在情況和使用狀況。然後分別計算出每個高頻詞在三部作品裡的使用頻率和覆蓋率（注：只做字的頻率統計不考慮其意思。詳見附表四：《說文解字》訓釋語高頻詞詞表）。通過逐詞對比、計算和分析，其結果爲：這些高頻詞在三部作品裡分佈是不均衡的，90%左右的高頻詞基本出現在三部作品裡，但也有 10%左右的高頻詞沒有出現過。爲什麼會出現這種情況呢？其中最主要的原因是下述三個方面所引起的：

1、涉及到了一些古詞語。

2、各書所記的詞的內容不同或內容有限，則用詞不同。

3、可能產生了新詞，被產生的新詞代替了。（第三個原因可能是最主要的）。

第三步再確定《說文解字》訓釋語裡面究竟有多少個常用詞。一方面高頻詞裡面絕大部分是常用詞，但也有一部分不是常用詞；另外非高頻詞，即訓釋語裡面頻率只出現一次或兩次的詞，也有一部分是常用詞。

〔註60〕黃侃：《黃侃國學文集》，頁55。

高頻詞常用詞的確定，是通過把 1247 個詞放進三部典型的作品去考慮；非高頻詞裡的常用詞確定，是通過《說文解字》訓釋語本身，並考慮當時的口語成份以及詞義的發展和變化情況，特別是這種發展和變化情況對後代漢語詞彙系統的影響等諸方面做綜合考慮。這樣通過實際計算和理性分析，得出《說文解字》訓釋語常用名詞有 555 個左右，常用動詞有 448 個左右，常用形容詞有 210 個左右。〔註61〕筆者認爲龍仕平在論文裡面提出的擇取《說文解字》常用詞的方法，基本上足以爲本論文的參考。但是筆者仍然存在一個與前述黃侃「說文說解常用字」相同的疑問：

1、這個詞頻統計是否可靠？作者透過電腦計算機的統計數據，只呈現結果，但是如何運算，其方法與過程則未詳述。

2、雖然其提到有些高頻詞非常用詞，有些非高頻詞爲常用詞，所以藉由當時口語成份和詞義的發展和變化狀況進行理性分析，但是如何分析沒有提及？再者，該論文提出常用名詞 555 個，常用動詞 448 個，常用形容詞 210 個，總計 1213 個，與其初步不考慮意義下統計的 1247 個，只少了 34 個字，透過運算和理性分析的差異的 34 字之差異爲何？因爲作者並未揭示方法，所以存在著疑慮。

3、總的來說，黃侃與龍仕平對於《說文解字》常用字詞的擇取，似乎過於平面。也沒有明確納入版本差異的考量，此因素實際關係著以平面的運算統計的字頻結果。

4、「虛詞」在漢代也是常用字詞的一部分，且就語言結構而言，其常用的質量很可能來的比單獨的名詞、動詞、形容詞高，沒有探討虛詞，也就無法全面的探究這個時代的語言實況。王力認爲：「基本詞彙包括名詞、動詞、形容詞裡的一部分詞和代詞、數詞、聯結詞。」〔註62〕這也是筆者對於本論文應以怎樣的「定量分析」（字詞頻統計）和「定性分析」（語理、詞彙性質分析）來擇取《說文解字》的常用字詞範圍的主要面臨的問題。

（三）于飛在其博論《兩漢常用詞研究》第三節「語料問題」提出「常用

〔註61〕詳參龍仕平：《說文解字訓釋語常用詞研究》（重慶：西南大學碩士論文，2007 年 5 月）。

〔註62〕王力：《漢語史稿》（北京：中華書局，2002 年），頁 484。

詞研究在語料選取方面的標準」有三：〔註63〕

1、內容廣泛，專業性傾向小。

2、容量大。

3、口語化程度高。

其選擇的語料類型有：

1、史書類語料。2、子書類語料。3、詩歌類語料。4、注釋類語料。

5、讖緯類語料。6、科技類語料。7、宗教類語料。8、出土文獻語料。

其選擇的確定文獻分為主要語料和參考語料：

「主要語料」13 部：

《史記》、《漢書》、《吳越春秋》、《東觀漢紀》、《淮南子》、《鹽鐵論》、《說苑》、《新序》、《古列女傳》、《論衡》、《潛夫論》、《風俗通義》、《白虎通德論》。

「參考語料」：

《傷寒論》、《金匱要略》、《太平經》、佛經、樂府民歌、某些出土文獻等。

筆者認為于飛所舉之語料皆可供本論文進行《說文解字》與經典常用字詞分析時的參考，但是本論題著眼於《說文解字》和「經典文獻」常用詞之比較，故對於後者的範圍原以五經文獻為主，但究竟應如何與上述參考語料進行對比與研考，也是本文應該注意的問題。

此外本文著眼於「常用字」的範疇，認為應該加入漢代識字教育之字書進行比對考察才是，如《蒼頡篇》、司馬相如《凡將篇》、史游《急就篇》、揚雄《訓纂篇》、杜林《蒼頡故》、蔡邕《勸學篇》、《聖皇篇》、衛宏《古文官書》、郭顯卿《古文奇字》、《雜字指》、服虔《通俗文》等。其中佚失者不論，有輯佚者或新出土者（如居延漢簡與近年新出土的甘肅水泉子簡皆有《蒼頡篇》殘簡），應視為常用書面文字，一併進行比較考察，才能更全面的討論《說文解字》與經典常用字詞的內涵。

（四）汪維輝提到：「綜觀東漢魏晉南北朝時期的文獻典籍，我覺得有兩個主要的特點：一是反映口語的程度不太高；二是口語成份常常和文言成份交織在一起。」〔註64〕

〔註63〕詳參于飛：《兩漢常用詞研究》（長春：吉林大學博士論文，2008 年），頁 11～16。

〔註64〕汪維輝：《東漢——隋常用用詞演變研究》，頁 17。

　　中國大陸學者對於常用詞的研究雖然以文獻材料爲主，但是其著重於較能呈現口語性質，但爲數不多的漢譯佛經、小說、民歌、某些雜著，所以只能論其點（個別字組）、線（各別字組之源流與派生），無能述其面（語言系統）。汪氏本身也認爲這個時代的文言與口語成份不易劃分，故筆者認爲應先釐清文獻中書面語的語料，著眼與已經具有系統的書面語言（《說文解字》、經典文獻）和理論（六書），從詞彙的角度，結合書寫的載體（字），梳理常用字詞中形、音、義三者的關係與演變，作爲研究漢代語言的基礎。

　　（五）李宗江說：「本書所指在漢語詞彙史研究意義上的常用詞，首先是作爲訓詁學研究對象的疑難詞的對立面提出來的。這個概念的第二方面的含義是指對研究詞彙演變有重要價值，具體說是指那些代表詞彙核心而其發展可以決定詞彙發展面貌的詞。」〔註65〕

　　李氏認爲可以從「內涵」與「外延」兩方面界定常用詞：

「內涵方面」：

1、這類詞的所指與人類自身以及生產生活有著密切的關係，而且這種關係不會因爲時代的不同而改變。

2、這類詞的能指，包括語音和文字形式曾隨著時代的不同而有過變化。

「外延方面」：

常用詞的範圍以下面所列爲主：

1、虛詞。2、代詞。3、量詞。4、名詞。5、動詞。

6、形容詞。7、嘆詞。8、數詞。9、詞綴。

　　于飛在其博論《兩漢常用詞研究》第四節「常用詞的概念及其性質」提出對「常用詞的界定」有三：〔註66〕

1、從使用頻率考慮，常用詞及高頻詞。

2、從意義的角度考慮，常用詞是傳統訓詁學中的疑難詞相對立的字面普通而義別的詞。

3、常用詞是那些同人們生活密切相關的詞，它們往往具有概念上的高度概括性，基本等同於認知語言學中的基本範疇詞。

〔註65〕李宗江：《漢語常用詞演變研究》，頁2～3。

〔註66〕于飛：《兩漢常用詞研究》，頁17。

　　筆者認同李宗江與于飛對於常用字詞概念與性質的界定，但是回歸本論題：「說文解字與經典常用字詞」似乎應再進一步界分，應如何析之？可循兩條線索討論：

1、語言常用詞義 → 常用詞研究的一環

2、專科常用詞義 → 訓詁語言的建立

　　　　　　　　→ 經典詮釋模式的建立

　　　　　　　　→ 術語系統的發展

前者是詞彙史研究的出發點，但是後者則是補強以及提升前者研究的要件，得以深入學術層次。如此一來，則能更進一步從文獻詞彙與專業用語的實況，分析歷史語言的面貌，為經學與辭典學的理論的方法與內涵，提供學理與材料的支持和詮釋。

二、本論題探討之範疇

（一）《說文解字》內部訓釋字詞

　　本文主要以董俊彥《說文語原之分析研究》中之一百條語原義類之共同訓釋字為主，參酌學者對於《說文解字》「同義詞」研究之字例，輔以《說文解字》本身同訓字、互訓字之訓釋字例。

　　探討的範疇有：同義詞、近義詞、反義詞等類型，進一步再考慮「常用單詞」、「常用複詞」的關係。宋永培在〈《說文》與反義、同義、同源〉論及「東漢許慎《說文解字》對詞義的解釋、對詞義關係的表述體現了他分析反義、同義、同源關係的經驗。」〔註67〕這種分析模式實際也顯示出許慎本身的常用訓釋字詞為何？

　　依《說文解字》之訓詁，在詞義上可以發現有「反義關係」與「同義關係」，資分述如下

　　【詞的反義關係】〔註68〕

　　詞的反義關係，指詞和詞之間具有相對、相反的關係。《說文》在詞義訓釋中通過有關格式來體現這種關係。

〔註67〕宋永培：《說文與上古漢語詞義研究》（成都：巴蜀書社，2001年），頁223。

〔註68〕同前註，頁223～236。

其一，《說文》對詞的反義關係的表述

1、相對關係

《說文》表述詞義具有相對關係，所用的一般格式是把兩個詞對照起來說。

如：

闡：開閉門也。（門部，卷十二）

驤：馬之低仰也。（馬部，卷十）

丨：下上通也。（丨部，卷一）

上例之具相對關係的訓釋字詞：「開與閉」；「低與仰」；「下與上」本身就是許慎常用以訓解文字的常用字詞。又如：

脂：戴角者脂，無角者膏。（肉部，卷四）

龜：……外骨內肉者也。（龜部，卷十三）

邑：國也。从口，先王之制，尊卑有大小。（邑部，卷六）

此例之相對關係字詞爲：「脂與膏」；「骨與肉」；「大與小」，都是漢代生活常用的基本字詞，許慎取其易知以爲訓解。

2、相反關係

《說文》表述詞義具有相反的關係，所用的一般格式是，在詞義訓釋中有否定詞「不」或「未」出現。其中主要用「不」，用「未」的情況較少。

例：

少：不多也。（小部，卷二）

粹：不雜也。（米部，卷七）

淺：不深也。（水部，卷十一）

也可以在否定詞「不」前面加上事物的名稱。

眜：目不明也。（目部，卷四）

貴：物不賤也。（貝部，卷六）

歉：食不滿也。（欠部，卷八）

《說文解字》表述詞義的相反關係還採用一種特殊的形式，就是先列出被訓釋詞的同義詞，接著列出否定詞「不」以及被訓釋詞的反義詞。把這種格式

簡化，就是：被訓釋詞的同義詞＋不＋被訓釋的反義詞。這樣就造成了兩對反義詞，一是「不」的前後兩個詞構成反義；二是「不」後面的詞與被訓釋詞構成反義。

例：

締：結不解也。（糸部，卷十三）

差：忒也。左，不相值也。（左部，卷五）

分析此例，可得其關係為：

締＝結（同義）；結≠解（反義）；解≠締（反義）

差＝忒＝左（同義）；左≠值（反義）；忒≠值（反義）；差≠值（反義）

可知，不「某」之「某」為常用訓釋詞。

宋氏認為詞義相對關係是反義關係的核心，其云：「其二，詞義的相對關係是詞的反義關係的重點《說文》表述相對關係的例證比表述相反關係的例證多得多，而且有關相對關係的詞義內容比相反關係的詞義內容豐富、生動得多。客觀事物與人們的主觀認知，都是以兩兩相對的方式出現的。這種方式一直貫串於後來春秋戰國時期的顯學——儒、墨、道家的思想體系中。儒、墨、道家的思想體系，是在中國上古時期獨特而豐腴的文化背景土壤中培植出來的，此後給予中國歷代語言、文化的形成與發展以巨大的影響。儒、墨、道家之間，一理而萬殊，同歸而殊途。它們共同表述的，是客觀事物與人們的感知沿著兩兩相對、分而相合的路徑創生、聯繫、發展、更替的生命歷程，是『一陰一陽之謂道』的哲理。『兩兩相對結合』的文化觀念體系灌注到詞義的存在與發展中，就表現為詞義兩兩相對的關係是詞的反義關係的重點。」〔註69〕此種相對的概念，早在黃侃便曾曰：「中國文字凡相類者多同音。……其相反、相對之字義往往同一音根，有時且同一字。相反者，如生死、始終、愛惡之類是也。相對者，如天地、父母、男女之類是也。」〔註70〕從語言詞彙的角度視之，這種相對性展現在許多日常用詞當中，也被運用在訓詁解釋當中，有助於判斷和提取常用字詞。

除了反義關係的分析，同義關係也是常用字詞分析的主要關注範疇，茲就

〔註69〕參宋永培：《說文與上古漢語詞義研究》，頁223～236。

〔註70〕黃侃：《黃侃國學講義錄》，頁85。

其同義關係之型態而論：

【詞的同義關係】〔註71〕

詞的同義關係，指詞與詞之間具有一個或多個義位上重合的關係（義位指詞的一個義項）。《說文》在詞義訓釋中主要通過下述格式來體現這種關係。

其一，《說文》對詞的同義關係的表述

1、一般訓釋格式

兩個詞之間存在著訓釋與被訓釋的關係，就構成表述同義關係的一般訓釋的格式。兩個詞構成一般訓釋的格式，表明它們至少在某一義位上相同。

2、特殊訓釋格式

《說文》對詞的同義關係的表述除了普遍存在的一般訓釋格式，還有一些特殊訓釋格式，這就是互訓、遞訓、同訓、同義連文、義界。

（1）互訓

互訓是兩個詞相互訓釋。例：

倚：依也。（人部，卷八）

依：倚也。（人部，卷八）

二者在「附著」這一義位上重合。

能互訓者，被訓詞與訓釋詞皆為常用詞，且於複合詞化的過程中，應具有構詞能力。

（2）遞訓

遞訓是幾個詞輾轉層遞地訓釋。

例：

產：生也。（生部，卷六）

生：進也。象草木生出土上。（生部，卷六）

進：登也。（辵部，卷二）

它們在「向上」這一義位上重合。

能遞訓者，被訓詞與訓釋詞皆為常用詞，且於複合詞化的過程中，也具有構詞能力。

〔註71〕宋永培：《說文與上古漢語詞義研究》（成都：巴蜀書社，2001年），頁236。

（3）同訓

同訓是幾個詞或字的訓釋相同。

例：

坦：安也。（土部，卷十三）

偄：安也。（人部，卷八）

恬：安也。（心部，卷十）

慰：安也。（心部，卷十）

撫：安也。（手部，卷十三）

億：安也。（人部，卷八）

同訓釋詞爲常用詞，且與被訓詞之間具有成爲複合詞之可能。例如上例之「安慰」、「安撫」之複合構詞。

除了《說文解字》，在《雅》類辭書中也呈現許多此類的訓詁語料。它們的解釋方式並沒有《說文解字》來的有系統，但是實際上裡面揭示了許多訓詁模式，由《說文解字》所繼承。宋氏提到：「《爾雅》與《廣雅》也收錄了許多同訓字、詞。由於這些同訓字、詞來源於古代文獻中隨文釋義的材料，這些釋義材料中訓釋詞的使用情況比較複雜，有用本字本義的，有用本字引申義的，還有用借字的，而且《爾雅》、《廣雅》成於眾手，所載釋義材料沒有經過精心的統一的整理，因而《爾雅》、《廣雅》中的同訓字、詞不一定是同義詞。在認識與使用這些釋義材料時需要精細地加以鑑別。」〔註72〕這些材料到了許慎，則依其訓詁方法，建構出了語義的體系。

（4）同義連文

同義連文指詞與詞有訓釋關係又並列連用。

例：

憎：惡也。（心部，卷十）

忌：憎惡也。（心部，卷十）

留：止也。（田部，卷十三）

稽：留止也。（稽部，卷六）

〔註72〕參宋永培：《說文與上古漢語詞義研究》，頁 223～236。

增：益也。（土部，卷十三）

繒：增益也。（系部，卷十三）

完：全也。（宀部，卷七）

全：完也。（入部，卷五）

牷：牛完全也。（牛部，卷二）

奉：承也。（収部，卷三）

承：奉也，受也。（手部，卷十二）

丞：翊也。山高，奉承之義。（収部，卷三）

同義連文之 A，B 也；C，AB 也，之 A 與 B 爲常用詞，並且於同義連文時已呈現出複合詞之演化情況，並呈現於他詞條之訓解，如上條「牷」、「丞」。

（5）義　界

黃侃曰：「義界者，謂此字別於他字之寬狹通別也。夫綴字爲句，綴句爲章，字、句、章三者實質相等。蓋未有一字不含一句之義，一句而不含一章之意者。凡以一句解一字之義者，即謂之義界。」〔註73〕說明了義界是以一句定義式的解說，爲該字詞進行訓解。宋永培也提到：「義界是對詞作出的定義式訓釋。義界的訓釋部分不止一個詞，它是用一個語句來作訓釋。但是義界的訓釋從根本上看仍然是單詞訓釋單詞，因爲義界訓釋中起主要作用的是以單詞形式出現的主訓詞。義界訓釋中，是由主訓詞同被訓釋詞發生直接關係的。」其舉：

徐：安行也。（彳部，卷二）

遲：徐行也。（彳部，卷二）

懂：遲也。（心部，卷十）

趚：行遲也。（走部，卷二）

嬯：遲鈍也。（女部，卷十二）

從上例可以發現，「安行」和「徐行」聯結了「行遲」、「遲鈍」，構成一個

〔註73〕黃侃：《黃侃國學講義錄》，頁 237。

意義相近的語義場，在這語義場中的「義界」——「行遲」之「遲」，就是核心常用訓釋字詞。

本文主要以（一）之內部考察爲本，在歸納語原義類之後，利用訓詁模式，分析《說文解字》的常用字詞，其後則要與經典文獻進行比勘。下面所論即爲此範疇。

（二）漢代字辭書訓釋字詞

此處所論經典文獻的註釋與字詞書的訓釋詞本身即依照「以已知釋未知」和「以常用解罕用」的訓詁原則，針對經典文獻或方言詞語進行解說，故其本身存在著常用詞義的性質，也具有通用語的內涵。比較的對象爲：

《爾雅》、《方言》、《釋名》、《蒼頡篇》、《急就篇》←→《說文解字》。

討論的範疇如（一），是以《說文解字》和《爾雅》、《方言》、《釋名》之訓解字詞爲主，考察其同義詞、近義詞、反義詞之類型；並輔以《蒼頡篇》、《急就篇》之字，綜合分析「常用單詞」和「常用複詞」。

比較分析時要注意的是，《說文解字》與漢代字辭書常用字詞存在著辭書訓詁的「差異性」、「同質性」，必須考慮彼此在訓解時字詞意義的：

1、隨意性。

2、語境。

3、據「形」（本形、轉注之形、假借之形）索義。

4、理性意義（本字本義）。

（三）漢代經典故訓語料字詞

此處主要以《爾雅》前三篇〈釋詁〉、〈釋言〉、〈釋訓〉爲比較對象，參酌先秦至漢代學者注釋經典文獻的語料，並進行比較分析，從常用字詞的角度，實際考察漢代經師如毛公、鄭玄、高誘注經使用之字詞。

《爾雅》在漢代是主要的文獻用語、百科用語、生活制度用語的詞彙總編，它和《說文解字》在詞彙的範疇（時代、取材內容）的交集甚深，但是在釋義與編排的型態有所差異，這也反應出漢代語文學者在整理語料的態度與方法上之變化，所以具有極高的比較價值。

日本學者福田襄之助認爲即使只對《爾雅》作一次通讀，也可以看出最早完成是〈釋詁〉，〈釋言〉繼之，〈釋訓〉以下各篇是陸續寫出增補的。他還認爲

〈釋詁〉保存著《爾雅》最本眞的面目和最完整的體裁，意思是其他各篇都或多或少經過變化。他由此得出一個見解是：僅就《爾雅》本身作簡單化研究是很不夠的。由此觀點來看，結合《說文解字》與漢代字辭書與故訓語料進行比較分析是極具意義的。

福田氏又提到王充在《論衡》中說：「《爾雅》之書，五經之訓。」（卷十七《是應篇》），顯示了對《爾雅》的傳統價值的重視。其不以爲然，他指出在現存《爾雅》中雖也有爲「五經」作訓詁的一種性質，卻不是專爲詮釋「五經」而作的。他舉出《四庫全書總目・經部・小學類一》「爾雅」一項所說的「《爾雅》釋五經者不及十之三四，更非專爲五經作」作證。他還援引了大量例證來說明《爾雅》與古代大量典籍在語言訓詁上存在的密切關係。從這個論點看來，《爾雅》可說是先秦典籍的詞彙表，放在先秦與漢代的常用字詞中統合觀察，並與當代漢世的字辭書、故訓材料進行比較，則便有機會釐清先秦兩漢這個時段的語言詞彙面貌。

福田氏對《爾雅》各篇的選例是基於如下的認識，即在《爾雅》的編寫史上，〈釋詁〉、〈釋言〉兩篇與《爾雅》在增益補修之前的面貌最爲接近，而且這兩篇中匯集了大量同義詞，所以從中選例最爲適當。其看法是，《爾雅》所收的詞語是涉及到廣泛地域的，不能認爲它們本來都是中原詞語而後來又蔓延殘存在地方語言中，因爲如此之多的同義詞在中原地區並列產生是毫無必要的。他認爲《爾雅》是在中原地區把遍涉廣泛地域的同義詞按照某種原則進行輯錄的產物。他完全贊同周祖謨《方言校箋及通檢》自序部分提出的見解，認爲《爾雅》所記的許多同義詞和《方言》對照來看，往往都是古代不同的地方語詞；到了漢代，這些地方語詞有些還在某一地方保存著，有些已經變成了普通語，有些則已經消失而僅僅是書寫上的語詞。周祖謨也說：「春秋時代的『雅言』就是統治階級一般所說的官話。」〔註74〕「爾雅」之「近乎雅言」，也就是「近乎標準語」，《爾雅》所纂集的「近乎標準語之語」豈不也就是可以視爲標準語的語詞嗎？

筆者認爲此處的觀點與認知有些模糊，《爾雅》所纂集的「被訓釋的」同義詞既然涉及廣泛地域，本身是否爲標準語，其時代性、地域性都還待考慮，

〔註74〕周祖謨：《方言校箋附通檢》（臺北：成文書局，1968年），頁2。

但是就用來解釋它們的訓釋詞，則必然是當時最常用的詞彙，作爲標準詞彙來看，它們的共通性質、常用性質更加強烈。

《爾雅》在陸德明《釋文》引張揖《雜字》的說法來解釋「詁」、「訓」二字：「詁者，古今之異語也。」、「訓者，謂字有意義也。」《詩・周南・關雎》〈詁訓傳〉第一疏道：「詁者，古也。古今異言通之使人知也；訓者，道也，道物之貌以告人也。」《漢書》揚雄注也說：「訓者，釋所謂之理也」，「詁，謂指義也。」郝懿行在《爾雅》郭注義疏中也曾說過：「言與詁異。詁之爲言古也，博舉古人之語，而以今語釋之也。言即字也，『釋言』即解字也。」（見〈釋言〉第二注）福田氏認爲從這些解釋可以看出《爾雅・釋詁》一篇所匯集的詞語是收自古籍的，而〈釋言〉一篇收錄了當時語言所使用的詞語。這也就是說，《爾雅》起首兩篇中的詞語或是古籍中所習見的，當然也是在當時的知識階層中所必須熟悉和掌握的詞語；或者是在當時人們的生活語言中被頻繁使用著的常用詞語。他認爲：「把《爾雅》列爲十三經之一，並且僅僅把它看作是一部訓釋五經所必須的字書，當然是基於增益補修之後的《爾雅》形態來說的，但它的這種『訓詁』性質與『出版』當時的《爾雅》即原本《爾雅》並不相符。如果被現行本《爾雅》所迷惑，又不到字書史的演變之中去把握《爾雅》，相反卻把它從字書發展源流中割裂出來孤立地看待，就會產生武斷它是一部訓詁專門用書的嚴重謬誤。」故他堅信《爾雅》是一部爲國語政策服務的字書，並強調指出此說的成立曾有賴於日本學者湯淺廉孫氏在〈國語政策與秦火的一個原因〉一文中對他的啓發。〔註75〕

從這個觀點來看，將《爾雅》與《說文解字》就字書的角度、字樣的角度（整理語言）進行體例上、釋義上（從常用字詞開始）、文獻語言層次分析上的比較，是探究華夏文化中國語政策歷史（整理語言）一個非常重要的工作，甚至可以視爲隋唐字樣整理運動觀念與方法的根源（整理經典→整理語言）。

在比較分析時仍然要注意《說文解字》訓詁與經典注釋常用字詞的「差異性」和「同質性」，考慮其：

〔註75〕詳參斯英琦編譯：〈爾雅的意義和性質〉，《辭書研究》（上海：上海辭書出版社，1981年），頁22。案：該文爲斯氏對日本學者福田襄之助所著《中國字書史研究》中對《爾雅》研究之詮解。

1、隨文釋義

2、據形索義

3、制度之古今析義

大抵據本文之研究，《説文解字》與《爾雅》（經學字詞、文獻字詞）字詞性質及詞義關係模式如下：

→《説文解字》：某，某（A）也。《爾雅》：某、某、某，某（B）也。

a. 某（A）爲本義，某（B）爲引申義

→A v.s. B 誰爲常用義、核心義？

b. 某（A）爲本義，某（B）爲本義

→A＝B＝核心義＝常用義？

c. 某（A）爲引申義，某（B）爲引申義

→A＝B＝常用義，但是否爲核心義？

→分析《説文解字》、古文字：某（A）從本義→引申義的過程。

d. 某（A）爲引申義，某（B）爲本義

→B＝核心義＝常用義，A 是否爲許慎：誤釋或專書用義？

另外需補充的部分，還要將《説文解字》中常用虛詞與王引之《經傳釋詞》中的「常語」，進行比較，分析文獻常用虛詞在《説文解字》常用訓釋詞中的反映與應用。

（四）漢代史傳傳譯古語字詞

此部分主要從《史記》（以《史記》引譯經典文獻之字例爲主）作爲考察對象。古國順在《史記述尚書研究》中提及《史記》引述《尚書》的方式，除了「迻錄原文」和「摘要剪裁」兩點外，「訓詁文字」、「繙譯文句」、「改寫原文」、「增插注釋」四點，都可以從中爬梳漢代常用字詞的面貌。古國順提到：「《史記》引述《尚書》，於艱奧之文字，每以淺進而意義相當，或義近通用之另一字以代經，亦有從同音或音近之字假借者，爲訓詁字句例。其訓詁之字，或意義相當，或義近通用，或音同、音近，細分雖殊，而其以通行易解之字爲訓，則無二致也。」〔註76〕其云「以通行易解之字爲訓」，儼然就是漢代的常用字詞。

〔註76〕古國順：《史記述尚書研究》（臺北：文史哲出版社，1985年），頁8。

另外「《史記》引述《尚書》，遇艱奧文句，輒以簡明之語譯之，爲繙譯原文之法。」〔註77〕「引述時，有但取其義，而別造詞句代之，或變易原文次序及語氣者，此與繙譯之處處依傍原文且保持原文語氣者不同，是爲改寫原文之法。此或原文語氣與所需不合，或原文簡奧難明，或原意晦澀費解，故改爲簡明通俗之文句。」〔註78〕又「引述時，凡遇艱深難解處，除以訓詁文字、繙譯、改寫諸法以代經外，凡因事義隱晦，而增插注釋者，爲增插注釋之法。……其意在使讀者易於瞭解。」〔註79〕此三項，可以看出司馬遷所處的西漢時期，使用的常用字詞，甚至是慣用的語法模式。

本文主要借重其「訓詁字句例」，作爲考察先秦經典文獻如《爾雅》至東漢《說文解字》之間字詞發展的橋樑，分析哪些常用字詞已成爲基本詞彙？那些則可以看出明顯的時代差異？

（五）文獻版本異文字詞

「異文是古籍考釋中的一個常用術語。人們常用它來指稱古代文獻中出現的文字歧異現象。」〔註80〕這種文字歧異的現象，放在漢語詞彙史研究上，其實具有另一種輔證之價值，只是少有人關注。王彥坤提到：「直至清代以前，學者們對於異文的利用，一般還只是局限於廣異聞、正譌誤上，極少超出校勘的範圍。……清代學者不但應用校勘、文字、音韻、訓詁、語法等學科的知識考釋古書中的異文，而且也反過來利用古書異文材料進行校勘、文字、音韻、訓詁、語法等語文科學的研究。」〔註81〕可以知道「異文」材料不僅僅可以應用在版本校勘、考訂異體、辨析通假上，也可以利用「異文」結合漢字構形與詞義內容演變，對漢語詞彙史進行形、音、義的綜合考察。

其實文獻異文本身常寫則易譌，常說則易變，所以存在著常用字形、詞義的性質。本文擇取《周禮》、《春秋》（含三傳）、《尚書》（含今古文）、《易經》、《詩經》（含四家詩）、《論語》等經典文獻之異文研究資料，進行字形比較和詞

〔註77〕同前註，頁 11。

〔註78〕同前註，頁 12。

〔註79〕同前註，頁 14。

〔註80〕朱承平：《異文語料的鑑別與應用》（長沙：岳麓書社，2005 年），頁 1。

〔註81〕王彥坤：《古籍異文研究》（臺北：萬卷樓圖書有限公司，1996 年），頁 3。

義分析，以爲本論題之輔證。

（六）漢代簡帛、碑刻民俗字詞

漢代碑刻詞彙可以分析《說文解字》常用字詞的文字構形與釋義，生活詞彙則可以看出漢代通用語的詞彙發展概況，藉以比較文獻書面常用字詞與生活口語詞彙的異同。並能以此再對照漢代字書如《蒼頡篇》、《急就篇》之編纂，主要使用對象與用途。

本文在未來的研究發展上，欲延伸《說文解字》常用字詞研究的主題，以漢代出土之簡帛、碑刻資料中之文字與詞彙爲例，進行文字與詞彙的比較研究。比較研究《說文解字》與漢代碑刻簡帛常用字詞時要考慮漢字「正俗體」與「通俗語」的「差異性」和「同質性」，注意其書寫的構形中義符之混、聲符之混如：

1、同源義

2、文化義

3、通語、雅言

4、方言

5、行話

的因素，才能就時空、符號、語言與制度、觀念、生活的面向，整體地考察漢字與漢語在歷時與共時的變化與承傳。

第三節　《說文解字》與經典常用字詞研究析述

本節主要針對歷來對於「常用詞彙」的研究，進行簡要的回顧。此外還欲就本論題「《說文解字》與經典常用字詞研究」的相關研究，進行分析，試圖歸納整理其中可茲依憑的論著，以爲析述。

一、「常用詞彙」研究綜述

（一）觀念的提出與理論研究

早先針對詞彙中常用詞的部分提出討論的，是民國初年參與國語運動的健將——黎錦熙、劉復等人在編纂《中國大辭典》時，於編纂計畫中提出了「國

語常用詞」的概念。〔註82〕他提到將這個概念置入詞典的編纂中，主旨就是要「探求古今用語之變遷」，原則就是「每一個詞（包單字說）都要順著它的時代（就可能的範圍說，是從西元前十六世紀的甲骨文字到現代的國語和方言，綿亘約三千六百年），敘明它的『形』、『音』、『義』變遷的歷史。」〔註83〕這裡明確的指出常用詞的整理與研究，時代性和地域性是它的兩條主要線索，也是漢語語言與文字發展與演變分析的兩項要素。

黎氏同時也陸續發表了《宋元語詞廣證》十卷、《近思錄釋詞》（附〈索引〉一卷）、〈中國近代語研究提議〉、〈「爸爸」考〉；劉復〈「打」雅〉、〈釋「吃」〉；何容〈說現行語之「爸爸」與「父親」〉；酆俟〈「打」字別用類例〉等等。從這些論著可以發現，常用字詞觀念的提出和理論研究的建構，是從整理語言開始，並落實在詞典編纂上。

王力在《漢語史稿・詞彙的發展》第一節〈漢語基本詞彙的形成及其發展〉文中，通過對自然現象、肢體、方位、時令、親屬、生產和文化的基本詞彙的形成及發展的考察，探討漢語基本詞彙的歷史演進概況，同書他也論及了〈古今詞義的異同〉、〈詞是怎樣變了意義的〉、〈概念是怎樣變了名稱的〉，對詞彙內涵意義的轉變，提出了具啓發意義的研究。〔註84〕其在〈新訓詁學〉文中便提到：「無論怎樣『俗』的一個字，只要它在社會上占了勢力，也值得我們追求它的歷史。……我們對於每一個語義，都應該研究它在何時發生，何時死亡。雖然古今書籍有限，不能十分確定某一個語義必系產生在它首次出現的書的著作年代，但至少我們可以斷定它的出世不晚於某時期；關於它的死亡，亦同此理。」〔註85〕又提到「舊訓詁學的弊病，最大一點乃是崇古。……從歷史上去觀察語義的變遷，然後訓詁學才有新的價值。」〔註86〕王氏之論，完全承繼了黎錦熙等人在編纂《中國大辭典》時對詞彙整理的基本精神。

鄭奠在 1959 年至 1961 年，於《中國語文》發表了〈漢語詞彙史隨筆〉，對

〔註82〕黎錦熙：〈中國大辭典編纂處計畫書〉，《國語運動史綱》（上海：商務印書館，1935年），頁 201～202。

〔註83〕黎錦熙：《國語運動史綱》，頁 304。

〔註84〕詳參王力：《漢語史稿》，頁 68。

〔註85〕王力：《龍蟲並雕齋文集》，第一輯，頁 321。

〔註86〕同前註，頁 321。

於漢語實詞的歷史演變，進行了初步的分析研究。同時期周祖謨也在《漢語詞彙講話》中提出「常用詞」、「非常用詞」的概念，他說：「現代漢語文學語言中的詞彙包羅極廣，其中有的是『常用詞』，有的是『非常用詞』。凡是日常用來表達人們的思想的詞，一般人都能掌握的詞，我們就稱爲『常用詞』。專門的詞和古代沿用下來的文言詞及具有特殊修辭色彩的詞，未必是一般人常常應用的，尤其是一些帶有歷史性的名詞，一般的談話和寫作中很少應用，所以我們稱爲『非常用詞』。」〔註87〕不過這些大抵是針對現代漢語提出的討論。

隨著常用詞彙的觀念之提出和局部篇章的研究，逐漸影響到晚近的學者針對此主題的關注。蔣禮鴻在《敦煌變文字義通釋》中，直接取材唐宋時期俗語詞——「變文」作爲研究對象，這些俗語詞的性質在某一層面即是當時的常用字詞。〔註88〕郭在貽則在其《訓詁學》中對漢魏六朝方俗語詞進行過詳細的考察。〔註89〕

蔣紹愚則於《近代漢語研究概況》第五章提到：「常用詞是詞彙的主體，如果不弄清常用詞在近代漢語時期的發展變化，那麼，要描寫一個時期的詞彙系統和近代詞彙發展史，都是無從談起的。」〔註90〕他在〈關於漢語詞彙系統及其發展變化的幾點想法〉文中，通過比較「義位的有無和結合關係」、「詞的聚合關係」、「詞的組合關係」、「詞的親屬關係」四個方面，分析了常用詞彙的系統。在《古代漢語詞彙綱要》、《蔣紹愚自選集》、《漢語詞彙語法史論文集》等論著中，提出了語義中的語義場、義位、義素分析，初步建構了常用詞彙的研究理論和方法。

蔣氏和何九盈在《古漢語詞彙講話》對於古漢語詞彙存在著「積極的規範」和「消極的規範」。前者利用了分化、發展、增加的辦法，滿足語言溝通交際的需要；後者用限制、淘汰的辦法，調整詞彙成分和改進詞義系統。就詞彙「裂變性」、「概括性」、「選擇性」、「統一性」四大性質，對考察漢語詞彙提出了理論分析，也成爲研究常用詞彙演變的參考依據。

徐時儀則於《古白話詞彙研究論稿》第八章「語源考探語常用詞演變」

〔註87〕周祖謨：《漢語詞彙講話》，頁 8。

〔註88〕詳參蔣禮鴻：《敦煌變文字義通釋》（上海：上海古籍出版社，1988 年）。

〔註89〕詳參郭在貽：《訓詁學》（北京：中華書局，2005 年）。

〔註90〕蔣紹愚：《近代漢語研究概況》，頁 283。

提到：「任何一種語言構成一個歷史時期的詞彙系統的主要成分畢竟是那個時期中使用較多的常用詞。儘管古白話中的常用詞還有不少仍保留在現代漢語中，人們一看就懂，不需要考釋，但是這些常用詞是怎樣產生和發展演變的，仍是需要研究的問題。從漢語歷史詞彙學的角度而言，可以根據這些常用詞在古白話中的更替來考察詞彙發展的階段。」又說：「漢語史的研究只有注重這方面的研究，才有可能把漢語詞彙從古到今發展變化的主線理清楚，也談得上建立起科學的詞彙史。」〔註91〕徐氏其書雖然缺乏具體的考述，不過在「古白話」這個論題上，也繼承了常用詞研究的實質內涵。

王雲路在〈中古常用詞研究漫談〉一文，〔註92〕對中古常用詞語的相關研究，從歷史發展的角度進行了討論；楊繼光〈中古佛經常用詞組合關係考察〉〔註93〕則考察了中古佛經常用詞的組合關係；魏慧萍則在〈漢語常用詞詞義傳承發展的社會歷史因素探析〉一文認為，常用詞詞義的傳承發展與社會歷史的發展關係密切。社會體制的確立、更迭、沿革對漢語常用詞詞義有重要影響；歷史事件給漢語常用詞詞義留下了深刻的印痕；人們的生活習俗賦予漢語常用詞詞義濃郁的民俗氣息與時代色彩。〔註94〕

（二）常用詞彙演變研究析述

早期前輩學者對於「常用詞」觀念的提出和理論的分析，為二十世紀中晚期及本世紀方興未艾的常用詞彙研究指引了正確的方向和堅實的基礎。晚近的學者如李宗江則針對漢語常用詞演變做出了專題的討論和個案的研究。前者探討了漢語常用詞「對象的界定」；詞彙的「衍生性演變」和「交替性演變」；「常用詞演變的原因」、「常用詞演變研究所要回答的問題」、「常用詞演變研究的方法」、「常用詞演變研究的意義」、「常用詞演變問題存疑」，揭示了常用詞演變研究的內涵與意義；後者則論及「『即、便、就』的歷時關係」、「漢語總括副詞的來源和演變」、「漢語限制副詞的演變」等常用詞演變的個案考

〔註91〕徐時儀：《古白話詞彙研究論稿》（上海：上海教育出版社，2000年），頁314～315。

〔註92〕王雲路：〈中古常用詞研究漫談〉，《中古近代漢語研究》（上海：上海教育出版社，2000年），頁234～249。

〔註93〕楊繼光：〈中古佛經常用詞組合關係考察〉，《集美大學學報》，2008年，第2期。

〔註94〕魏慧萍：〈漢語常用詞詞義傳承發展的社會歷史因素探析〉，《河北大學學報》，2005年，第1期。

述。〔註95〕本文經綜合分析「常用詞彙演變研究」之材料，其性質可依據李宗江於《漢語常用詞演變研究》對常用詞彙研究的分類（實詞、虛詞），加上筆者本身析考材料發現部分虛詞之研究常結合詞型之討論，故分爲此二類分論如下：

1、實詞考述

蔣紹愚在〈白居易詩中與「口」有關的動詞〉文中，運用了統計詞的使用頻率和考察詞的組合關係，分析了跟「口」有關的四組動詞自六朝的《世說新語》到白居易詩及《祖堂集》的發展演變。〔註96〕

張永言與汪維輝在〈關於漢語詞彙史研究的一點思考〉文中，個別考述了「目／眼」、「足／腳」、「側、畔、旁（傍）／邊」、「視／看」、「居／住」、「擊／打」、「疾、速、迅／快（駃）、駛」、「寒／冷」八組常用詞在中古時期的變遷遞嬗情形。〔註97〕

汪維輝在其博士論文《東漢——隋常用詞演變研究》則更擴大地討論了東漢到隋朝此階段漢語常用詞的「名詞」如「翼／翅」、「囊／袋」、「舟／船」等；「動詞」如、「求、索／尋、覓」、「言、云、曰／說、道」、「宜、當／應、合」等；「形容詞」如、「痛／疼」、「廣／闊、寬」、「甘／甜」等共四十一組常用詞的演變情況。他認爲常用詞演變研究具有：「跟音韻系統、語法結構的改變同等重要的意義。」〔註98〕在這些考述當中，作者觀察到這些常用詞的演變規律，他說：「一般來說，新詞在口語中的產生都要早於始見於文獻的時代，新詞在替換舊詞時大體有這樣一個過程：侵入舊詞的義域——義域擴大並逐步與舊詞的義域重合，新詞與舊詞在某一個義位或幾個義位上完全同義，競爭達到高潮——舊詞被新詞擠出詞彙系統或以文言詞的身份保留在詞彙系統中（也有的是作爲語素保留在合成詞或成語中），更替過程完成。」〔註99〕在

〔註95〕詳參李宗江：《漢語常用詞演變研究》。

〔註96〕詳參蔣紹愚：〈白居易詩中與「口」有關的動詞〉，《語言研究》，1993 年，第 1 期。

〔註97〕詳參張永言、汪維輝：〈關於漢語詞彙史研究的一點思考〉，《中國語文》，1995 年，第 6 期。

〔註98〕詳參汪維輝：《東漢——隋常用詞演變研究》。

〔註99〕同前註。

這規律下，汪氏也陸續發表了〈常用詞歷時更替札記〉、〔註100〕〈漢語「說類詞」的歷時演變與共時分布〉〔註101〕等個案考述。

其他針對漢語常用字詞的個案考述還有董志翹針對李宗江對「進」、「入」歷時替換的討論，發表了〈再論「進」對「入」的歷時替換——與李宗江先生商榷〉。〔註102〕陳秀蘭則延續了蔣禮鴻的研究角度，發表了〈敦煌變文與漢語常用詞演變研究〉、〔註103〕〈從常用詞看魏晉南北朝文與漢文佛典語言的差異〉〔註104〕比較了漢文佛典、敦煌變文、唐代筆記小說的詞彙變化。又有如牛太清〈常用詞「隅」、「角」歷時更替考〉〔註105〕討論了「角落」這個常用義位的詞彙變化。

王彤偉〈常用詞「焚」、「燒」的歷時替代〉〔註106〕和史光輝〈常用詞「焚」、「燔」、「燒」歷時替換考〉〔註107〕討論了自戰國中晚期至漢代「燒」逐漸取代「焚」成為常用字詞的演變過程。史氏的〈常用詞「矢」、「箭」的歷時替換考〉；〔註108〕徐時儀〈玄應《眾經音義》所釋常用詞考〉；〔註109〕呂傳峰〈常用詞「喝」、「飲」歷時更替考〉、〔註110〕〈現代方言中「喝類詞」的演變層次〉、

〔註100〕汪維輝：〈常用詞歷時更替札記〉，《語言研究》，1998 年，第 2 期。

〔註101〕汪維輝：〈漢語「說類詞」的歷時演變與共時分布〉，《中國語文》，2003 年，第 4 期。

〔註102〕董志翹：〈再論「進」對「入」的歷時替換——與李宗江先生商榷〉，《中國語文》，1998 年，第 2 期。

〔註103〕陳秀蘭：〈敦煌變文與漢語常用詞演變研究〉，《古漢語研究》，2001 年，第 3 期。

〔註104〕陳秀蘭：〈從常用詞看魏晉南北朝文與漢文佛典語言的差異〉，《古漢語研究》，2004 年，第 1 期。

〔註105〕牛太清：〈常用詞「隅」、「角」歷時更替考〉，《中國語文》，2003 年，第 2 期。

〔註106〕王彤偉：〈常用詞「焚」、「燒」的歷時替代〉，《重慶師範大學學報》，2005 年，第 5 期。

〔註107〕史光輝：〈常用詞「焚」、「燔」、「燒」歷時替換考〉，《古漢語研究》，2004 年，第 1 期。

〔註108〕史光輝：〈常用詞「矢」、「箭」的歷時替換考〉，《漢語史學報》（上海：上海教育出版社，2004 年），第四輯。

〔註109〕徐時儀：〈玄應《眾經音義》所釋常用詞考〉，《語言研究》，2004 年，第 4 期。

〔註110〕呂傳峰：〈常用詞「喝」、「飲」歷時更替考〉，《語文學刊（高教版）》，2005 年，

〔註111〕〈「嘴」的詞義演變及其與「口」的歷時更替〉；〔註112〕王青、薛遴〈論「吃」對「食」的歷時替換〉；〔註113〕杜翔〈「走」對「行」的替換與「跑」的產生〉；〔註114〕栗學英〈漢語史中「肥」、「胖」的歷時替換〉；〔註115〕王秀玲〈常用詞「呼」、「喚」、「叫」、「喊」的歷時演變與更替〉；〔註116〕金穎〈常用詞「過」、「誤」、「錯」的歷時演變與更替〉；〔註117〕李福唐〈近代漢語常用詞鍋、鑊考〉、〔註118〕邱麗佳〈「腹」與「肚」詞義的斷代演變〉〔註119〕；白雲《漢語常用動詞歷時與共時研究》〔註120〕等等，都可以看出漢語常用詞研究正蓬勃發展著。

2、虛詞、詞型考述

前述之研究對象偏重於實詞的分析，對於常用虛詞較早可見李宗江對「副詞」的「才」、「還」、「也」、「亦」的討論。此外，如俞理明〈漢語人稱代詞內部系統的歷史發展〉〔註121〕、朱冠明〈比喻詞的歷時更替〉、〔註122〕唐賢清〈漢語「漸」類副詞演變的規律〉〔註123〕等，皆觸及了漢語常用虛詞的探討。其他

第 9 期。

〔註111〕呂傳峰：〈現代方言中「喝類詞」的演變層次〉，《語言科學》，2005 年，第 6 期。

〔註112〕呂傳峰：〈「嘴」的詞義演變及其與「口」的歷時更替〉，《語言研究》，2006 年，第 1 期。

〔註113〕王青、薛遴：〈論「吃」對「食」的歷時替換〉，《揚州大學學報（社科版）》，2005 年，第 5 期。

〔註114〕杜翔：〈「走」對「行」的替換與「跑」的產生〉，《中文自學指導》，2004 年 6 月。

〔註115〕栗學英：〈漢語史中「肥」、「胖」的歷時替換〉，《語言研究》，2006 年，第 4 期。

〔註116〕王秀玲：〈常用詞「呼」、「喚」、「叫」、「喊」的歷時演變與更替〉，《漢語史研究集刊》（成都：巴蜀書社，2006 年），第九輯。

〔註117〕金穎：〈常用詞「過」、「誤」、「錯」的歷時演變與更替〉，《古漢語研究》，2008 年，第 1 期。

〔註118〕李福唐：〈近代漢語常用詞鍋、鑊考〉，《理論界》，2009 年，第 2 期。

〔註119〕邱麗佳：〈「腹」與「肚」詞義的斷代演變〉，《寧波教育學院學報》，2010 年，第 1 期。

〔註120〕白雲：《漢語常用動詞歷時與共時研究》（北京：中國社會科學出版社，2012 年）。

〔註121〕俞理明：〈漢語人稱代詞內部系統的歷史發展〉，《古漢語研究》，1999 年，第 2 期。

〔註122〕朱冠明：〈比喻詞的歷時更替〉，《修辭學習》，2000 年，Z1 期。

〔註123〕唐賢清：〈漢語「漸」類副詞演變的規律〉，《古漢語研究》，2003 年，第 1 期。

如丁喜霞《中古常用並列雙音詞的成詞和演變研究》等，則從詞型的結構，進行了分析與討論，豐富了常用詞彙的研究面向。

（三）常用詞（基本詞、核心詞）語義分析考述

第（二）之研究論述，著重在解釋個別的常用字詞。不過，在歷史上的演變與更替情況，而仍有一批人以「基本詞」、「核心詞」為題，實際上所討論的範疇仍然屬於漢語常用詞。早期如李榮的〈漢語的基本詞彙〉、[註124]〈字彙和詞彙〉[註125]；李向真〈關於漢語的基本詞彙〉；[註126]伯韓〈李榮、李向真先生關於基本詞彙的論文讀後感〉；[註127]林燾〈漢語基本詞彙中的幾個問題〉[註128]，還有孫常敘在《漢語詞彙》一書第四篇「基本詞彙」[註129]所論等等，所討論的是基本詞本身的性質與界定問題。

個案詞例的討論如楊榮賢〈基本詞「背」對「負」的歷時替換〉、[註130]《漢語六組關涉肢體的基本動詞發展史研究》；[註131]呂傳峰《漢語六組「涉口」基本詞演變研究》[註132]等等都還是混用了「基本詞」的概念來討論漢語常用詞彙。

此外如黃樹先以「語義場──詞族──詞」三級比較法的方式，以「核心詞」為論題如〈漢語核心詞研究的四點思考〉[註133]等對常用字詞進行了不同面向的分析。[註134]其學生吳寶安《西漢核心詞研究》、[註135]施真珍《「後漢

〔註124〕李榮：〈漢語的基本詞彙〉，《科學通報》，1952 年，第 3 卷 7 期。

〔註125〕李榮：〈字彙和詞彙〉，《中國語文》，1953 年，第 5 期。

〔註126〕李向真：〈關於漢語的基本詞彙〉，《中國語文》，1953 年，第 4 期。

〔註127〕伯韓：〈李榮、李向真先生關於基本詞彙的論文讀後感〉，《中國語文》，1953 年，第 7 期。

〔註128〕林燾：〈漢語基本詞彙中的幾個問題〉，《中國語文》，1954 年，第 7 期。

〔註129〕孫常敘：《漢語詞彙（重排本）》（北京：商務印書館，2006 年）。

〔註130〕楊榮賢〈基本詞「背」對「負」的歷時替換〉，《語言科學》，2006 年，第 5 期。

〔註131〕楊榮賢：《漢語六組關涉肢體的基本動詞發展史研究》（南京：南京大學博士論文，2006 年）。

〔註132〕呂傳峰：《漢語六組「涉口」基本詞演變研究》（南京：南京大學博士論文，2006 年）。

〔註133〕黃樹先：〈漢語核心詞研究的四點思考〉，待刊稿。

〔註134〕詳參黃樹先：〈說「幼小」〉、〈從核心詞看漢緬語的關係〉，刑福義：《漢語核心詞

書」核心詞研究》〔註136〕則分別以兩漢的常用核心詞彙爲對象，進行了分析考察。

　　用「語義場」理論分析常用詞的先行者是蔣紹愚，他曾提到：「在我們還無法描寫一個時期的詞彙系統的時候，只能從局部做起，即除了對單個的詞語進行考釋之外，還要把某一階段的某些相關的詞語（包括不常用和常用的）放在一起，做綜合的或比較的研究。」〔註137〕在這個概念下，較之（二）的研究，學者們結合了「語義場」的理論，對於常用字詞進行了語義分析。例如：解海江、張志毅〈漢語面部語義場歷史演變——兼論漢語詞彙史研究方法論的轉折〉；〔註138〕王建喜〈「陸地水」語義場的演變及其同義語素的疊置〉；〔註139〕吳寶安、黃樹先〈先秦「皮」的語義場研究〉；〔註140〕吳寶安〈西漢「頭」的語義場研究——兼論身體詞頻繁更替的相關問題〉；〔註141〕鄭春蘭《甲骨文核心詞研究》；〔註142〕鄭春蘭、金久紅〈甲骨文核心詞「人」的語義場初探〉；〔註143〕龍丹《魏晉核心詞研究》、〔註144〕〈魏晉核心詞「頸」語義場研究〉、〔註145〕〈魏晉「牙齒」語義場及其歷史演變〉、〔註146〕〈魏晉核心詞「油」語

　　　　探索》（武漢：華中師範大學出版社，2010 年）。

〔註135〕吳寶安：《西漢核心詞研究》（成都：巴蜀書社，2011 年）。

〔註136〕施眞珍：《「後漢書」核心詞研究》（成都：巴蜀書社，2011 年）。

〔註137〕蔣紹愚：《近代漢語研究概況》，頁 287。

〔註138〕解海江、張志毅：〈漢語面部語義場歷史演變——兼論漢語詞彙史研究方法論的轉折〉，《古漢語研究》，1993 年，第 4 期。

〔註139〕王建喜：〈「陸地水」語義場的演變及其同義語素的疊置〉，《語文研究》，2003 年，第 1 期。

〔註140〕吳寶安、黃樹先：〈先秦「皮」的語義場研究〉，《古漢語研究》，2006 年，第 2 期。

〔註141〕吳寶安：〈西漢「頭」的語義場研究——兼論身體詞頻繁更替的相關問題〉，《語言研究》，2006 年，第 4 期。

〔註142〕鄭春蘭：《甲骨文核心詞研究》（武漢：華中科技大學博士論文，2007 年）。

〔註143〕鄭春蘭、金久紅：〈甲骨文核心詞「人」的語義場初探〉，《華中科技大學學報（社會科學版）》，2006 年，第 5 期。

〔註144〕龍丹：《魏晉核心詞研究》（武漢：華中科技大學博士論文，2008 年）。

〔註145〕龍丹：〈魏晉核心詞「頸」語義場研究〉，《雲夢學刊》，2007 年，第 3 期。

〔註146〕龍丹：〈魏晉「牙齒」語義場及其歷史演變〉，《語言研究》，2007 年，第 4 期。

義場初探〉；〔註147〕呂傳峰〈近代漢語「喝類語義場」主導詞的更替及相關問題〉；〔註148〕呂東蘭〈從《史記》、《金瓶梅》等看漢語「觀看」語義場的歷史演變〉；〔註149〕崔宰榮〈漢語「吃喝」語義場的歷史演變〉；〔註150〕杜翔〈支謙譯經動作語義場及其演變研究〉；〔註151〕施眞珍〈《後漢書》「羽」語義場及「羽、毛」的歷時演變〉；〔註152〕汪維輝、秋谷裕幸〈漢語「站立」義詞的現狀和歷史〉，〔註153〕都以「語義場」爲題，分析漢語常用字詞的語義關係。

二、《說文解字》與經典字詞研究析述

此處有別於上一點，所要討論的是《說文解字》與經典文獻常用字詞相關的研究概況和材料，時間上限縮在先秦兩漢之間，材料則以《說文解字》及漢以前的相關的研究文獻和語料爲主，試圖爲本論題建構出一個研究參考架構。

龍仕平在論及「《說文解字》訓釋常用詞研究的價值」時說道：「《說文解字》訓釋語是東漢時期的書面語言，其訓釋常用詞是當時最活躍的雅語成份。」選擇研究此論題，「有助於充分認識東漢時期的書面語言」、「有助於進一步瞭解這些常用詞歷時演變情況」、「有助於瞭解東漢常用詞的聚合面貌」、「有助於進一步對中國文化史的研究」、「有助於科學詞彙史的建立」。〔註154〕他也提

〔註147〕龍丹：〈魏晉核心詞「油」語義場初探〉，《廣西社會科學》，2007 年，第 7 期。

〔註148〕呂傳峰：〈近代漢語「喝類語義場」主導詞的更替及相關問題〉，《語言論叢》（北京：北京大學出版社，2006 年），第三十三輯。

〔註149〕呂東蘭：〈從《史記》、《金瓶梅》等看漢語「觀看」語義場的歷史演變〉，《語言學論叢》（北京：北京大學出版社，1998 年），第二十一輯。

〔註150〕崔宰榮：〈漢語「吃喝」語義場的歷史演變〉，《語言學論叢》（北京：商務印書館，2002 年），第二十四輯。

〔註151〕杜翔：〈支謙譯經動作語義場及其演變研究〉（北京：北京大學博士學位論文，2002 年）。

〔註152〕施眞珍：〈《後漢書》「羽」語義場及「羽、毛」的歷時演變〉，《語言研究》，2009 年，第 2 期。

〔註153〕汪維輝、秋谷裕幸：〈漢語「站立」義詞的現狀和歷史〉，《中國語文》，2010 年，第 4 期。

〔註154〕詳參龍仕平：《說文解字訓釋常用詞研究》（重慶：西南大學碩士論文，2007 年），

到「到目前為止，對《說文解字》訓釋語常用詞詞義系統在共時平面內呈現的複雜情況，很少有學者論及。可以說對《說文解字》訓釋語常用詞的全面研究，至今還是一個空白。」〔註155〕龍氏在文中歸納整理了涉及《說文解字》詞彙方面內容的主要論著，筆者認為事實上單就「詞彙」的角度看待《說文解字》的常用字詞研究，存在很大的局限性。如果結合了訓詁學、經典文獻故訓、異文語料的研究來看，其實《說文解字》常用字詞的參考論著是可深可廣的，略述如下：

（一）古漢語與《說文解字》常用字詞研究的發端

早在段玉裁注《說文解字》時，便開始針對詞義進行有系統地條例論說，他在《經韻樓集》裡〈「享飧」二字釋例〉指出「凡字有本義，有引申之義，有假借之義。」〔註156〕較晚的朱駿聲的《說文通訓定聲》則更詳盡的討論了《說文解字》的詞義系統，談本義、析轉注。可以發現，這些語義系統的理論，隨著有清一代小學的昌盛，慢慢地能夠不囿於字形的局限。

王念孫在《廣雅疏證・釋詁》討論「幾，微也。」通過諧聲偏旁的系聯，找出其「微小」之核心義；又在〈釋言〉的「軍，圍也。」一條，系聯了「暈」、「運」的同源詞，求得「軍」具有「包圍」的核心義。〔註157〕

王引之踵其父學，於五經、諸子歷代傳注之訓詁，能自闢蹊徑，獨步同時代的學者，對於經傳中常出現的虛詞，作了一番的整理研析，結合訓詁、校勘和語法、修辭，條理章句，解析字詞，立意創新，見解精到。例如其舉「於」、「于」二字，在原本的認知裡，不過是古今之字的差別，但是王氏卻能更深一層云：「《廣雅》曰：『於，于也。』常語也。亦有於句中倒用者。」又云：「《易・繫辭傳》曰：『易之興也，其於中古乎。』《禮記・曲禮》曰：『於外曰公，於其國曰君。』是也，此亦常語。」藉由此例，前者雖為書面字詞，但具有常用語的特性，所以就其義位與功能而言，置於一般口語也能適用，

頁 5～6。

〔註155〕同前註，頁 4。

〔註156〕〔清〕段玉裁：《經韻樓集》（上海：上海古籍出版社出版發行，2001 年），卷十一。

〔註157〕〔魏〕張楫、〔清〕王念孫：《廣雅疏證》（臺北：臺灣商務印書館，1968 年），頁 55。

並已產生句式與修辭的變化（「亦有句中倒用者」）；後者也本自經典字詞而來，一來示前者具另一常用義位，二來也展現出常用文獻語言的多樣性。另一「于」字，也呈現相似的類型變化，而又延伸出「於者是」等常用詞組，在各經傳語料中呈現意義的差異。可以發現常用虛詞在文獻語言中隱然存在著口語和書面語兩種性質的發展，並且能結合語法、修辭的脈絡，爬梳常用虛詞內涵性質轉換過程的條件。〔註158〕

徐灝《說文解字注箋‧壬部》認爲：「望、望實本一字。《玉篇》有望字，蓋即古瞻望之望，从壬，亡聲。壬者，跂而望之之義也。」〔註159〕對於常用字詞「望」，從字形的角度進行了考釋和溝通。

黃侃在〈文字學筆記〉裡明確的提到「看《說文》之法」第一點要「專繙常用字」。〔註160〕在其《論學雜著》後面則附有其學生所編輯的「《說文》說解常用字」，〔註161〕將《說文解字》的常用字詞依筆畫歸納，下注卷次，初步揭示《說文解字》常用字詞之研究主題。

（二）研究《說文解字》與經典常用字詞之依憑

王力在《古代漢語》中以「文選」、「常用詞」、「古漢語通論」三部分，其中「常用詞」部分乃以本義爲綱，並提出從本義和引申義的關係出發研究詞義「對於徹底了解詞義是一種以簡馭繁的科學方法」。〔註162〕王氏運用統計方法，以《春秋》三傳等經典文獻中出現十次以上的詞爲標準，歸納出 1068 個常用字詞爲研究對象，述明其本義、引申義及其他，實際從經典文獻中爬梳出常用字詞，作爲研究經典文獻常用字詞卓有貢獻。

任學良對王力所歸納出的 270 個斷代歷史時代常用詞進行初步審查，發現有 235 個不符合事實，錯的占 80%以上。他把調查重點放在先秦，因爲王

〔註158〕〔清〕王引之：《經傳釋詞》（臺北：世界書局，1970 年），頁 55。

〔註159〕〔清〕徐灝：《說文解字注箋》（臺北：廣文書局，1972 年），頁 66。

〔註160〕黃侃：《黃侃國學講義錄》，頁 129。

〔註161〕黃侃：《黃侃論學雜著》（臺北：台灣中華書局，1964 年）。案：此部分後經其子黃延祖整理查實，在新出的《黃侃國學文集》卷後云：「說文說解常用字和說文聲母重音鈔二篇，與國學文集他篇體例不合，經查實並非季剛先生所撰，故此次重輯時刪去。」故筆者暫定爲其學生上課整理之作。

〔註162〕王力：《古代漢語》（北京：中華書局，1983 年）。

力教材集中否定了先秦的語言事實（在 235 個用例中，先秦用例爲 63 個），結果表明教材完全錯了，被否定的 270 個詞，在先秦就找到近 70%。〔註163〕由此可以發現，王氏發端之研究，帶動了後人分析研究的氣氛，也成爲後來研究古漢語常用詞的憑據。

魯實先先生《文字析義》中，雖然是以甲金文字考訂《說文解字》，但考察其所論考之字，如：「玉」、「用」、「目」、「白」、「羽」、「牙」、「羊」、「虎」、「皿」、「來」、「井」、「久」、「木」、「丘」、「人」、「舟」、「石」、「火」等等，〔註164〕以常用字詞的性質考量，其皆爲常用字詞。魯實先先生以其「四體二輔六法」之理論，辨明轉注造字與假借造字之理，訂溯文字演變之源。實際上揭示出漢語常用字詞在書面語演變發展的脈絡，也結合了形、音、義的特點，考證漢語字詞之脈絡，有別於當今論考文字，不循其源，而妄稱通假之謬。

研究常用字詞，本應以《說文解字》和經典文獻爲考察範疇，方可承先啓後，考鏡源流。故可資參考之論述，可分別說明如下：

1、訓詁詞義類

此類如黃侃《說文箋識四種》，文中「說文同文」、「字通」、「說文段注小箋」、「說文新附考原」〔註165〕皆堪爲研究《說文解字》常用字詞之重要憑參。

程樹德《說文稽古篇》〔註166〕有別於其他專論文字之書，以人類生活發展史的角度，分析《說文解字》，對於常用字詞本身即具有生活常用、社會制度的性質，能從歷史的觀點對其中詞彙進行論證，頗具參考價值。

此外如馮蒸《說文同義詞研究》；〔註167〕宋永培《說文漢字體系研究法》、〔註168〕《說文與上古漢語詞義研究》、〔註169〕《說文漢字體系與中國上古史》、

〔註163〕詳參任學良：《古代漢語常用詞訂正》（杭州：浙江大學出版社，1987 年）；轟志軍：〈漢語常用詞研究方法淺論〉，《河池學院學報》，2007 年 2 月，第 27 卷第 1 期。

〔註164〕魯實先：《文字析義》（臺北：魯實先全集編輯委員會，1978 年），頁 55。

〔註165〕黃侃：《說文箋識四種》（臺北：藝文印書館，1985 年），頁 66。

〔註166〕程樹德：《說文稽古篇》（上海：商務印書館，1933 年），頁 77。

〔註167〕馮蒸：《說文同義詞研究》（北京：首都師範大學，1995 年），頁 55。

〔註168〕宋永培：《說文漢字體系研究法》（南寧：廣西教育出版社，1999 年），頁 55。

〔註169〕宋永培：《說文與上古漢語詞義研究》（成都：巴蜀書社，2001 年），頁 66。

〔註170〕《說文與訓詁研究論集》〔註171〕、董俊彥《說文語原之分析研究》；〔註172〕吳煥瑞《說文字根衍義考》〔註173〕等都是《說文解字》常用字詞研究值得參考之論述。

其他訓詁詞義類的參考資料更爲豐富，例如：陸宗達《訓詁簡論》、〔註174〕《訓詁研究》、《訓詁方法論》；〔註175〕周何《中國訓詁學》；〔註176〕陳新雄《訓詁學》；〔註177〕洪成玉《古今字》〔註178〕等訓詁學相關之論著，皆可從其例證中，考究與比較《說文解字》與經典常用字詞。

2、詞彙語法類

此類參考論著頗爲豐富，專以《說文解字》常用詞爲主的研究如龍仕平《說文解字訓釋語常用詞研究》；〔註179〕禹建華《段改說文常用字釋義研究》〔註180〕。

其餘關涉《說文解字》詞彙研究的如鄧澤〈從說文解字的解說看許慎是怎樣劃分詞類的〉；〔註181〕許嘉璐〈說文顏色詞考察〉；〔註182〕盧鳳鵬〈說文同訓詞的語義系統分析〉、〔註183〕〈說文解字異詞同訓的語義分析〉、〔註184〕〈說文

〔註170〕宋永培：《說文漢字體系與中國上古史》（南寧：廣西教育出版社，1996 年），頁77。

〔註171〕宋永培：《說文與訓詁研究論集》（北京：商務印書館，2013 年），頁 55。

〔註172〕董俊彥：《說文語原之分析研究》（臺北：國立臺灣師範大學碩士論文，1971 年），頁 66。

〔註173〕吳煥瑞《說文字根衍義考》（臺北：國立臺灣師範大學碩士論文，1971 年）。

〔註174〕陸宗達：《訓詁簡論》（香港：中華書局，2002 年），頁 77。

〔註175〕陸宗達主編：《訓詁研究》（北京：北京師範大學出版社，1981 年），第一輯，頁55。

〔註176〕周何：《中國訓詁學》（臺北：三民書局，1997 年），頁 66。

〔註177〕陳新雄：《訓詁學》（臺北：臺灣學生書局，2005 年），頁 66。

〔註178〕洪成玉：《古今字》（北京：語文出版社，1995 年），頁 55。

〔註179〕龍仕平：《說文解字訓釋語常用詞研究》（昆明：西南大學碩士論文，2007 年）。

〔註180〕禹建華：《段改說文常用字釋義研究》（長沙：湖南師範大學碩士論文，2005 年）。

〔註181〕鄧澤：〈從說文解字的解說看許慎是怎樣劃分詞類的〉，《贛南師範學院學報》，1985 年，第 2 期。

〔註182〕許嘉璐：〈說文顏色詞考察〉，《中國典籍與文化》，1995 年，第 3 期。

〔註183〕盧鳳鵬：〈說文同訓詞的語義系統分析〉，《貴州畢節師專學報》，1996 年，第 3 期。

「美」的語義取向考釋〉；〔註185〕黎千駒〈說文中詞義的系統性〉、〔註186〕〈20世紀說文聲韻與詞彙研究〉；〔註187〕喻遂生、郭力〈說文解字的複音詞〉；〔註188〕端木雋〈說文同形詞初探〉；〔註189〕呂建輝〈《說文解字》訓釋語中雙音詞初探〉；〔註190〕班吉慶〈說文互訓述評〉；〔註191〕鐘明立〈說文解字的同義詞及其辨析〉；〔註192〕龍鴻《說文聯綿詞形義探微》；〔註193〕高列過〈試論說文解字所收方言的區域特徵〉〔註194〕等。

以先秦至漢代常用詞彙爲研究主題的論文，如芮東莉《上古漢語單音節常用詞本義研究》；〔註195〕楊世鐵《先秦漢語常用詞研究》；〔註196〕于飛《兩漢常用詞研究》〔註197〕等，都初步考察了先秦至兩漢常用字詞的情況，提出了例證和分析理論。

此外如張玉金《西周漢語代詞研究》；〔註198〕葛佳才《東漢副詞研究》〔註199〕

〔註184〕盧鳳鵬：〈說文解字異詞同訓的語義分析〉，《貴州師範大學學報（社會科學版）》，1996年，第4期。

〔註185〕盧鳳鵬：〈說文「美」的語義取向考釋〉，《貴州教育學院學報》，2005年，第5期。

〔註186〕黎千駒：〈說文中詞義的系統性〉，香港中文大学《中國語文通訊》1998年，第3期。

〔註187〕黎千駒：〈20世紀說文聲韻與詞彙研究〉，《株洲師範高等專科學校學報》，2001年，第6期。

〔註188〕喻遂生、郭力：〈說文解字的複音詞〉，《西南師範大學學報》，1987年，第1期。

〔註189〕端木雋：〈說文同形詞初探〉，《南通師範大學學報》，1985年。

〔註190〕呂建輝：〈《說文解字》訓釋語中雙音詞初探〉，《安慶師範學院學報（社會科學版）》，2005年，第1期。

〔註191〕班吉慶：〈說文互訓述評〉，《揚州師專學報》，1987年。

〔註192〕鐘明立：〈說文解字的同義詞及其辨析〉，《貴州文史叢刊》，1999年，第1期。

〔註193〕龍鴻：《《說文》聯綿詞形義關系探微》，《西南師範大學學報（哲學社會科學版）》，1999年，第4期。

〔註194〕高列過：〈試論說文解字所收方言的區域特徵〉，《唐都學刊》，2001年，第3期。

〔註195〕芮東莉：《上古漢語單音節常用詞本義研究》（杭州：浙江大學博士論文，2004年）。

〔註196〕楊世鐵：《先秦漢語常用詞研究》（合肥：安徽大學博士論文，2007年）。

〔註197〕于飛：《兩漢常用詞研究》（長春：吉林大學博士論文，2008年）。

〔註198〕張玉金：《西周漢語代詞研究》（北京：中華書局，2006年）。

〔註199〕葛佳才：《東漢副詞研究》（長沙：岳麓書社，2005年）。

則從詞類的角度，分別論述了西周與東漢的詞彙，足堪本文研究《說文解字》與經典文獻常用字詞的憑參。

王國維在〈書郭注方言後〉中將郭璞注《爾雅》時說明了揚雄《方言》中的詞語在晉代的變化狀況歸納後，有幾點：「漢時方言變爲晉時通語」、「漢時此地方言變爲晉時彼地方言」、「漢晉時語同而義異」、「漢晉時語異而義同」〔註200〕。可以知道方言詞本身和通語之間存在著性質轉換的情況，其中涉及到的常用字詞也是必須要納入考察研究的範圍。此類參考論著如：吳吉煌《兩漢方言詞研究——以方言、說文爲基礎》；〔註201〕王智群《方言與揚雄詞彙學》；〔註202〕王彩琴《揚雄方言用字研究》；〔註203〕謝榮娥《秦漢時期楚方言區的語音研究》〔註204〕等，都具有一定的參考價值。

3、文獻異文語料類

前面已經論及文獻異文語料，實際上是研究《說文解字》與經典文獻常用文字重要的參考憑據。由於許慎本身引經、群書、通人解字，故從文獻異文語料的比勘，可以結合文字構形與詞彙語義的演變，對常用字詞進行統合的分析與考察。

此類參考材料很豐富，例如以《說文解字》和文獻爲研究對象的張顯成〈說文收字釋義文獻用例補缺〉、〔註205〕宋永培《說文解字與文獻詞義學》；〔註206〕以注釋語料爲主題的如：賴積船《論語與其漢魏注中的常用詞比較研究》；〔註207〕汪耀南《注釋學綱要》、〔註208〕朱承平《故訓材料的鑑別與應用》；〔註209〕以文

〔註200〕王國維：《觀堂集林》（石家莊：河北教育出版社，2003 年），頁 113～120。

〔註201〕吳吉煌：《兩漢方言詞研究——以方言、說文爲基礎》（北京：高等教育出版社，2011 年）。

〔註202〕王智群：《方言與揚雄詞彙學》（北京：高等教育出版社，2011 年）。

〔註203〕王彩琴：《揚雄方言用字研究》（北京：高等教育出版社，2011 年）。

〔註204〕謝榮娥：《秦漢時期楚方言區的語音研究》（北京：高等教育出版社，2011 年）。

〔註205〕張顯成：〈說文收字釋義文獻用例補缺〉，《語言文字學》，2003 年。

〔註206〕宋永培：《說文解字與文獻詞義學》（鄭州：河南人民出版社，1994 年）。

〔註207〕賴積船：《論語與其漢魏注中的常用詞比較研究》（成都：巴蜀書社，2007 年）。

〔註208〕汪耀南：《注釋學綱要》（北京：語文出版社，1997 年）。

〔註209〕朱承平：《故訓材料的鑑別與應用》（廣州：暨南大學出版社，2002 年）。

獻異文語料爲題材的如：朱承平《文獻語言材料的鑑別與應用》、〔註210〕《異
文類語料的鑑別與應用》；〔註211〕王彥坤《古籍異文研究》；〔註212〕吳安其《文
獻語言的解釋》；〔註213〕以個別的經典文獻爲論的如：金德建《經今古文字考》
〔註214〕；胡繼明《詩經爾雅比較研究》；〔註215〕池昌海《史記同義詞研究》；
〔註216〕古國順《史記述尚書研究》；〔註217〕胡敕瑞《論衡與東漢佛典詞語比較
研究》〔註218〕等，都是研究文獻異文與《說文解字》比較之素材。

4、簡帛碑刻類

此類如劉志生《東漢碑刻複音詞研究》、〔註219〕呂志鋒《東漢石刻陶磚等
民俗性文字資料詞彙研究》〔註220〕等，搭配中央研究院漢代簡牘資料庫，可以
結合字構和詞彙，對漢代常用字詞進行考察。

5、詞頻分析類

詞頻分析主要以電子語料庫爲參酌對象，已成書面文獻論著的參考資料
如：李波《史記字頻研究》；〔註221〕海柳文《十三經字頻研究》；〔註222〕朱疆《古
璽文字量化研究及相關問題》；〔註223〕北京書同文數字化有限公司《古籍漢字
字頻統計》〔註224〕等。

〔註210〕朱承平：《文獻語言材料的鑑別與應用》（南昌：江西高校出版社，1991 年）。

〔註211〕朱承平：《異文類語料的鑑別與應用》（長沙：岳麓書社，2005 年）。

〔註212〕王彥坤：《古籍異文研究》（臺北：萬卷樓圖書出版有限公司，1996 年）。

〔註213〕吳安其：《文獻語言的解釋》（北京：中國社會科學出版社，2010 年）。

〔註214〕金德建：《經今古文字考》（濟南：齊魯書社，1986 年）。

〔註215〕胡繼明：《詩經爾雅比較研究》（重慶：重慶大學出版社，1995 年）。

〔註216〕池昌海：《史記同義詞研究》（上海：上海古籍出版社，2002 年）。

〔註217〕古國順：《史記述尚書研究》（臺北：文史哲出版社，1985 年）。

〔註218〕胡敕瑞：《論衡與東漢佛典詞語比較研究》（成都：巴蜀書社，2002 年）。

〔註219〕劉志生：《東漢碑刻複音詞研究》（成都：巴蜀書社，2007 年）。

〔註220〕呂志鋒：《東漢石刻陶磚等民俗性文字資料詞彙研究》（上海：上海人民出版社，
2009 年）。

〔註221〕李波：《史記字頻研究》（北京：商務印書館，2006 年）。

〔註222〕海柳文：《十三經字頻研究》（北京：高等教育出版社，2011 年）。

〔註223〕朱疆：《古璽文字量化研究及相關問題》（上海：上海人民出版社，2010 年）。

〔註224〕北京書同文數字化有限公司編：《古籍漢字字頻統計》（北京：商務印書館，2008

三、古漢語常用詞工具書編纂

古代漢語常用詞工具書的編纂，目前已有王力《古代漢語常用字典（第四版）》；〔註 225〕周緒全、王澄愚《古漢語常用詞通釋》；〔註 226〕劉鑑平、鄒聯琰《文言常用詞手冊》；〔註 227〕蔣必達、李忠田《文言常用詞典》；〔註 228〕解玉良、黃發耀《簡明文言常用詞手冊》〔註 229〕等。

早期張相《詩詞曲語詞匯釋》的編纂，指出了詞彙中有「字面普通而義別」一類，這類說的就是常用字詞，所以張氏所編材料，實際上也蘊含了常用詞工具書的性質。教育部在編纂「常用字手冊」所選纂材料中，即有張氏之編。

此外前述王力《古代漢語》中的「常用詞」部分，到郭錫良、李玲璞等人再作了進一步的修訂，把原來王力 1121 個常用詞，減至 200 多，楊世鐵曾歸納了上述古漢語常用詞工具書的常用詞，進行了表例比較，筆者再補入余家驥《古代漢語常用字匯釋》〔註 230〕之資料，茲整理如下：〔註 231〕

編　　者	著作或工具書名	常用詞數量
王力主編	《古代漢語》	1121
郭錫良、李玲璞等	《古代漢語》	200 多
劉鑑平、鄒聯琰	《文言常用詞手冊》	300
解玉良、黃發耀	《簡明文言常用詞手冊》	268
周緒全、王澄愚	《古漢語常用詞通釋》	2000
將必達、李忠田	《文言常用詞典》	近 2000
余家驥	《古代漢語常用字匯釋》	約 1500

聶志軍在〈漢語常用詞研究方法淺論〉一文提到當前研究漢語常用詞有兩種類型：「一種類型是研究某一個意義在不同歷史時期由哪些詞語來表示以及演變、更替情況；一種類型是研究一個（組）詞在不同歷史時期義項的發展演

年）。

〔註 225〕王力等：《古代漢語常用字字典》（北京：商務印書館，2005 年）。

〔註 226〕周緒全、王澄愚：《古漢語常用詞通釋》（重慶：重慶出版社，1988 年）。

〔註 227〕劉鑑平、鄒聯琰：《文言常用詞手冊》（天津：天津人民出版社，1981 年）。

〔註 228〕蔣必達、李忠田：《文言常用詞典》（南海出版公司，1991 年）。

〔註 229〕解玉良、黃發耀《簡明文言常用詞手冊》（北京：對外貿易教育出版社，1989 年）。

〔註 230〕余家驥：《古代漢語常用字匯釋》（內蒙古人民出版社，2001 年）。

〔註 231〕詳參楊世鐵：《先秦漢語常用詞研究》，頁 17。

變。……以上研究者選取的研究對象都有一個共同特點：詞或者義項的歷史更替明顯，利於找到詞彙發展的規律，從而提高了我們對於詞彙的認識，使之成爲修改某些大型語文工具書有利的材料，因而具有重要的研究價值。」〔註232〕可以發現常用字詞的研究價值影響是廣泛的，筆者認爲當前的漢語常用詞研究有幾點要持續關注：

1、《說文解字》與經典常用字詞在常用詞彙研究理論定義應要進一步釐清。

2、將常用詞彙研究的焦點從中古和近代，轉移到先秦兩漢時代，並以《說文解字》爲承先啓後的重點考察對象。

3、詞彙學研究學者每每注重常用和口語的性質，其實通用語、雅言本身即爲常用語的根本觀察對象，必須擴大對常用字詞性質的認定和考察。

4、常用詞和常用字的研究必須結合，只就詞義變化更替而論，卻忽略了字形結構也會隨著字義變化應用而另製新形，此點必須依據魯實先先生轉注與假借造字之說，對常用字詞進行形、音、義在口語造詞與書面造字上的情況，綜合分析。

5、通代的工具書編纂材料豐富，但是斷代與專書常用字詞工具書之纂輯則仍待研考，此也爲本文未來研究發展之目標之一。

〔註232〕轟志軍：〈漢語常用詞研究方法淺論〉，頁67。

第三章 《說文解字》語原義類常用字詞析論

本章爲「《說文解字》與經典常用字詞比較研究」這個主題的前半部「《說文解字》常用字詞之語原義類之分析」。旨在探討《說文解字》部首義類的劃分，及其部首中常用訓釋字詞與部首字義的關係，並參酌董俊彥《說文語原義類研究》所歸納之一百條語原義類，考察其中常用之訓釋字詞，分析該語原義類訓釋常用字詞彼此間之關係與演變。最後，就常用字詞中同源性質所產生的複合構詞現象，進行析論，開發《說文解字》常用字詞在漢語詞彙發展上的新研究領域，揭示其在傳統語言文字學研究之外的價值。

第一節 《說文解字》編輯觀念中的義類

許愼的《說文解字》是在精研五經文獻的基礎上，對先秦詞彙語義的總結，目的是整理貯存於五經諸子以及群書、通人說、方言在內的語義系統，而這個系統反映了上古人類對相互聯繫的環境、事物、史實、情感、觀念、關係、變化等的系統認識。〔註1〕在這個認識下，《說文解字》所反映出來的語言字詞意義系統，便蘊含著一批常用的字詞，用在描述人類日常生存環境、社會制度。

〔註1〕 盧鳳鵬：〈《說文》部首語義系統觀試論〉，《畢節學院學報》，2010 年，第 28 卷第9 期，頁 64。

也因為貼近生活，所以這批常用字詞呈現的型態也是多元善變的。

古人對於「詞」的概念起初是立基於如孔子「正名」、荀子「循名責實」等對於「名」的哲學討論。蘇寶榮說：「把詞的研究從哲學中分離出來，最早而明確地進行專門論述的，應當說是東漢的許慎。他在《說文》一書中說：『詞，意內而言外也。』這種說解，從觀點上講，可以說同荀況的『名聞而實喻』的說法是一脈相承的；但已同渾融哲學觀點中的『名』的提法不同，明確地使用了『詞』的概念。」〔註2〕許慎不僅能從語言的角度審視漢語詞彙，他還結合了文字的特點進行漢語詞彙的整理與訓解。

在漢語詞彙與文字的發展歷史上，由於漢字存在著形、音、義密合的表述與組合特徵，而又極早就開始被祖先們用以紀錄語言，所以文字和詞彙的關係必須置於同一個場域，進行空間與時間的考察。蘇寶榮進一步提到：「在當時歷史條件下，人們不可能對詞的本質有一個明確的認識。無論是荀況，還是許慎，他們關於詞的概念和理論，都帶有極為明顯的朦朧的特點。」〔註3〕直到段玉裁才明確地指出詞為聲與義的結合的本質，他說：

> 意者，文字之義也；言者，文字之聲也；詞者，文字形聲之合也。（言部，卷三）

又說：

> 形在而聲在焉，形聲在而義在焉。（言部，卷三）

蘇寶榮說：「漢字是具有表義特徵的文字，漢字的形體對確定詞的本義有很大的作用。」〔註4〕這裡說明了段玉裁能夠站在漢字以形表義的特質來看待漢語詞彙。段氏提到：

> 詞者……此謂摹繪物狀及發聲語助之文字也。……積文字而為篇章，積詞而為辭。孟子曰：不以文害辭，不以詞害辭也。孔子曰：言足以志，詞之謂也。（言部，卷三）

此處之論，說明了「詞」與「文」和「文字」有別，在研究《說文解字》的常用字詞時，必須瞭解到這一分別，須以詞彙為對象，然後結合前賢們研究

〔註2〕 蘇寶榮：《詞彙學與辭書學研究》（北京：商務印書館，2008 年），頁 204。

〔註3〕 同前註，頁 204。

〔註4〕 蘇寶榮：《詞彙學與辭書學研究》，頁 208。

字形、字音、字義的成果進行分析。

漢語詞彙的研究與拼音文字不同，其統合的線索，不僅只能從聲音入手，而是可以結合文字形體的孳乳，聲義同源的性質，作爲考察分析的條理。在許慎編輯《說文解字》的過程中，由於當時漢代已經出現「諸生競逐說字解經誼……乃猥曰：馬頭人爲長，人持十爲斗，虫者，屈中也。廷尉說律，至以字斷法；苛人受錢，苛之字，止句也。」這種「文害詞」的錯亂現象，所以在考文字之形義、正本清源之下，開創了以部首形繫義聯的方式，將漢語字詞進行了有機的、系統的整理。

本節首要先觀察許慎之部首本身意義的分類，並試圖就其子許沖上表所提到的分類以及《爾雅》的義類內容，進行比較。其比較目的，在於欲對五百四十部首的意義類型進行分析，並作爲接下來研究部首字詞在《說文解字》的常用字詞中，扮演什麼角色和具有的詞義性質與關係。

一、部首義類之劃分與比較

許慎在〈敘〉中提到他對天地萬物的歸納首先是「方以類聚，物以群分。同牽條屬，共理相貫。」「理群類」就體現了許慎樸素的宇宙系統觀。段注：

> 群類，謂如許沖所云「天地、鬼神、山川、草木、鳥獸、蚰蟲、雜物奇怪、王制禮儀、世間人事，靡不畢載」皆以文字之說，說其條理也。〔註5〕

許沖在〈上說文解字表〉時說：

> 慎博問通人，考之於逵，作《說文解字》，六藝群書之詁皆訓其意，而天地鬼神、山川草木、鳥獸蚰蟲、雜物奇怪、王制禮儀、世間人事莫不畢載。（卷十五）〔註6〕

茲以其所論爲義類，歸納五百四十部首：

（一）許沖之類分歸納五百四十部首

1、天 地

一部、上部、三部、气部、玉部、珏部、丨部、音部、晨部、玄部、青

〔註5〕〔東漢〕許慎、〔清〕段玉裁注：《說文解字注》，卷十五。

〔註6〕〔東漢〕許沖：〈上說文解字表〉，《說文解字》，卷十五。

部、日部、旦部、軌部、冥部、晶部、月部、明部、夕部、凶部、穴部、白部、火部、炎部、黑部、焱部、赤部、夂部、雨部、雲部、鹵部、鹽部、風部、二部、土部、垚部、堇部、田部、畕部、黃部、金部、皀部、昌部、韻部、厽部、五部、七部、九部、丁部、戊部、己部、庚部、辛部、卯部、丙部、壬部、子部、辰部、巳部、午部、戌部。

2、鬼　神

示部、鬼部、由部、申部。

3、山　川

丘部、嵬部、山部、屾部、屵部、厂部、石部、長部、水部、沝部、頻部、く部、巜部、川部、泉部、灥部、永部、辰部、谷部、氏部、氐部。

4、草　木

屮部、艸部、蓐部、茻部、止部〔註7〕、舉部、菁部、丰部、竹部、來部、麥部、舛部、木部、林部、才部、叒部、之部、出部、宋部、生部、乇部、烝部、桼部、華部、禾部、稽部、桼部、马部、東部、鹵部、齊部、束部、片部、克部、彔部、禾部、秝部、黍部、香部、米部、毇部、朩部、林部、麻部、尗部、耑部、韭部、瓜部、瓠部、乙部。

5、鳥　獸

采部、牛部、犛部、告部、爪部、几部、羿部、羽部、隹部、奞部、萑部、丫部、羊部、羴部、瞿部、雔部、雥部、鳥部、烏部、角部、虍部、虎部、虤部、巢部、毛部、毳部、尾部、豕部、希部、彑部、豚部、豸部、舄部、易部、象部、馬部、廌部、鹿部、麤部、兔部、莧部、犬部、狀部、鼠部、能部、熊部、燕部、飛部、非部、卂部、乙部、不部、至部、西部、卵部、厽部、嘼部。

6、蜮　蟲

貝部、魚部、鱟部、龍部、虫部、蚰部、它部、龜部、黽部、巴部。

7、雜物奇怪

小部、八部、半部、龠部、冊部、凵部、爨部、革部、鬲部、弼部、弼

〔註7〕 止部歸於草木類，乃依許慎之釋義。

部、皮部、龏部、爻部、焱部、盾部、華部、絲部、叀部、刀部、刃部、韧部、耒部、箕部、丌部、工部、珡部、壴部、鼓部、豈部、豆部、豊部、豐部、皿部、厶部、血部、丶部、丹部、井部、皀部、鬯部、食部、缶部、矢部、高部、冂部、臺部、京部、亯部、旱部、富部、亩部、嗇部、韋部、弟部、東部、市部、束部、橐部、口部、員部、劜部、囧部、毌部、鼎部、臼部、宀部、宮部、一部、冃部、网部、襾部、巾部、市部、帛部、七部、衣部、裘部、履部、舟部、方部、先部、曲部、爻部、幺部、乡部、厄部、卩部、印部、广部、丸部、勿部、囪部、壺部、戶部、門部、戈部、戉部、丨部、珡部、亡部、匚部、甾部、瓦部、弓部、弜部、弦部、系部、糸部、素部、絲部、率部、开部、勺部、且部、斤部、斗部、矛部、宁部、叕部、酉部、酋部。

8、王制禮儀

王部、辛部、邑部、𨛜部、𨟠部、辡部。

9、世間人事

（1）事　態

士部、正部、是部、只部、商部、句部、古部、十部、卅部、言部、誩部、業部、鬥部、ナ部、畫部、臤部、殺部、攴部、教部、卜部、用部、㿟部、予部、放部、受部、叔部、㐭部、左部、曰部、乃部、丂部、兮部、号部、亏部、旨部、喜部、去部、亼部、會部、入部、桀部、有部、多部、网部、七部、壬部、重部、肩部、兂部、先部、丏部、辵部、文部、卯部、苟部、厶部、危部、𣎵部、炙部、夭部、壹部、幸部、奢部、本部、夵部、竝部、惢部、毋部、丿部、厂部、乀部、我部、乚部、亡部、里部、劦部、四部、亞部、六部、孨部、厺部、丑部、未部。

（2）人　貌

口部、凵部、吅部、哭部、走部、癶部、步部、此部、辵部、彳部、廴部、延部、行部、齒部、牙部、足部、疋部、品部、龠部、舌部、干部、谷部、収部、廾部、共部、異部、舁部、臼部、卂部、又部、史部、支部、聿部、書部、隶部、臣部、寸部、夐部、目部、䀼部、眉部、自部、白部、鼻部、首部、夕部、骨部、肉部、筋部、死部、巫部、甘部、可部、夂部、舛部

部、夊部、久部、呂部、瘳部、广部、人部、从部、比部、北部、似部、臥部、身部、老部、尸部、尺部、儿部、兄部、兂部、禿部、見部、覞部、欠部、歙部、次部、旡部、頁部、百部、面部、首部、縣部、須部、彡部、后部、司部、色部、勹部、包部、而部、大部、亦部、矢部、交部、允部、亢部、大部、夫部、囟部、思部、心部、耳部、臣部、手部、巠部、女部、民部、男部、力部、几部、了部、寅部、亥部。

上述將五百四十部首，依許沖所述歸納成九個義類。發現各個義類，皆能歸屬其意義之部首。顯示許慎立部之字本身即爲九千三百五十三字形義之類屬，但是各部首字之詞義，是否皆爲從屬之字的核心常用義則不然，其中原因之考論，詳見本節下部之論。

（二）部首義類與《爾雅》分篇之比較

《爾雅》分篇共十九，分別爲：〈釋詁〉、〈釋言〉、〈釋訓〉、〈釋親〉、〈釋宮〉、〈釋器〉、〈釋樂〉、〈釋天〉、〈釋地〉、〈釋丘〉、〈釋山〉、〈釋水〉、〈釋草〉、〈釋木〉、〈釋蟲〉、〈釋魚〉、〈釋鳥〉、〈釋獸〉、〈釋畜〉。其內容也試圖將文獻語言進行意義分類，前三篇所解釋的詞語屬古通語、古方言、疊音詞等一般用詞；後十六篇則屬自然環境與社會制度的專業詞語。茲以《爾雅》之分篇爲詞義之類，較之許沖九類，表示如下：

《爾雅》篇目	內容詞語性質	許沖〈上說文表〉分類	分類之性質與部首舉例
〈釋詁〉	古通語（含古方言）〔註8〕	世間人事（雜物奇怪）	身心：身部、心部、思部 頭部：囟部、頁部、眉部
〈釋言〉	古方言（含古通語）		

〔註8〕 《爾雅》的〈釋詁〉、〈釋言〉在孔穎達《毛詩正義》引〈爾雅序篇〉曰：「〈釋詁〉、〈釋言〉，通古今之字，古與今異言也。」郭璞注《爾雅》在〈釋詁〉云：「此所以釋古今之異音，通方俗之殊語。」鄭樵〈爾雅注自序〉曰：「古人語言，於今有變，生今之世，何由識古人語？此〈釋詁〉所由作；五方言語不同，生於夷何由識華語，此〈釋言〉所由作。」詳參〔南宋〕鄭樵：《爾雅注》，《文淵閣四庫全書》（香港：迪志文化出版公司，2007 年）。其實〈釋詁〉、〈釋言〉中各含有古語和方言之材料，故本表之詞語性質分類，先循舊說分作「古通語」、「古方言」，再於後（）補充顯示其各自具（古方言）、（古通語）之性質。

〈釋訓〉	單音詞、複音詞、詞組〔註9〕		四肢：夂部、久部、足部 行止：步部、辵部、彳部 言語：只部、曰部、乃部 動作：炙部、鬥部、予部 形數：大部、小部、卅部
〈釋親〉	社會禮儀制度	王制禮儀 （世間人事） （雜物奇怪）	人稱：士部、人部、女部 生態：老部、禿部、疒部
〈釋宮〉			住物：戶部、門部、宮部 器物：豆部、鼎部、弓部 衣物：巾部、襾部、衣部
〈釋器〉			
〈釋樂〉			
〈釋天〉	自然天文地理	天地 鬼神	天文：日部、月部、風部 地理：山部、丘部、泉部 地物：石部、鹵部、金部
〈釋地〉			
〈釋丘〉		山川	
〈釋山〉			
〈釋水〉			
〈釋草〉	自然植物動物	草木	植物：艸部、木部、林部
〈釋木〉			食品：麥部、黍部、米部
〈釋蟲〉		蚰蟲	甲蟲：龜部、黽部、虫部 禽鳥：鳥部、隹部、燕部
〈釋魚〉			
〈釋鳥〉		鳥獸	獸畜：熊部、虎部、豚部 器官：互部、毛部、角部
〈釋獸〉			
〈釋畜〉			

從上表之比較，可以發現《爾雅》在一般詞語部分涉及較多的人身情態表述，如《説文解字》的部首「走」字，〈釋言〉曰：

奔，走也。（釋言，卷二）

〔註9〕 朱星提到《爾雅》：「三篇（〈釋詁〉、〈釋言〉、〈釋訓〉）分出後，還有人對後二篇繼續補充，特別是後一篇，因此造成末一篇體例的複雜不純，從釋詞方法上除前半多數的『一字爲釋』外，又有『句釋』，如『子子孫孫，引無極也。顒顒卬卬，君之德也。』又有把被釋詞與釋詞混包一句中，如『骭瘍爲微，腫足爲尰』，『幬謂之帳』，『鬼之爲言歸也』。在被釋詞內容上除前半篇的疊字形容詞外還有副動詞組，如『不俟、不來也、不朁、不蹟也。』……」故本文此處標明〈釋訓〉的內容詞語性質，以其詞語型態爲主。朱説詳見朱星：〈《爾雅·釋詁》三篇體例〉，《朱星古漢語論文選集》（臺北：紅葉文化事業有限公司，1996年），頁35～36。

又如部首「思」字，〈釋詁〉曰：

> 悠、傷、憂，思也；懷、惟、慮、願、念、惄，思也。（釋詁，卷一）

〈釋訓〉曰：

> 悠悠洋洋，思也。（釋訓，卷三）

此外〈釋親〉分宗族（父黨）、母黨、妻黨、婚姻四題，從「父」至「嬪」共94 條，所釋與「世間人事」類相涉；〈釋宮〉含門戶、居室等稱名，自「宮」至「樓」共 86 條；〈釋器〉自「豆」至「中尊」共 128 條，含服飾、耕作、祭祀、飲食；〈釋樂〉自「宮」至「節」共 36 條，所釋之詞語內容包含食、衣、住、行、樂等文物制度與社會儀軌和許沖之「王制禮儀」、「世間人事」、「雜物奇怪」類相近。

其餘〈釋天〉至〈釋畜〉凡十二篇，分言陰陽、日月、山川、地理、地物、草木、鳥獸、蟲魚，一如許沖之類，乃屬自然天文地理、動植物之專有詞語。蔡聲鏞提到：「茲統計《爾雅》一書共有 2047 條。計社會科學[包括前四篇（及上卷全部內容）加〈釋樂〉]為 737 條占全書的 36%；應用科學（包括中卷前二篇即〈釋宮〉、〈釋器〉）為 214 條占 10%；自然科學（包括自〈釋天〉起至〈釋畜〉的最後十二篇）為 1096 條占 54%。」〔註 10〕《爾雅》所釋之類大抵和《說文解字》部首所分之義類相似，訓釋性質則《爾雅》以常用義解釋，而《說文解字》則結合形構，釋其本義。詳考許慎之述，其分部之情況與從屬字之訓解，並非只是形體之別，而有可能是因應各部之核心常用訓釋詞義，據以分部，茲辨析於下。

（三）部首分部從屬之形義辨析

在五百四十部首中，有些部首本為一字，但析為二部或三部者，魯實先先生說：「《說文》以字形分部，其於鬲、䰜；自、白；虍、虎；芛、華；百、首；大、亣分為二部，於宀、冃、冂，分為三部，乃以篆文有從鬲自之字，亦有從白弼之字，是以各列部屬。」〔註 11〕魯先生之論說乃依形分部，但覆考其例如：

> 大：天大，地大，人亦大。故大象人形。古文大也。凡大之屬皆從

〔註10〕 蔡聲鏞：〈爾雅與百科全書〉，《辭書研究》，1981 年，第 1 期，頁 250。

〔註11〕 魯實先先生：《文字析義》，頁 181。

大。（大部，卷十）

依形求義則應「象人正面站立之具體實象」〔註12〕之義，但是「天大、地大、人亦大」之訓，則以抽象概念「大小之大」為本義。故其從屬字多以「大小之大」為常用訓釋義，如：

奯：空大也。从大歲聲。讀若《詩》「施罟濊濊」。（大部，卷十）

奔：大也。从大弗聲。讀若「予違，汝弼」。（大部，卷十）

契：大約也。从大从㓞。《易》曰：「後代聖人易之以書契。」（大部，卷十）

奊：大也。从大氐聲。讀若氐。（大部，卷十）

另外狀描實象形體之大者，另以「籀文大」為部，訓解從屬字之義，見「亣部」：

亣：籀文大，改古文。亦象人形。凡亣之屬皆从亣。（亣部，卷十）

其從屬字：

奕：大也。从大亦聲。《詩》曰：「奕奕梁山。」（亣部，卷十）

奘：駔大也。从大从壯，壯亦聲。（亣部，卷十）

臭：大白、澤也。从大从白。古文以為澤字。（亣部，卷十）

奚：大腹也。从大，𢇁省聲。𢇁，籀文系字。（亣部，卷十）

奿：稍前大也。从大而聲。讀若畏偄。（亣部，卷十）

奰：大兒。从大畐聲。或曰拳勇字。一曰讀若傿。（亣部，卷十）

奰：壯大也。从三大三目。二目為𣊬，三目為奰，益大也。一曰迫也。讀若《易》虙羲氏。《詩》曰：「不醉而怒謂之奰。」（亣部，卷十）

考他部以「大」為訓義之字，以「大小之大」為常用訓釋義者如：

丕：大也。从一不聲。（一部，卷一）

皇：大也。从自。自，始也。始皇者，三皇，大君也。自，讀若鼻，今俗以始生子為鼻子。（王部，卷一）

〔註12〕宋建華：〈說文部首字釋義與釋形相互矛盾現象考釋〉，《逢甲人文社會學報》，2001年5月，第2期，頁18。

咥：大笑也。从口至聲。《詩》曰：「咥其笑矣。」（口部，卷二）

博：大通也。从十从尃。尃，布也。（十部，卷三）

詡：大言也。从言羽聲。（言部，卷三）

以實象形體之大者爲常用訓義者，如：

顤：大頭也。从頁原聲。（頁部，卷八）

嶨：山多大石也。从山，學省聲。（山部，卷九）

象：長鼻牙，南越大獸，三季一乳，象耳牙四足之形。（象部，卷九）

麟：大牝鹿也。从鹿粦聲。（鹿部，卷十）

可知「大」立爲二部，實乃其部中從屬字核心常用訓釋義有別，故依「凡某之屬皆从某」之原則，析爲二部，便不僅只依形而分了。魯先生又云：「然考之古文，凡許氏所云從白之字，固無一從白。其所云從虍及從虎之字，則虍虎之音義靡不相同。其所云從大及從亣之字，則其構形略無異揆。其所云從冖及從冃冄之字，則其三文俱相通作。然則許氏以文之結體稍異者，不屬重文，而列爲二部或三部，固非字書之軌範也。」〔註13〕其考論「人」、「儿」、「尸」三個部首字，認爲「人」之形在甲骨文中作「 ⟋ 」〔註14〕在彝銘作「 ⟋ 」〔註15〕，「象人立而見其臂脛之形」；〔註16〕而古文奇字的「儿」，則是甲骨文和彝銘中的「 ⟋ 」、〔註17〕「 ⟋ 」，〔註18〕「乃象人之坐形」；〔註19〕另「尸」則在彝

〔註13〕 魯實先：《文字析義》，頁181。

〔註14〕 「甲2940」（《合18901》），引自行政院國家科學委員會經費補助，臺灣大學中國文學系、中央研究院歷史語言研究所、資訊科學研究所：「小學堂文字學資料庫」，網址：http://xiaoxue.iis.sinica.edu.tw/char?fontcode=42.F47D。引用日期2014年2月23日。

〔註15〕 「作冊般甗」（《集成944》）：「小學堂文字學資料庫」，網址：http://xiaoxue.iis.sinica.edu.tw/char?fontcode=32.F71B。引用日期2014年2月23日。

〔註16〕 魯實先：《文字析義》，頁182。

〔註17〕 「後2.24.3」（《合18803》）：「小學堂文字學資料庫」，網址：http://xiaoxue.iis.sinica.edu.tw/char?fontcode=43.E092。引用日期2014年2月23日。

〔註18〕 「乙9077」（《合21476》）：「小學堂文字學資料庫」，網址：http://xiaoxue.iis.sinica.edu.tw/char?fontcode=43.E08F。引用日期2014年2月23日。

〔註19〕 魯實先先生說：「案尸之釋義，依段注本訂，所引孔子之言，文不成義，必緯書之

銘作「⟨圖⟩」、〔註20〕「⟨圖⟩」〔註21〕象人之坐形，而以「祭主」爲本義。〔註22〕

魯先生意在引卜辭彝銘之文考辨許慎之訓，但筆者試圖從不同之角度審視許氏分部訓釋之內容，發現《說文解字》分部歸字爲何存在著相近或相同之字而分立他部者，其原因之一，乃魯先生所云「以形分部」；另一原因，乃所從屬之字核心常用訓釋詞義有別。茲以上述「人」、「儿」、「尸」象人形之三部首字爲例，依魯先生所釋，則可分爲：

1、「人」：象人立而見其臂脛之形。

2、「儿」：象人之坐形。

3、「尸」：象人之坐形，而以「祭主」爲本義。

查「人部」所從之字，以「人」爲訓者，如：

> 俊：材千人也。从人夋聲。（人部，卷八）

> 倱：人姓。从人軍聲。（人部，卷八）

> 伋：人名。从人及聲。（人部，卷八）

> 伉：人名。从人亢聲。《論語》有陳伉。（人部，卷八）

> 伊：殷聖人阿衡，尹治天下者。从人从尹。（人部，卷八）

> 倩：人字。从人青聲。東齊壻謂之倩。（人部，卷八）

> 儺：行人節也。从人難聲。《詩》曰：「佩玉之儺。」（人部，卷八）

> 仚：人在山上。从人从山。（人部，卷八）

> 僧：浮屠道人也。从人曾聲。（人部，卷八）

> 偶：桐人也。从人禺聲。（人部，卷八）

可以發現訓釋字詞「人」，大多以名詞爲訓。又其他非以「人」爲訓釋之從屬

妄說。……其作⟨圖⟩看，即卜辭與彝銘之⟨圖⟩、⟨圖⟩，乃象人之坐形，⟨圖⟩爲⟨圖⟩之譌變，非有所謂『詰詘』之義也。」詳見《文字析義》，頁181。

〔註20〕「鐵35.2」（《合20643》）：「小學堂文字學資料庫」，網址：http://xiaoxue.iis.sinica. edu.tw/char?fontcode=42.F6D4。引用日期2014年2月23日。

〔註21〕「乙405」（《合19941》）：「小學堂文字學資料庫」，網址：http://xiaoxue.iis.sinica. edu.tw/char?fontcode=42.F6DE。引用日期2014年2月23日。

〔註22〕魯實先：《文字析義》，頁182。

字者如：

1、情態、動作

佼：交也。从人从交。（人部，卷八）

儒：柔也。術士之偁。从人需聲。（人部，卷八）

傑：傲也。从人桀聲。（人部，卷八）

伯：長也。从人白聲。（人部，卷八）

倓：安也。从人炎聲。讀若談。（人部，卷八）

傛：不安也。从人容聲。一曰華。（人部，卷八）

侅：奇侅，非常也。从人亥聲。（人部，卷八）

偉：奇也。从人韋聲。（人部，卷八）

佖：威儀也。从人必聲。《詩》曰：「威儀佖佖。」（人部，卷八）

佶：正也。从人吉聲。《詩》曰：「旣佶且閑。」（人部，卷八）

僑：高也。从人喬聲。（人部，卷八）

仜：大腹也。从人工聲。讀若紅。（人部，卷八）

倞：彊也。从人京聲。（人部，卷八）

徃：遠行也。从人狂聲。（人部，卷八）

傔：從也。从人兼聲。（人部，卷八）

伺：俟望也。从人司聲。自低已下六字，从人，皆後人所加。（人部，卷八）

佇：久立也。从人从宁。（人部，卷八）

2、樣貌、樣態

僚：好皃。从人尞聲。

儦：行皃。从人麃聲。《詩》曰：「行人儦儦。」（人部，卷八）

倭：順皃。从人委聲。《詩》曰：「周道倭遲。」（人部，卷八）

侗：大皃。从人同聲。《詩》曰：「神罔時侗。」（人部，卷八）

傪：好皃。从人參聲。（人部，卷八）

伴：大皃。从人半聲。（人部，卷八）

僩：武皃。从人閒聲。《詩》曰：「瑟兮僩兮。」（人部，卷八）

侹：長皃。一曰箸地。一曰代也。从人廷聲。（人部，卷八）

侁：行皃。从人先聲。（人部，卷八）

儽：垂皃。从人纍聲。一曰嬾解。（人部，卷八）

佮：小皃。从人囟聲。《詩》曰：「佮佮彼有屋。」（人部，卷八）

侊：小皃。从人光聲。《春秋國語》曰：「侊飯不及一食。」（人部，卷八）

佁：癡皃。从人台聲。讀若駭。（人部，卷八）

傞：醉舞皃。从人差聲。《詩》曰：「屢舞傞傞。」（人部，卷八）

僛：醉舞皃。从人欺聲。《詩》曰：「屢舞僛僛。」（人部，卷八）

前半部之訓釋義主要是形容情態與動作，後半部則多只樣貌、樣態之形容，故常訓解作「某皃」、「某某皃」，其核心意義源於「人」全身而立，常用訓釋詞則以形容之狀「皃」爲訓。

古文奇字之「儿」，《說文解字》解云：

儿：仁人也。古文奇字人也。象形。孔子曰：「在人下，故詰屈。」凡儿之屬皆从儿。（儿部，卷八）

魯先生認爲乃象人之坐形，沒有「詰詘（屈）」之義，考其部所從之字：

兀：高而上平也。从一在人上。讀若夐。茂陵有兀桑里。（儿部，卷八）

兒：孺子也。从儿，象小兒頭囟未合。（儿部，卷八）

允：信也。从儿㠯聲。（儿部，卷八）

兌：說也。从儿㕣聲。（儿部，卷八）

充：長也。高也。从儿，育省聲。（儿部，卷八）

依許慎之訓，固無「詰詘（屈）」之義，且「兀」訓「高而上平」；「充」訓「長」、「高」；「兌」訓「說」（悅），其如「人部」述狀兒態之義，「兒」稱「孺子」之名，一如「人部」中以名詞爲訓者，故此二部之分，應依「人」、「儿」之

形而劃分，非以義爲分部之依據。則有說此二部依形劃分，乃行款之區別者，徐灝《說文解字注箋》引戴侗之說曰：

> 尺 卩 非二字，特因所合而稍變其勢。合於左者，若伯、若仲，則不變其本文而爲。合於下者，若兒、若見，則微變其本文而爲。分而爲二者，誤也。灝案戴說是也。〔註23〕

戴侗本身認爲不應分爲二部，但是又提到分爲二部可能因爲是行款的問題，不過人部之「企」、「㪟」、「弔」、「仐」則也作上下結構之行款，故依形分部乃「人」、「儿」本體之構形有別，行款結構則不能成爲分部屬字之標準。

不過「尸」字，魯先生說：「《禮記・禮器》云：『夏立尸，殷作尸』，此所以尸象人之坐形也。以尸爲祭主，故引申有主司之義，尸屍同音，故假借爲陳屍之義。」〔註24〕筆者認爲「尸」以「祭主」爲本義，但是許愼訓作「陳也。象臥之形。」則顯示出其以常用詞爲訓解之性質。考段玉裁對「尸」之注：

> 〈小雅・祈父〉傳曰：尸，陳也。按凡祭祀之尸訓主。〈郊特牲〉曰：尸，陳也。注曰：此尸神象當從主訓，之言陳，非也。玉裁謂祭祀之尸本象神而陳之，而祭者因主之二義，實相因而生也，故許但言陳。〔註25〕

段氏舉〈毛傳〉、〈郊特牲〉皆訓「尸，陳也。」，其云「祭祀之尸本象神而陳之」說明「尸」之本義作祭主，但是許愼以「陳」訓之，乃循其「象臥之形」而來，而非以「祭主」之義而來。「陳」之訓釋不僅與經傳訓詁相同，且考「尸部」之從屬字如：

> 屟：侍也。从尸奠聲。(尸部，卷八)
>
> 居：蹲也。从尸古者，居从古。(尸部，卷八)
>
> 眉：臥息也。从尸、自。(尸部，卷八)
>
> 屑：動作切切也。从尸肖聲。(尸部，卷八)

〔註23〕〔清〕徐灝：《說文解字段注箋》（臺北：廣文書局，1972 年）。

〔註24〕魯實先：《文字析義》，頁 182。

〔註25〕〔東漢〕許愼、〔清〕段玉裁：《說文解字注》，頁 403。

展：轉也。从尸，襄省聲。（尸部，卷八）

屈：行不便也。一曰極也。从尸出聲。（尸部，卷八）

尻：脽也。从尸九聲。（尸部，卷八）

屍：髀也。从尸下丌居几。（尸部，卷八）

脂：尻也。从尸旨聲。（尸部，卷八）

尼：從後近之。从尸匕聲。（尸部，卷八）

屆：從後相臿也。从尸从臿。（尸部，卷八）

屄：屆屄也。从尸乏聲。（尸部，卷八）

屍：柔皮也。从申尸之後。尸或从又。（尸部，卷八）

屒：伏皃。从尸辰聲。一曰屋宇。（尸部，卷八）

犀：犀遲也。从尸辛聲。（尸部，卷八）

則可探得从「尸」之字群，皆以「尸」之「象臥之形」義所引伸出如「蹲」、「臥息」、「尻」、「伏皃」等「橫陳」之義，但從屬字中卻無「祭主」本義所衍生之字。可以了解到許慎以「陳也」釋之，不僅合於其形體之義，實際上也和經傳常用之義相同，而文獻中出現的「尸」如：

在床曰尸，在棺曰柩。（《禮記・問喪》）

贈死不及尸。（《左傳・隱公元年》）

祭仲殺雍糾，尸諸周氏之汪。（《左傳・桓公十五年》）

臨尸而歌。（《莊子・大宗師》）

伏尸衕萬。（《莊子・則陽》）

則是以「尸」爲「屍」，段玉裁認爲从尸从死之「屍」與「尸」別爲一字，經籍多以「尸」假借「屍」，其實可以將「屍」視爲欲明「死屍」之義訓而轉注所造。

由此可以探知許慎釋字或以引申、或以假借之常用義爲訓，非純以本形爲依歸。

覆考魯先生說：「凡許氏所云從白之字，固無一從白。」王永誠注：「《說文白部》所列之皆、魯、者、鴷、智、百六字，於卜辭彝銘皆不從白，皆、

魯、哥從口，矯則從口，者之古文作 ![字形]，〔註26〕乃象亨飪之形百乃從一從白之合書。」〔註27〕依古形而言，自屬非「白」；審其義也看似無從「白」之義，但詳考其從屬字之訓釋義，則實從「白」之「省自者，詞言之气，从鼻出，與口相助也。」之義而來，如：

> 皆：俱詞也。从比从白。（白部，卷四）
>
> 魯：鈍詞也。从白，鮺省聲。《論語》曰：「參也魯。」（白部，卷四）
>
> 者：別事詞也。从白炗聲。炗，古文旅字。（白部，卷四）
>
> 疇：詞也。从白哥聲。哥與疇同。《虞書》：「帝曰：疇咨。」（白部，卷四）
>
> 矯：識詞也。从白从亏从知。（白部，卷四）

「皆」字，見文獻用詞如：

> 予及汝皆亡。（《尚書·湯誓》）
>
> 皆死皆殯。（《左傳·哀公十一年》）
>
> 小人有母，皆嘗小人之食。（《左傳·隱公元年》）
>
> 皆以美于徐公。（《戰國策·齊策》）
>
> 燕、趙、韓、魏聞之，皆朝于齊。（《戰國策·齊策》）

都以「俱詞」爲用義。

「魯」字，魯先生云：「魯於卜辭作 ![字形]、〔註28〕 ![字形]，〔註29〕文并從口，以示語詞之義。」〔註30〕「者」字魯先生云卜辭作「![字形]」、「![字形]」，「乃象亨飪之

〔註26〕「子璋鐘」（《集成 114》）：「小學堂文字學資料庫」，網址：http://xiaoxue.iis.sinica.edu.tw/char?fontcode=31.F507。引用日期 2014 年 2 月 24 日。

〔註27〕魯實先著、王永誠注：《文字析義注（上冊）》（臺北：臺灣商務印書館，2014 年），頁 181。

〔註28〕「乙 7781」（《合 10133》）：「小學堂文字學資料庫」，網址：http://xiaoxue.iis.sinica.edu.tw/char?fontcode=41.F563。引用日期 2014 年 2 月 24 日。

〔註29〕「餘 11.2」（《合 9979》）：「小學堂文字學資料庫」，網址：http://xiaoxue.iis.sinica.edu.tw/char?fontcode=41.F566。引用日期 2014 年 2 月 24 日。

〔註30〕魯實先：《文字析義》，頁 55。

形，而爲煮之初文。」〔註31〕段注：

> 言主於別事。則言者以別之。〈喪服經〉：斬衰裳，苴絰杖，絞帶，
>
> 冠繩纓菅屨者。注曰：者者，明爲下出也。此別事之例。

「鼂」字卜辭作「 」、〔註32〕「 」〔註33〕之形從「口」，而於經傳中常以「疇」之形承載「詞」之義，例如：

> 帝曰：「疇咨若時登庸？」（《尚書・堯典》）
>
> 帝曰：「疇咨若予采？」（《尚書・堯典》）
>
> 帝曰：「疇若予工？」（《尚書・舜典》）
>
> 帝曰：「疇若予上下草木鳥獸？」（《尚書・舜典》）
>
> 其五曰：「嗚呼曷歸？予懷之悲。萬姓仇予，予將疇依？郁陶乎予
>
> 心，顏厚有忸怩。弗愼厥德，雖悔可追？」（《尚書・五子之歌》）

段玉裁認爲「鼂」、「疇」爲古今字：

> 壁中古文字作鼂，古字也。《爾雅》疇、孰，誰也。字作疇，今字也。
>
> 許以疇爲假借字。……
>
> 疇爲古今字。《尚書》作疇不作鼂者，蓋孔安國以今文字讀之。《易》
>
> 之同《爾雅》也。

「矞」字毛公鼎作「 」、〔註34〕中山王䜌鼎作「 」，〔註35〕徐鍇云：

> 亏亦气也。

故可知此部所從之形當誤，但所從之訓釋義，皆爲當時訓釋常用之義，許愼

〔註31〕同前註，頁 55。

〔註32〕「河 518」（《合 13149》）：「小學堂文字學資料庫」，網址：http://xiaoxue.iis.sinica. edu.tw/char?fontcode=43.F328。引用日期 2014 年 2 月 24 日。

〔註33〕「前 4.19.5」（《合 35614》）：「小學堂文字學資料庫」，網址：http://xiaoxue.iis.sinica. edu.tw/char?fontcode=43.F330。引用日期 2014 年 2 月 24 日。

〔註34〕「毛公鼎」（《集成 2841》）：「小學堂文字學資料庫」，網址：http://xiaoxue.iis.sinica. edu.tw/char?fontcode=31.F510。引用日期 2014 年 2 月 24 日。

〔註35〕「中山王䜌鼎」（《集成2840》）：「小學堂文字學資料庫」，網址：http://xiaoxue.iis.sinica. edu.tw/char?fontcode=31.F514。引用日期 2014 年 2 月 24 日。

立「自」、「白」爲二部，前者狀「鼻」之本形，後者則述「鼻」所衍生之語詞意義，所以形雖然可以視爲一字，但就意義而言則必須看作二個詞。可見許愼分例部首，儘管釋形或有誤解，但是部內之字之訓解，當有其從屬派生之義。其釋形之誤已礙本義之訓，雖爲確論，但是考之文獻常用字詞之義，則發現許愼之訓解或可能是以「凡某之屬皆從某」的歸字原則爲依據，故據前述分析可知，常用字詞之訓義，實乃《説文解字》部首義類從屬之根據。

二、部首義類之常用字詞釋例

許愼在《説文解字》部首的編排上可謂用力最深，採用了詞義類聚的方式。〔註36〕可以說《説文解字》對中國古代人類所經歷與認識的天地自然、世間人事的總括，涵蓋了客觀世界、主觀世界和語言世界。〔註37〕此種涵蓋的描述，體現在許愼部首的安排以及對字詞的訓解上。盧鳳鵬提到：「《説文解字》依據相同的『形素』類聚了與形符的語義有關聯的一組字詞在同一部首之下，這實際上就是一個語義系統，與西方的語義場理論和義素分析的方法很相似。這裡的形素對應義素，部首對應語義場。……因此，以《説文》的部首一個個獨立的語義場，探討先秦詞彙語義系統是可行的。」〔註38〕所謂的形素對應義素，是分析部首義類的一個基本觀察方法，但是部首如何對應語義場，則必須考察部首字義和部內字義之間的關係，透過常用字詞的歸納與詞義性質的分析，才能理出其中的系統。

曹煒提到：「中國古代的漢字字形結構分析中蘊含著西方義素分析的原理，而且，西方的最小語義單位義素在其語言所使用的表音文字符號中是無所依附的，而漢語的最小語義單位，在漢語所使用的表義文字字符那裡找到了自己的依託，字符實際上是義素的載體。作爲義素載體的字符，不僅可以爲漢語義素分析所必須的最小語義子場的確定提供必要依據，也可以爲義素的最終提供線索和制約，從而可以彌補西方義素分析再上述兩個方面存在的隨意性和偶然性的缺憾。」〔註39〕在一字多義的情況下，就字符和義素之間的

〔註36〕盧鳳鵬：〈《説文》部首語義系統觀試論〉，頁64。

〔註37〕同前註，頁64。

〔註38〕同前註，頁67。

〔註39〕曹煒：〈漢字字形結構分析和義素分析法〉，《語文研究》，2001年，第3期。

承載關係而言，還必須進一步考察其餘部首字之本義、引申義或假借義間的變化情形。有時部首字之本義即爲該部之從屬字的核心常用字義，故許慎每引以爲訓，例如「馬部」之從屬字：

駒：馬二歲曰駒，三歲曰駣。从馬句聲。（馬部，卷十）

驪：馬深黑色。从馬麗聲。（馬部，卷十）

騢：馬赤白雜毛。从馬叚聲。（馬部，卷十）

騳：黃馬，黑喙。从馬咼聲。（馬部，卷十）

駁：馬色不純。从馬爻聲。（馬部，卷十）

驁：駿馬。以壬申日死，乘馬忌之。从馬敖聲。（馬部，卷十）

駫：馬盛肥也。从馬光聲。《詩》曰：「四牡駫駫。」（馬部，卷十）

該部共 119 字，多以本義「馬」，以「馬某」或「某馬」之詞爲訓，只有：

駟：一乘也。从馬四聲。（馬部，卷十）

駊：駊騀也。从馬皮聲。（馬部，卷十）

馳：大驅也。从馬也聲。（馬部，卷十）

騺：亂馳也。从馬敄聲。（馬部，卷十）

駺：次弟馳也。从馬劉聲。（馬部，卷十）

騁：直馳也。从馬粤聲。（馬部，卷十）

駭：驚也。从馬亥聲。（馬部，卷十）

驙：駗驙也。从馬亶聲。《易》曰：「乘馬驙如。」（馬部，卷十）

騶：廄御也。从馬芻聲。（馬部，卷十）

驛：置騎也。从馬睪聲。（馬部，卷十）

馹：驛傳也。从馬日聲。（馬部，卷十）

騠：駃騠也。从馬是聲。（馬部，卷十）

騋：驢子也。从馬冢聲。（馬部，卷十）

駼：騊駼也。从馬余聲。（馬部，卷十）

馱：負物也。从馬大聲。此俗語也。（馬部，卷十）

15 個字不以「馬」爲訓，其因是許慎「釋其專名」，如「騭，牡馬也。」、「騇，駒驪也。」或「單言其貌態」如：「騁，直馳也。」、「駭，驚也。」等。

　　有時部首字之本義非常用義，而不以其爲從屬字之訓釋字者，如「冊部」：

　　冊：符命也。諸矦進受於王也。象其札一長一短，中有二編之形。

　　　　凡冊之屬皆从冊。（冊部，卷二）

「冊」之形「象其札一長一短」，甲骨文作「𠕋」；〔註40〕金文作「𠕋」，〔註41〕乃狀編聯簡冊，故其本義應爲「簡冊」而非「符命」。饒炯《說文部首訂》云：

　　古者符命，用冊敕臣，意蓋取此。其實冊本簡編通名。〔註42〕

蔡信發則析云：「該字本義爲『簡冊』，而《說文》以『符命』釋之，是誤以引申義爲本義。」〔註43〕可知「符命」乃「簡冊」所引申而來之義位，但是在「冊部」卻是個常用語義，考「冊」之從屬字：

　　嗣：諸侯嗣國也。从冊从口，司聲。（冊部，卷二）

　　扁：署也。从户、冊。户冊者，署門户之文也。（冊部，卷二）

宋建華提到：「嗣字爲諸侯繼承國君之位，接受天子冊命；扁字因孝子烈女足以爲人民法式，天子扁表其門，二者並取『符命』之義。」〔註44〕其認爲之所以這麼解釋，是因爲許慎「依『凡某之屬皆從某』之通例」，循編纂體例而以引申義爲釋。李孝定則認爲：「凡簡編皆得稱冊，不獨符命，許君第取其大者顯者言之耳。」〔註45〕筆者以爲李氏取其大者顯者之言爲訓，已略爲探及常用字詞義之使用之性質，但其論稍嫌簡略；而宋氏以體例原則之說，當爲確論，

〔註40〕 「甲 1483」（《合 30656》）：「小學堂文字學資料庫」，參考網址：http://xiaoxue.iis. sinica.edu.tw/char?fontcode=41.EB5A，2104 年 2 月 21 日引用。

〔註41〕 「師虎簋」（《集成 4316》）：「小學堂文字學資料庫」，參考網址：http://xiaoxue.iis. sinica.edu.tw/char?fontcode=31.EA98，2104 年 2 月 21 日引用。

〔註42〕 〔清〕饒炯：《說文部首訂》，丁福保：《說文解字詁林》（臺北：鼎文書局，1977 年）。

〔註43〕 蔡信發：《說文部首類釋》（臺北：臺灣學生書局，2002 年），頁 34。

〔註44〕 宋建華：〈說文部首字釋義與釋形相互矛盾現象考釋〉，《逢甲人文社會學報》，2001 年 5 月，第 2 期，頁 28。

〔註45〕 李孝定：《讀說文記》（臺北：中央研究院歷史語言研究所，1992 年），頁 53。

但實可進一步以常用字詞之語義場析證之。宋氏認爲許愼當知「簡冊」爲本義，其舉：

> 刪：剟也。从刀、冊。冊，書也。（刀部，卷四）

> 典：五帝之書也。从冊在丌上，尊閣之也。莊都説，典，大冊也。（丌部，卷五）

說明許愼應知「冊」之本義，只是「冊部」中從屬之「嗣」、「扁」皆具「冊命」之義，故本字以「符命」爲訓，筆者認爲此與經典文獻常用詞義具有關係。「冊部」以引申之「符命」爲核心訓釋義位，考《尙書》：

> 王命作冊逸祝冊。（《尚書・洛誥》）

> 太史秉書，由賓階隮，御王冊命。（《尚書・顧命》）

其義已見「符命」義之來源。又見「嗣」：

> 在今後嗣王，酣，身厥命，罔顯于民祗，保越怨不易。（《尚書・酒誥》）

> 今王嗣受厥命，我亦惟茲二國命，嗣若功。（《尚書・召誥》）

也含有承嗣前命之義，而「扁」字之屬名冊命之義，後世轉以「匾」字承載之，少見於文獻詞例。由此例可以發現，許愼訓釋字詞，不以部首字本義爲訓者，其引申義乃爲文獻常用詞義，因兼統屬他字，故建其爲「首」，作爲核心常用語義的類屬，納含屬於該語義場的字群。

　　《說文解字》編輯部首之觀念，乃因其形在義中、義在形中之漢字特質，以其構形與字義爲分部歸屬之要素，但是考察這些要素之線索，實在於部首字與從屬字之間，常用訓釋字詞之核心義位。本文考察五百四十部該部首字與從屬字之訓義，就其類型茲釋例如下：

1、以部首字爲常用訓釋字者

（1）以部首字之本義爲訓

此例如「雨部」：

> 雨：水從雲下也。一象天，冂象雲，水霝其閒也。凡雨之屬皆从雨。
>
> （雨部，卷十一）

本義爲從雲所下之水，其部內從屬字常以「雨」爲訓者，如：

霝：陰陽薄動霝雨，生物者也。从雨，晶象回轉形。（雨部，卷十一）

霣：雨也。齊人謂靁爲霣。从雨員聲。一曰雲轉起也。（雨部，卷十
一）

鞷：雨濡革也。从雨从革。讀若膊。（雨部，卷十一）

霅：凝雨，說物者。从雨彗聲。（雨部，卷十一）

霄：雨霓爲霄。从雨肖聲。齊語也。（雨部，卷十一）

零：餘雨也。从雨令聲。（雨部，卷十一）

霶：小雨財零也。从雨鮮聲。讀若斯。（雨部，卷十一）

霡：霡霖，小雨也。从雨脈聲。（雨部，卷十一）

霰：小雨也。从雨酸聲。（雨部，卷十一）

霚：微雨也。从雨气聲。又讀若芟。（雨部，卷十一）

霖：久雨也。从雨㐭聲。（雨部，卷十一）

霣：雨聲。从雨眞聲。讀若資。（雨部，卷十一）

霽：雨止也。从雨齊聲。（雨部，卷十一）

霏：雨雲皃。从雨非聲。（雨部，卷十一）

有說明因「雨」而生之氣候者如「霝」；有狀述「雨」之樣態者如「霰」（小雨）、「霚」（微雨）、「霖」（久雨），有說明「雨」所施之物者如「鞷」（雨濡革）等。又有詞性轉移，而仍以「雨」爲常用之訓者，如：

雹：雨冰也。从雨包聲。（雨部，卷十一）

霝：雨零也。从雨，吅吅象霝形。《詩》曰：「霝雨其濛。」（雨部，卷
十一）

落：雨零也。从雨各聲。（雨部，卷十一）

說明「水从雲下」之態，皆以部首「雨」之本義爲常用訓釋字詞。

又如「凵部」：

凵：圜器也。一名甀。所以節飲食。象人，卪在其下也。《易》曰：
「君子節飲食。」凡凵之屬皆从凵。（凵部，卷九）

其從屬字：

䣠：小卮有耳蓋者。从卮專聲。（卮部，卷九）

𦉼：小卮也。从卮耑聲。讀若捶擊之捶。（卮部，卷九）

該部以「卮」爲常用訓釋字詞，訓解從屬字「䣠」、「𦉼」，其器類相近，皆以「圜圓」之形爲核心常用義。

再如「色部」：

色：顏气也。从人从卪。凡色之屬皆从色。（色部，卷九）

其從屬字：

艴：色艴如也。从色弗聲。《論語》曰：「色艴如也。」（色部，卷九）

艵：縹色也。从色并聲。（色部，卷九）

以「顏气」爲本義，訓解「艴」之「盛怒」之義，《孟子》：

曾西艴然不悅。（《孟子・公孫丑》）

《集韻》曰：

色怒也。（入聲，十一沒）

皆以顏气之皃態爲訓。「艵」字，段注：

縹者，帛青白色也。李善注〈神女賦〉「頩薄怒以自持」引《方言》。頩，怒色青皃。今方言無此語。玉篇引楚辭。玉色艵以脕顏。今遠遊作頩。頩與艵同也。

又如「鬼部」：

鬼：人所歸爲鬼。从人，象鬼頭。鬼陰气賊害，从厶。凡鬼之屬皆从鬼。（鬼部，卷九）

其從屬字：

鬽：厲鬼也。从鬼失聲。（鬼部，卷九）

魃：旱鬼也。从鬼犮聲。《周禮》有赤魃氏，除牆屋之物也。《詩》曰：「旱魃爲虐」（鬼部，卷九）

鬾：鬼服也。一曰小兒鬼。从鬼支聲。《韓詩傳》曰：「鄭交甫逢二女，鬾服。」（鬼部，卷九）

魖：鬼兒。从鬼虎聲。（鬼部，卷九）

鬾：鬼俗也。从鬼幾聲。《淮南傳》曰：「吳人鬼，越人鬾。」（鬼部，卷九）

飄：鬼鬾聲，飄飄不止也。从鬼需聲。（鬼部，卷九）

傀：鬼變也。从鬼化聲。（鬼部，卷九）

魖：見鬼驚詞。从鬼，難省聲。讀若《詩》：「受福不儺」。（鬼部，卷九）

魓：鬼兒。从鬼賓聲。（鬼部，卷九）

魑：鬼屬。从鬼从离，离亦聲。（鬼部，卷九）

魔：鬼也。从鬼麻聲。（鬼部，卷九）

皆以本義「鬼」為常用訓釋字詞。

（2）以部首字之引申義為訓

此例如「食部」：

食：一（亼）米也。从皀亼聲。或說亼皀也。凡食之屬皆从食。
　　（食部，卷五）

段注：

亼，集也。集眾米而成食也。引伸之人用供口腹亦謂之食，此其相
生之名義也。下文云飯，食也。此食之引伸義也。〔註46〕

段氏提到「食」之引申義作動詞食「人用供口腹亦謂之食」和「飯，食也」，考
察其從屬字：

飯：食也。从食反聲。（食部，卷五）

餐：晝食也。从食象聲。（食部，卷五）

饔：孰食也。从食雝聲。（食部，卷五）

饌：具食也。从食算聲。（食部，卷五）

其訓釋詞義都是以「食」的引申義。

〔註46〕〔東漢〕許慎、〔清〕段玉裁：《說文解字注》，頁220。

（3）以部首字之假借義為訓

例如「可部」：

可：𦚢也。从口丂，丂亦聲。凡可之屬皆从可。（可部，卷五）

段注：

肎者，骨閒肉肎肎箸也。凡中其肎綮曰肎。可肎雙聲。

本義為「骨閒肉肎肎箸」，但借為「能夠」、「准許」之義，如：

去不我可。（《詩・小雅・何人斯》）

距關，毋內諸侯，秦地可盡王也。（《史記・項羽本紀》）

可以一戰。（《左傳・莊公十年》）

許慎於「可部」則常以其假借義為訓，如：

哿：可也。从可加聲。《詩》曰：「哿矣富人。」（可部，卷五）

「哿」字，許慎所引《詩經・小雅・正月》云：

哿矣富人、哀此惸獨。（《詩經・小雅・正月》）

查《左傳》也有引《詩經》曰：

哿矣能言，巧言如流。（《左傳・昭公八年》）

皆表示「稱許」、「許可」之義。

另新附字「叵」字見《三蒼》曰：

叵：不可也。从反可。

又見史傳如：

帝知其終不為用，叵欲討之。（《後漢書・隗囂公孫述列傳》）

布目備曰：「大耳兒最叵信！」（《後漢書・劉焉袁術呂布列傳》）

可知「可」字在漢代以後已為副詞「可否之可」之常用詞義，《說文解字》此部以常用之假借義為訓。

2、非以部首字為常用訓釋字者

（1）以部內之從屬字為訓

此例如「見部」之「視」字

見：視也。从儿从目。凡見之屬皆从見。（見部，卷八）

視：瞻也。从見、示。（見部，卷八）

「見」與「視」，在卜辭中分別作「罕」、[註47]「罘」[註48]之形。前者跪坐而直見，後者站立而遠瞻，以後者之義較爲概括，故許愼以「見」立部，但以「視」爲常用訓釋詞義，故其部內從屬之字如：

覣：好視也。从見委聲。（見部，卷八）

覞：窃視也。从見兒聲。（見部，卷八）

覛：好視也。从見禼聲。（見部，卷八）

覗：笑視也。从見录聲。（見部，卷八）

親：大視也。从見爰聲。（見部，卷八）

覝：察視也。从見炎聲。讀若鎌。（見部，卷八）

覵：外博眾多視也。从見員聲。讀若運。（見部，卷八）

觀：諦視也。从見蓳聲。（見部，卷八）

覙：內視也。从見來聲。（見部，卷八）

覘：內視也。从見甚聲。（見部，卷八）

覽：注目視也。从見歸聲。（見部，卷八）

覕：病人視也。从見氐聲。讀若迷。（見部，卷八）

覶：下視深也。从見鹵聲。讀若攸。（見部，卷八）

覘：私出頭視也。从見彤聲。讀若郴。（見部，卷八）

覷：視不明也。一曰直視。从見春聲。（見部，卷八）

覶：視誤也。从見侖聲。（見部，卷八）

覜：諸矦三年大相聘曰覜。覜，視也。从見兆聲。（見部，卷八）

皆以「視」爲訓。段玉裁在「見」字下注曰：

〔註47〕「林 1.25.10」（《合 19164》）：「小學堂文字學資料庫」，網址：http://xiaoxue.iis.sinica.edu.tw/char?fontcode=42.F833。引用日期 2014 年 2 月 25 日。

〔註48〕「乙 3765 反」（《合 10501 反》）：「小學堂文字學資料庫」，網址：http://xiaoxue.iis.sinica.edu.tw/char?fontcode=42.F827。引用日期 2014 年 2 月 25 日。

析言之有視而不見者，聽而不聞者。渾言之則視與見，聞與聽一也。

段氏於「視」字下注曰：

瞻，臨視也。視不必皆臨。則瞻與視小別矣。渾言不別也。引伸之
義，凡我所爲使人見之亦曰視。

可以見得析言用詞，則以引申義之從屬字「視」爲常用。饒炯認爲：

說解以視釋見，與身云躬也例同；對文則用目及物曰視，物來寓
目曰見。《禮記・大學》云：「視而不見。」〈中庸〉曰：「視之而
弗見。」皆是也。散文則視亦爲見。篆从儿从目者，緣其事爲人，
其用在目，而直指其義之所在以制字，與譬況會意例異也。〔註49〕

饒氏認爲「目」和「視」之訓，乃對文與散文之關係。裘錫圭認爲段注在「覜」
下所論之：「鄭（引者按：指鄭玄《周禮注》）說殷覜，不用三年大聘之說。
許則以《周禮》之覜即三年大聘。故《大行人》曰：『王之所以撫邦國諸侯者，
歲徧存，三歲徧覜，五歲徧省。』省與覜同。間歲而舉，所謂三年大聘。下
於上，上於下，皆得曰覜，故曰相。許說與《周禮》不相違也。……《小行
人》曰：『存、覜、省、聘、問，臣之禮也。』按五者皆得訓視。」〔註50〕又
提到「上引牆盤等器銘中的『視』，應即『殷覜曰視』的『視』，其義與覜、
省、聘、問等相近。」〔註51〕又追記：「楊氏將巩方鼎的『𥃩事』也釋作『見
事』，現在看起來是錯誤的。此二字應釋爲『視事』。『視事』爲古代常用語，
如《左傳・襄公二十五年》說：『崔子稱疾不視事。』從銘文看，巩當是奉車
叔之命視事于彭地，故受其賞。」可知「視」至上古至先秦，乃爲常用之字
詞，故許慎引以爲訓。

又如「八部」之「分」字

八：別也。象分別相背之形。凡八之屬皆从八。（八部，卷二）

段注：

〔註49〕〔清〕饒炯：《說文部首訂》，引自《說文解字詁林・八下・見部》，頁3842。

〔註50〕裘錫圭：〈甲骨文中的見與視〉，《甲骨文發現一百周年學術研討會論文集》（臺北：
國立臺灣師範大學、中央研究院歷史語言研究所，1999年8月），頁1～6。

〔註51〕裘錫圭：〈甲骨文中的見與視〉，《甲骨文發現一百周年學術研討會論文集》，頁 1
～6。

此以雙聲疊韵說其義。今江浙俗語以物與人謂之八。與人則分別矣。

其從屬之字「分」：

分：別也。从八从刀，刀以分別物也。（八部，卷二）

魯實先先生說：「八於卜辭作『) 〈』、〔註52〕『 〉〈 』，〔註53〕形同篆文，而爲臂之象形。以八借爲數名，故孳乳爲臂。……《說文》以別訓八，乃其引伸義，自八而孳乳爲分、兆、捌（捌見《淮南子說林篇》），則爲承引伸義而構字。」〔註54〕許慎以「八」之引申義構字「分」爲其部內從屬字常用之訓解字詞，如：

公：分也。从重八。八，別也。亦聲。《孝經說》曰：「故上下有別。」
（八部，卷二）

公：平分也。从八从厶。八猶背也。韓非曰：背厶爲公。（八部，卷二）

必：分極也。从八、弋，弋亦聲。（八部，卷二）

「公」字《玉篇》曰：

古文別字。

段注：

此卽今之兆字也。廣韵兆治小切。引說文分也。此可證孫愐以前公卽兆矣。又云：卦，灼龜坼也。出《文字指歸》。《文字指歸》者曹憲所作。此可證孫愐以前卜部無兆卦字矣。

「公」字取「八」、「厶」之「與私相背」而爲「公」引申之「平分」之義。「必」字取「分判之準」爲「分極」義，皆以引申義「分」爲核心義而派生訓解。

考文獻常用之詞，如：

死生分。（《禮記・月令》）

〔註52〕 「鐵145.4」（《合5932》）：「小學堂文字學資料庫」，網址：http://xiaoxue.iis.sinica.edu.tw/char?fontcode=41.E392。引用日期2014年2月24日。

〔註53〕 「前2.32.4」（《合37459》）：「小學堂文字學資料庫」，網址：http://xiaoxue.iis.sinica.edu.tw/char?fontcode=41.E393。引用日期2014年2月24日。

〔註54〕 魯實先：《文字析義》，頁15～17。

然則何以分之？（《荀子‧禮論》）

以齊之分，奉之而不足。（《荀子‧仲尼》）

五穀不分，孰爲夫子！（《論語‧微子》）

也得見「分別」之義常用於文辭之中。

再如「耳部」：

耳：主聽也。象形。凡耳之屬皆从耳。（耳部，卷十二）

卜辭作「 𠮾 」、〔註55〕「 𦔮 」，〔註56〕本義爲「人耳」，而擴大引伸爲「禽獸之耳」義，〔註57〕並以「耳」之功能而有「聽」、「聞」之引伸義。許愼以「主聽」爲訓，乃以引伸義說明「耳」之功能。「聽」：

聽：聆也。从耳、悳，壬聲。（耳部，卷十二）

「聞」：

聞：知聞也。从耳門聲。（耳部，卷十二）

段注於「見」下曰：

耳部曰：聽，聆也。聞，知聲也。此析言之。

又於「聞」字下曰：

往曰聽。來曰聞。

可知「聽」、「聞」乃近義詞，皆從「耳」所引申而來，其該部從屬之字，也常以「聽」、「聞」義爲訓者，如：

聆：聽也。从耳令聲。（耳部，卷十二）

聱：不聽也。从耳敖聲。（耳部，卷十二）

聥：張耳有所聞也。从耳禹聲。（耳部，卷十二）

聾：無聞也。从耳龍聲。（耳部，卷十二）

〔註55〕「鐵138.2」（《合13631》）：「小學堂文字學資料庫」，網址：http://xiaoxue.iis.sinica.
edu.tw/char?fontcode=43.EC0A。引用日期2014年2月24日。

〔註56〕「前8.5.3」（《合21384》）：「小學堂文字學資料庫」，網址：http://xiaoxue.iis.sinica.
edu.tw/char?fontcode=43.EC0B。引用日期2014年2月24日。

〔註57〕詳參魯實先：《文字析義》，頁234。

聳：益梁之州謂聾爲聳，秦晉聽而不聞，聞而不達謂之聳。从耳宰
聲。（耳部，卷十二）

皆以「耳」之引申義「聽」、「聞」爲常用訓釋字詞。考諸文獻用詞如：

天視自我民視，天聽自我民聽。（《尚書・泰誓》）

無稽之言勿聽。（《尚書・大禹謨》）

心不在焉，視而不見，聽而不聞。（《禮記・大學》）

聞耳之聰也。（《墨子・經上》）

聞佳人兮召予。（《楚辭・九歌・湘夫人》）

以「聽」、「聞」並舉（如《禮記》）爲常用字詞。

《説文解字》部首義類中常用訓釋字詞以「部內從屬字」爲訓者，其常用
義位多爲部首字本義之引申，可知其引申義及其所承載之字位如「見部」之
「視」；「八部」之「分」；「耳部」之「聽」乃爲許慎當時之常用字詞。

（2）以他部之字爲訓

《説文解字》之部首義類，常有以他部之字爲訓者，其性質有三：

A. 以引申義爲訓

此例如「工部」字：

工：巧飾也。象人有規榘也。與巫同意。凡工之屬皆从工。（工部，
卷五）

其從屬字：

式：法也。从工弋聲。（工部，卷五）

巧：技也。从工丂聲。（工部，卷五）

巨：規巨也。从工，象手持之。（工部，卷五）

以「法」、「技」、「規」等字詞爲訓。「工」字，魯實先先生云：「工乃杠之象
形，其義甚顯。假借爲工匠之名，工官雙聲，故亦借爲官吏之義。其訓巧飾
者，乃工匠之引伸義。」〔註58〕

「式」字在文獻傳注中：

〔註58〕魯實先：《文字析義》，頁93。

式，法也。(《周書‧諡法》)

下士之式。(《詩經‧大雅‧下武》)

毛傳：

法也。

三曰筮式。(《周禮‧筮人》)

鄭玄注：

謂筮製作法式也。

掌婦式之法。(《周禮‧典婦功》)

段注：

廌部法作灋。灋，刑也。引伸之義爲式，用也。

則知「法」、「式」爲引申義之關係。

「巧」字許慎訓爲「技」，「技」字：

巧也。从手支聲。(手部，卷十二)

與「巧」互訓，文獻傳注常并稱如：

俾君子易怠，而況乎我多有之，惟一介斷斷焉無他技。(《公羊傳‧
文公十二年》)

注：

他技，奇巧異端也。

人多技巧。(《老子》)

注：

工匠之巧也。

魯實先先生於「巨」字云：「夫大俱象人形，故從夫之矩，亦從大作 𦣻 。〔註59〕
大矢古文形近。……矩之初文作 𢆶 〔註60〕或 𢀙 ，乃從○之合體象形， 𠃌 象

〔註59〕「伯矩尊」(《集成5846》)：「小學堂文字學資料庫」，網址：http://xiaoxue.iis.sinica.
edu.tw/char?fontcode=32.E299。引用日期2014年2月24日。

〔註60〕「鄦侯少子簋」(《集成4152》)：「小學堂文字學資料庫」，網址：http://xiaoxue.iis.sinica.
edu.tw/char?fontcode=32.E294。引用日期2014年2月24日。

矩器，非《說文》所謂『巧飾』之工，古文之天、環、正、再、員、中、辟、
咼，俱從○以構字，皆取圓圜之義。絆馬足之咼，則取纏絡之義。可證○雖久
逸，而音義猶存。……苟如所言，則無以見巨爲度方圓之器矣！」〔註61〕可知
「巨」無「巧飾」之義，但許愼以「規巨」釋之，則「規」字：

> 規：有法度也。从夫从見。

先秦文獻以「規」爲「度方圓」之義者夥，如：

> 規矩，方圓之至也。(《孟子・離婁》)

> 〈沔水〉，規先王也。(《詩經・小雅序・沔水》)

鄭玄箋：

> 規者，正圓之器。

> 圓曰規，方曰矩。(《楚辭・離騷》)

> 圓者中規，方者中矩。(《荀子・賦》)

> 木直中繩，輮以爲輪，其曲中規。(《荀子・勸學》)

到了戰國末年至漢以後輾轉引申有「法度」、「法則」之義，如：

> 釋規而任巧，釋法而任智，惑亂之道也。(《韓非子・飾邪》)

> 必將崇論閎議，創業垂統，爲萬世規。(《史記・司馬相如列傳》)

> 夫蕭規曹隨。(揚雄《解嘲》)

可知許愼於「工部」從屬字之釋，以輾轉引申之「法度」之常用義爲訓。

例如「句部」字：

> 句：曲也。从口丩聲。凡句之屬皆从句。(句部，卷三)

> 笱：曲竹捕魚笱也。从竹从句，句亦聲。(句部，卷三)

> 鉤：曲(鉤)也。从金从句，句亦聲。(句部，卷三)

「句」字，魯實先先生云：「《左傳・僖二十四年》云：『齊桓公置射鉤，而使
管仲相』；《管子・大匡篇》云：『管仲射桓公中鉤』；《國語・齊語》云：『桓
公曰管夷吾射寡人中鉤』；〈晉語四〉云：『申孫之矢集于桓鉤』；《墨子・辭過
篇》云：『鑄金以爲鉤，珠玉以爲珮』，是皆以鉤爲帶鉤，正爲句之本義。引

〔註61〕魯實先：《文字析義》，頁365。

伸爲凡句曲之名，故孳乳爲天寒足句之跔，曲竹捕魚具之笱，羽曲之翊，曲脅之疴，及軛下曲之軥。」〔註62〕許愼以「曲」字爲訓，「曲」：

> 曲：象器曲受物之形。或說曲，蠶薄也。凡曲之屬皆从曲。（曲部，
>
> 　卷十二）

其「器物受曲之形」乃「句」及所孳乳之物所象之形，故以引申義爲訓，知其爲常用訓釋義。

又如「辟部」字：

> 辟：法也。从卩从辛，節制其辠也；从口，用法者也。凡辟之屬皆
>
> 　从辟。（辟部，卷九）

> 劈：治也。从辟从井。《周書》曰：「我之不劈。」（辟部，卷九）

> 嬖：治也。从辟乂聲。《虞書》曰：「有能俾嬖。」（辟部，卷九）

以「法」所引申之依法而「治」之常用義爲訓。

此例如「我部」：

> 我：施身自謂也。或說我，頃頓也。从戈从𠂇。𠂇，或說古垂字。
>
> 　一曰古殺字。凡我之屬皆从我。（我部，卷十二）

「我」之本義，魯實先先生云：「以國族自名爲本義。……引伸爲一人自偁之名。《說文》『施身自謂』者，是誤以引伸爲本義。」〔註63〕故「我」所從屬之「義」字，許愼訓作：

> 義：己之威儀也。從我、羊。（我部，卷十二）

以引申義「一人自偁」之「己」爲訓其威儀之貌態。

　B. 與他字之引伸而疊合者爲訓

此例如「永部」

> 永：（水）長也。象水巠理之長。《詩》曰：「江之永矣。」凡永之屬
>
> 　皆从永。（永部，卷十一）

> 羕：水長也。从永羊聲。《詩》曰：「江之羕矣。」（永部，卷十一）

〔註62〕魯實先：《文字析義》，頁36。

〔註63〕魯實先：《文字析義》，頁791。

以「長」爲訓。魯實先先生云：「永從く仏者，以示小水長流，而以長流爲本義，引伸爲凡長久之義。猶之長象人髮之長，而以髮長爲本義，引申亦爲長久之義，是皆取象於人而構字。」〔註64〕此處以象長髮之「長」爲水流長遠之共通訓釋字詞，實取他字之引申與本字之引伸義相疊合者爲常用訓釋字詞。

C. 以比擬義爲訓者

又如「辰部」

辰：水之衺流，別也。从反永。凡辰之屬皆从辰。讀若稗縣。（辰部，卷十一）

衇：血理分衺行體者。从辰从血。（辰部，卷十一）

覛：衺視也。从辰从見。（辰部，卷十一）

以「衺」爲訓，「衺」：

衺：䙴也。从衣牙聲。（衣部，卷八）

段注：

䙴者。衺也。二篆爲互訓。小徐本作紕也。非是。䙴今字作回。衺今字作邪。毛詩傳曰。回，邪也。

魯實先先生云：「辰則結體支分，以象衺流，是於水之象形，已窮於四文矣。」〔註65〕以衺流之形所引申比擬與血脈分支衺流、目光衺視之貌爲常用之訓。

D. 以他字之本義爲訓者

例如「仌部」

仌：凍也。象水凝之形。凡仌之屬皆从仌。（仌部，卷十一）

凜：寒也。从仌㐭聲。（仌部，卷十一）

凊：寒也。从仌青聲。（仌部，卷十一）

滄：寒也。从仌倉聲。（仌部，卷十一）

冷：寒也。从仌令聲。（仌部，卷十一）

凾：寒也。从仌㐭聲。（仌部，卷十一）

〔註64〕同前註，頁 1025。

〔註65〕魯實先：《文字析義》，頁 1025。

　　潷：風寒也。从仌畢聲。（仌部，卷十一）

　　凓：寒也。从仌㮚聲。（仌部，卷十一）

　　瀨：寒也。从仌賴聲。（仌部，卷十一）

以「寒」爲常用訓釋字詞，「寒」：

　　寒：凍也。从人在宀下，以茻薦覆之，下有仌。（宀部，卷七）

「仌」字魯實先先生云：「象水凍而有柧棱之形。」[註66]引申而與本義爲「凍」之「寒」同，「寒」字構形乃「从人在宀下，以茻薦覆之，下有仌」，其義在於「从人在宀下」之義，[註67]所以許慎歸入「宀部」。雖不屬「仌部」，但是因其含有「凍冷」之義，故許慎以常用之「寒」訓「仌部」之字。

　　E. 以假借義爲訓

　　此例如「酉部」

　　酉：就也。八月黍成，可爲酎酒。象古文酉之形。凡酉之屬皆从酉。

　　　（酉部，卷十四）

　　酒：就也，所以就人性之善惡。从水从酉，酉亦聲。一曰造也，吉

　　　凶所造也。古者儀狄作酒醪，禹嘗之而美，遂疏儀狄。杜康作

　　　秫酒。。（酉部，卷十四）

魯實先先生云：「酉於卜辭作 𝚷、[註68] 𝚷，[註69]彝銘作 𝚷、[註70] 𝚷，[註71]鼎銘作 𝚷，父辛觶作 𝚷，俱象酒器之形，當以酒尊爲本義。」[註72]此

[註66] 同前註，頁 224。

[註67] 「仌」之構形義不是「寒」字之主體，在古文字中也有無从「仌」之字，例如「小子𤼈鼎」作「𡨦」，楚簡作「𡫉」（上（1）.紂.6），皆無「仌」。

[註68] 「前3.3.2」（《合21783》）：「小學堂文字學資料庫」，網址：http://xiaoxue.iis.sinica.edu.tw/char?fontcode=44.E14F。引用日期 2014 年 2 月 24 日。

[註69] 「掇1.415」（《合32935》）：「小學堂文字學資料庫」，網址：http://xiaoxue.iis.sinica.edu.tw/char?fontcode=44.E141。引用日期 2014 年 2 月 24 日。

[註70] 「亞酉舶」（《集成6989》）：「小學堂文字學資料庫」，網址：http://xiaoxue.iis.sinica.edu.tw/char?fontcode=34.EA60。引用日期 2014 年 2 月 24 日。

[註71] 「矢令方彝」（《集成9901》）：「小學堂文字學資料庫」，網址：http://xiaoxue.iis.sinica.edu.tw/char?fontcode=34.EA67。引用日期 2014 年 2 月 24 日。

[註72] 魯實先：《文字析義》，頁 328。

處許慎以「就」訓之，則「就」：

> 就：就，高也。从京从尤。尤，異於凡也。

段注：

> 就，高也。律書曰：酉者，萬物之老也。〈律曆志〉曰：雷孰於酉。
> 〈天文訓〉曰。酉者，飽也。《釋名》曰：酉，秀也。秀者，物皆成
> 也。此舉一物以言就。

「舉一物以言就」之說言其「造就」、「成就」之義，則就於段氏十七部屬第三部，同於「酉」、「酒」，如《釋名》訓「秀」者，皆以同音之假借字，兼義訓釋之。

上述之釋例，旨在說明許慎《說文解字》分部一因形而分之，但所訓或有非本義者、或有矛盾之釋者，其因乃宋建華所論需遵從「凡某之屬皆從某」之歸部原則。在其原則之下許慎訓釋所用之字詞，其並非純以本字、本義爲訓，而是以漢時常用字詞義爲解釋。

其解釋字詞之形態，有以部首之字爲訓釋者；有以部首內從屬之字訓釋者；有以部外之字爲訓釋者。首項之訓釋詞義，若以名物爲部者，則大抵以本義爲訓，如「馬部」、「雨部」；有以部首字之引伸義爲訓者，如「長部」；亦有以部首字之假借字爲訓者，如「可部」，皆爲當時及文獻常用之字詞用義。

次項以部內從屬之字爲訓釋字詞者，則大抵爲部首本義之引伸爲常用訓義，如「見部」之「視」；「八部」之「分」；「耳部」之「聽」、「聞」等。

末項則以部外之字爲訓，其類型較夥，如「工部」之從屬字，以引申之「法度」之義爲常用訓釋詞義；如「永部」以「長部」之部首字「長」爲訓，乃取其引申義相疊合而同者；其餘如以比擬形義爲訓者、以他字之本義爲訓者、以假借義爲訓者，概爲其義位乃常用之義，故引之以「已知釋未知」，以「常用解罕用」。

本節對於《說文解字》常用字詞之觀察，初步以「部首義類」爲角度，考察其歸部與訓釋之樣態，但常用字詞之研究，並非僅止於此，有時限於形體，則許慎歸部自有扞格，如「人部」與「儿部」一依形訛而分部，於詞義訓釋之常用義類相似度高，則有礙於常用字詞之分析。故下節則欲跳脫五百四十部首之限制，以語原爲依據，考察其義類中常用訓釋之字詞彼此之間的

性質與關係。

第二節　《說文解字》常用字詞的語原義類

本節首先以莫里斯·斯瓦迪士（Morris Swadesh）〈百詞表〉、鄭張尚芳〈華澳語言比較三百核心詞表（徵求意見稿）〉和金理新〈漢藏語核心詞表（100詞）〉中之核心詞在《說文解字》的解釋以及作爲語原字根的義位與字位的字詞爲何。

再者，以董俊彥《說文語原之分析研究》依「凡同音每多同義，同音而多同義者，蓋緣字根相同或語原相近之故」的原則，以其義近之字四千三百九十二字，歸納成的一百條義類爲參考，考察各義類中字例常用的訓釋字詞，分析其與該語原義類之語義和文字之本源與派生關係，並討論該常用訓釋字詞群的語義場演變情形。

一、核心詞之類型與義類

美國語言學家莫里斯·斯瓦迪士（Morris Swadesh）在 1940 年代至 1950年代，以印歐語爲對象，依統計學的角度分析得出約二百個核心詞，並且再進一步歸納成一個〈百詞表〉，他認爲所有的語言詞彙都包含這二百多個詞語，其性質內涵是以生活中最基本的溝通詞彙爲語言年代的分析與推定標準。〔註73〕

中國學者鄭張尚芳則以漢語爲對象，歸納出〈華澳語言比較三百核心詞表（徵求意見稿）〉，〔註74〕另金理新在《漢藏語系核心詞》〔註75〕書中也歸納了漢藏語核心詞一百個。茲依詞性分述如下：

（一）斯瓦迪士〈百詞表〉（實際爲 207 個詞）

1、名　詞

女	woman	男	man	人	Man	孩	child

〔註73〕詳參〔美〕莫里斯·斯瓦迪士（Morris Swadesh）：What is glottochronology? In M. Swadesh, *The origin and diversification of languages* （pp. 271–284）. London: Routledge & Kegan Paul.

〔註74〕詳參鄭張尚芳：《華澳語言比較三百核心詞表（徵求意見稿）》。

〔註75〕詳參金理新：《漢藏語系核心詞》（北京：民族出版社，2012 年）。

妻 wife	夫 husband	母 mother	父 father
動物 animal	魚 fish	鳥 bird	狗 dog
虱 louse	蛇 snake	蟲 worm	樹 tree
森 forest	枝 stick	果 fruit	種 seed
葉 leaf	根 root	樹皮 bark	花 flower
草 grass	繩 rope	膚 skin	肉 meat
血 blood	骨 bone	脂 fat	蛋 egg
角 horn	尾 tail	羽 feather	髮 hair
頭 head	耳 ear	眼 eye	鼻 nose
口 mouth	牙 tooth	舌 tongue	指甲 fingernail
腳 foot	腿 leg	膝 knee	手 hand
翅 wing	腹 belly	腸 guts	頸 neck
背 back	乳 breast	心 heart	肝 liver
吐 spit	日 sun	月 moon	星 star
水 water	雨 rain	河 river	湖 lake
海 sea	鹽 salt	石 stone	沙 sand
塵 dust	地 earth	雲 cloud	霧 fog
天 sky	風 wind	雪 snow	冰 ice
煙 smoke	火 fire	灰 ashes	燒 burn
路 road	山 mountain	夜 night	晝 day
年 year	名 name。		

2、動 詞

喝 drink	吃 eat	咬 bite	吸 suck
嘔 vomit	吹 blow	呼吸 breathe	笑 laugh
看 see	聽 hear	知 know	想 think
嗅 smell	怕 fear	睡 sleep	住 live
死 die	殺 kill	鬥 fight	獵 hunt
擊 hit	切 cut	分 split	刺 stab
撓 scratch	挖 dig	游 swim	飛 fly

走 walk　　來 come　　躺 lie　　坐 sit
站 stand　　轉 turn　　落 fall　　給 give
拿 hold　　擠 squeeze　　磨 rub　　洗 wash
擦 wipe　　拉 pull　　推 push　　扔 throw
繫 tie　　縫 sew　　計 count　　說 say
唱 sing　　玩 play　　浮 float　　流 flow
凍 freeze　　腫 swell。

3、形容詞

多 many　　少 few　　大 big　　長 long
寬 wide　　厚 thick　　重 heavy　　小 small
短 short　　窄 narrow　　薄 thin　　紅 red
綠 green　　黃 yellow　　白 white　　黑 black
溫 warm　　冷 cold　　滿 full　　新 new
舊 old　　好 good　　壞 bad　　腐 rotten
髒 dirty　　直 straight　　圓 round　　尖 sharp
鈍 dull　　滑 smooth　　濕 wet　　乾 dry
對 correct　　近 near　　遠 far　　右 right
左 left。

4、代 詞

我 I　　你 you　　他 he　　我們 we
你們 you　　他們 they　　這 this　　那 that
這裡 here　　那裡 there　　誰 who　　什麼 what
哪 where　　其他 other。

5、副 詞

何時 when　　如何 how　　不 not　　所有 all
一些 some。

6、數 詞

一 one　　二 two　　三 three　　四 four
五 five。

7、介詞、連詞

在　at　　　　裡　in　　　　　與　with　　　　和　and
若　if　　　　因　because。

（二）鄭張尚芳〈華澳語言比較三百核心詞表（徵求意見稿）〉
　　　（*號者為最核心的百詞表）

1、名　詞

天、日*、月*、星*、風*、雨*、雲、霧*、煙、火*、灰、塵、土、地*、田、洞、山*、谷、河*、水*、沙、石*、鐵、銅、金、銀、左、右、上、下、中、裡、外、晝（晨、午）、夜、年（歲）、樹*（柴）、林、竹、禾（穀、米）、草*、葉*、根、芽（苗、筍）、花、果、籽、馬*、豬*、牛*、羊*、狗*、熊、虎、猴、鹿、鼠*、鴟、鷹、鴉、鳥*（雀）、鳩（鴿）、雁（鵝）、鴨（鳧）、雞*、魚*、蛙、蛇*、蛭、蟲、虱*（蚤）、蟻、蜂、蠅、翅、角*、蛋、殼、尾*、毛*（羽）、髮、頭*、腦、眼*、鼻*、耳*、臉（頰）、鬚、嘴*、牙*、舌*、喉、頸、肩、手*（臂、肘）、指、爪（甲）、腳*（腿、膝）、尻、身、乳*、胸（肋）、腹（胃）、腸、肺、肝（膽），心、血*、肉*、皮*、骨*、屎*、尿*、涎、膿、人*、男人、女人、孩*、婆（祖母）、父、母、子、女、夫（婿）、婦（媳）、弟、孫、布、衣、帽（笠）、繩*、線、針、藥、酒、飯、油*、鹽*、鍋（灶）、碗、臼、帚、席、刀*、斧、矛、棍、弓（箭）、房*、門、村、路*、船、病*、夢、鬼、聲、話、名*、度。

2、動　詞

看*、聽*、嗅、知*、咬、吃*、喝*、含、舐、叫*（吠、鳴）、罵、說*、笑、哭、愛、怕、痛、死*、生（孵）、飛*、涉、泅、浮、沉、落、走*、進（入）、出、回、來、去、站*、坐*（跪）、住（在）、睡*、捉（拿）、扔、砍、殺*、挖、拭、洗、燒、沸、曬、編（織）、縫、捆、脫（解、松）、剝、裂、扛（背）、擔（抬）、蓋（掩）、埋（藏）、找、偷、給、換、畫（畫紋，寫）。

3、形容詞

大、小、高*、低、圓、長*、短、厚、薄、多、少、輕、重*、利（銳）、硬、軟、彎*、直、深、滿、窄、寬、肥、瘦、好、壞、忙、懶（怠）、快、慢、

遠、近*、新*、舊、亮、暗、冷、熱、乾、濕、老、生、熟、飽、餓、臭、香、甜*、酸*、辣*、鹹、苦*、紅*、黃*、藍*、綠*、黑*、白*、半。

4、代　詞

我*、你*、他、這*、那。

5、副　詞

不*。

6、數　詞

一*、二*、三*、四*、五*、六*、七*、八*、九*、十*、百*、千。

7、介　詞

先、後。

（三）金理新〈漢藏語核心詞表〉

1、名　詞

頭、腦、髮、耳、目、鼻、嘴、舌、齒、頸、手、爪、腳、肘、膝、乳、腹、臍、皮、骨、肉、心、肝、血、日、月、星、雨、風、雲、霧、煙、雷、電、夜、火、水、土、石、山、母、父、人、路、屎、灰、魚、鳥、豬、狗、蛇、鼠、虱、蚤、毛、翼、角、尾、蛋、油、樹、根、葉。

2、動　詞

吃、喝、吸、咬、看、哭、笑、聽、睡、夢、死、殺、飛、走、來、坐、站、給、燒。

3、代　詞

我、你、這、誰、何。

從上述三種核心詞彙的內容比較看來，鄭張尚芳的名詞詞彙較為豐富，動詞與形容詞所描述的動作樣態也比斯瓦迪士和金理新的還多，金理新的核心詞缺乏形容詞、數詞、副詞、介詞等生活上仍會頻繁使用的詞彙，似乎失之過簡。

將三種核心詞彙表依據詞義進行分類比較，可以歸納成下表之義類：

義類	斯瓦迪士〈百詞表〉	鄭張尚芳〈華澳語言比較三百核心詞表（徵求意見稿）〉	金理新〈漢藏語核心詞表〉
身體	腹 belly、頸 neck、背 back、乳 breast。	尻、身、乳*、胸（肋）、屎*、尿*、涎、膿。	乳、腹、臍、屎。
頭部	髮 hair、頭 head、耳 ear、眼 eye、鼻 nose、口 mouth、牙 tooth、舌 tongue。	髮、頭*、腦、眼*、鼻*、耳*、臉（頰）、鬚、嘴*、牙*、舌*、喉。	頭、腦、髮、耳、目、鼻、嘴、舌、齒。
四肢	指甲 fingernail、腳 foot、腿 leg、膝 knee、手 hand、翅 wing。	頸、肩、手*（臂、肘）、指、爪（甲）、腳*（腿、膝）、翅。	頸、手、爪、腳、肘、膝。
行止	走 walk、來 come、躺 lie、坐 sit、站 stand。	走*、進（入）、出、回、來、去、站*、坐*（跪）、住（在）。	走、來、坐、站。
言語	說 say、唱 sing。	罵、說*、話。	
動作	喝 drink、吃 eat、咬 bite、吸 suck、嘔 vomit、吹 blow、呼吸 breathe、笑 laugh、看 see、聽 hear、知 know、想 think、嗅 smell、怕 fear、睡 sleep、住 live、死 die、殺 kill、鬥 fight、獵 hunt、擊 hit、切 cut、分 split、刺 stab、撓 scratch、挖 dig、游 swim、飛 fly、轉 turn、落 fall、給 give、拿 hold、擠 squeeze、磨 rub、洗 wash、擦 wipe、拉 pull、推 push、扔 throw、繫 tie、縫 sew、計 count、玩 play、吐 spit。	看*、聽*、嗅、知*、咬、吃*、喝*、含、舐、叫*（吠、鳴）、笑、哭、愛、怕、痛、死*、生（孵）、飛*、涉、泅、浮、沉、落、睡*、捉（拿）、扔、砍、殺*、挖、拭、洗、燒、曬、編（織）、縫、捆、脫（解、松）、剝、裂、扛（背）、擔（抬）、蓋（掩）、埋（藏）、找、偷、給、換、畫（畫紋，寫）、聲。	吃、喝、吸、咬、看、哭、笑、聽、睡、夢、死、殺、飛、給、燒。

量數	一　one、二　two、三　three、四　four、五　five。	先、後、一*、二*、三*、四*、五*、六*、七*、八*、九*、十*、百*、千。	
人稱	我　I、你　you、他　he、我們　we、你們　you、他們　they、女　woman、男　man、人　Man、孩　child、妻　wife、夫　husband、母　mother、父　father、名　name。	我*、你*、他、人*、男人、女人、孩*、婆（祖母）、父、母、子、女、夫（婿）、婦（媳）、弟、孫、名*。	我、你、誰、母、父、人。
指稱	這　this、那　that、這裡　here、那裡　there、誰　who、什麼　what、哪　where、其他　other。	這*、那。	這、何。
形態時態	在　at、裡　in、與　with、和　and、若　if、因　because、何時　when、如何　how、不　not、所有　all、一些　some、多　many、少　few、大　big、長　long、寬　wide、厚　thick、重　heavy、小　small、短　short、窄　narrow、薄　thin、溫　warm、冷　cold、滿　full、新　new、舊　old、好　good、壞　bad、腐　rotten、髒　dirty、直　straight、圓　round、尖　sharp、鈍　dull、滑　smooth、濕　wet、乾　dry、對　correct、近　near、遠　far、右　right、左　left、浮　float、流　flow、凍　freeze、腫　swell、燒　burn、夜　night、晝　day、年　year。	大、小、高*、低、圓、長*、短、厚、薄、多、少、輕、重*、利（銳）、硬、軟、彎*、直、深、滿、窄、寬、肥、瘦、好、壞、忙、懶（怠）、快、慢、遠、近*、新*、舊、亮、暗、冷、熱、乾、濕、老、生、熟、飽、餓、臭、香、甜*、酸*、辣*、鹹、苦*、半、沸、左、右、上、下、中、裡、外、晝（晨午）、夜、年（歲）、病*、夢、不*、度。	

雜物器物	繩　rope。	布、衣、帽（笠）、繩*、線、針、鍋（灶）、碗、臼、帚、席、刀*、斧、矛、棍、弓（箭）、房*、門、村、船、鬼。	
天文	日　sun、月　moon、星　star、雨　rain、雲　cloud、霧　fog、天　sky、風　wind、雪　snow、冰　ice、煙　smoke、火　fire。	天、日*、月*、星*、風*、雨*、雲、霧*、煙、火*。	日、月、星、雨、風、雲、霧、煙、雷、電、夜、火。
地理地物	水　water、河　river、湖　lake、海　sea、鹽　salt、石　stone、沙　sand、塵　dust、地　earth、灰　ashes、路　road、山　mountain。	灰、塵、土、地*、田、洞、山*、谷、河*、水*、沙、石*、鐵、銅、金、銀、路*、鹽*。	水、土、石、山、路、灰、油。
植物食品	樹　tree、森　forest、枝　stick、果　fruit、種　seed、葉　leaf、根　root、樹皮　bark、花　flower、草　grass。	樹*（柴）、林、竹、草*、葉*、根、芽（苗、筍）、花、禾（穀、米）、果、籽、藥、酒、飯、油*。	樹、根、葉。
蟲魚	動物　animal、魚　fish、虱　louse、蛇　snake、蟲　worm。	魚*、蛙、蛇*、蛭、蟲、虱*（蚤）、蟻、蜂、蠅。	魚、蛇、虱、蚤。
禽鳥	動物　animal、鳥　bird、蛋　egg。	鷗、鷹、鴉、鳥*（雀）、鳩（鴿）、雁（鵝）、鴨（鳧）、雞*、蛋。	鳥、蛋。
獸畜	動物　animal、狗　dog。	馬*、豬*、牛*、羊*、狗*、熊、虎、猴、鹿、鼠*。	豬、狗、鼠。
器官	膚　skin、肉　meat、血　blood、骨　bone、脂　fat、角　horn、尾　tail、羽　feather、腸　guts、心　heart、肝　liver。	角*、殼、尾*、毛*（羽）、腹（胃）、腸、肺、肝（膽）、心、血*、肉*、皮*、骨*。	心、肝、血、皮、毛、翼、角、尾、骨、肉。
顏色	紅　red、綠　green、黃　yellow、白　white、黑　black。	紅*、黃*、藍*、綠*、黑*、白。	

從上表之比較可以發現，漢語常用的核心詞彙，在人稱上較之印歐語系繁多，而印歐語系則在指稱上較爲複雜。也包含著物理性的實物和動作，也存在著抽象的顏色、形態時態。在形態與雜物品項則以漢語爲夥，顯示出華夏文化發展的時間之久遠，許多人爲之器物如「鍋」、「臼」、「刀」、「斧」等；人身之感受如「酸」、「甜」、「辣」、「鹹」等已成爲日常生活之核心用詞。

二、語原義類之分類〔註76〕

　　語原的討論濫觴於「右文之說」，及至段玉裁云「字凡同音多同義」。〔註77〕宋保曰：「字有某義當從某聲」。〔註78〕王念孫《釋大》按見溪群疑影喻曉匣八聲紐排列，共一百七十六字，取《爾雅》、《小爾雅》、《廣雅》、《毛傳》訓「大」之字而解釋。〔註79〕黃承吉言凡從「召」、「票」、「勺」之字，其訓無不歸於爲末、爲銳、爲纖之義。〔註80〕民國以來劉師培之《正名隅論》、〔註81〕章太炎《文始》、〔註82〕高本漢《漢語詞類》（Word Families in Chinese）、〔註83〕沈兼士〈右文說在訓詁學上之沿革與推闡〉、〔註84〕王力《同源字典》、〔註85〕藤堂明保《漢字語源字典》、〔註86〕龔煌城對漢藏語同源詞的研考〔註87〕等，演進至現今同源字、同源詞的研究。

　　董俊彥提到：「蓋同一概念，發乎脣吻而爲聲音，其音必同，然時有先後，地分南北，文字之作，自非一時一地一人之功。時有先後，同一概念，前人

〔註76〕依董俊彥《說文語原義類研究》之一百類爲劃分參考依據再行增刪調整。

〔註77〕〔東漢〕許慎、〔清〕段玉裁：《說文解字注》。

〔註78〕〔清〕宋保：《諧聲補逸》（上海：上海商務印書館，1936年）。

〔註79〕〔清〕王念孫：《高郵王氏遺書》（臺北：文海書局，1965年）。

〔註80〕〔清〕黃承吉：《夢陔堂文集》（臺北：文海書局，1967年）。

〔註81〕劉師培：《劉申叔先生遺書》（臺北：大新書局，1965年）。

〔註82〕章太炎：《文始》（臺北：臺灣中華書局，1970年）。

〔註83〕〔瑞典〕高本漢（Karlgren, Bernhard）：《漢語詞類》（臺北：聯貫出版社，1976年）。

〔註84〕沈兼士：〈右文說在訓詁學上之沿革與推闡〉，《沈兼士學術論文集》（北京：中華書局，1986年）。

〔註85〕王力：《同源字典》（北京：商務印書館，1991年）。

〔註86〕〔日〕藤堂明保：《漢字語源辭典》（東京：學燈社，1966年）。

〔註87〕龔煌城：《漢藏語研究論文集》（北京：北京大學出版社，2004年）。

既以某音象之，後人或有另以他音表之者；地分南北，甲地常以某音表某概念，乙地則或以他音象之，故有一義而多音者，又聲音有限，概念無窮，以有限之聲音，欲盡無窮之概念，勢必不能以一聲而專表一義，故有一音而多義者，然某音常表某義，並非漫無條則，其間必有線索可尋。雖一義而得有種種不同聲音以表之，雖一音而得以表種種不同之意義，然義見乎音，音以表義，往往有所偏專，其迹猶可得而尋見焉。」〔註88〕其中提到「聲音有限，概念無窮」，顯示出語原的研究不僅繫於聲音，其意義有時才能顯示出漢語字詞的發展演變情形。董氏「徵諸《說文》，排比其義近之字，都為百條，取其字多之聲韻，說明現象，列其聲母，釐成條例」，其依語原之根據，整理歸納《說文解字》之義類，不僅僅能作為《說文解字》同源字詞的研究參憑，從常用字詞的角度審視之，其語原義類中各字例之訓釋字詞，實際上就是《說文解字》語原義類之常用字詞。本文依其分類，進一步歸納分析其常用訓釋字詞，述考如下：

（一）凡茂盛之義

此義類之語原字，如：

蘱：茂也。从艸疑聲。《詩》曰：「黍稷蘱蘱。」（艸部，卷一）

睿：盛皃。从𠬞从曰。讀若蘱蘱。一曰若存。（𠬞部，卷十四）

「蘱」作魚紀切

第三部的：

茂：艸豐盛。从艸戊聲。（艸部，卷一）

葆：艸盛皃。从艸保聲。（艸部，卷一）

第十二部的：

嗔：盛气也。从口眞聲。《詩》曰：「振旅嗔嗔。」（口部，卷二）

蓁：艸盛皃。从艸秦聲。（艸部，卷一）

燊：盛皃。从焱在木上。讀若《詩》「莘莘征夫」。一曰役也。（焱部，卷十）

〔註88〕董俊彥：《說文語原之分析研究》（臺北：國立臺灣師範大學國文研究所碩士論文，1971年），頁1～2。

多以「盛」、「茂」爲常用訓釋字詞。

（二）凡眾多厚重之義

此義類之語原字，如古韻皆在第三部的：

毒：厚也。害人之艸，往往而生。从屮从毒。（屮部，卷一）

篤：厚也。从言竹聲。讀若篤。（言部，卷五）

竺：厚也。从二竹聲。（二部，卷十三）

第十三部的：

賢：多才也。从貝臤聲。（貝部，卷六）

甡：眾生並立之皃。从二生。《詩》曰：「甡甡其鹿。」（生部，卷六）

第十七部的：

渮：多汁也。从水哥聲。讀若哥。（水部，卷十一）

多：重也。从重夕。夕者，相繹也，故爲多。重夕爲多，重日爲疊。
凡多之屬皆从多。（多部，卷七）

夥：厚脣皃。从多从尚。（多部，卷七）

多以「多」、「厚」、「重」、「肥」、「眾」爲常用訓釋詞。

（三）凡增益飽滿饒富加之義

此義類之語原字，如古韻皆在第一部的：

富：滿也。从高省，象高厚之形。凡富之屬皆从富。讀若伏。（富
部，卷五）

滋：益也。从水茲聲。一曰滋水，出牛飲山白陘谷，東入呼沱。（水
部，卷十一）

第二部的：

饒：飽也。从食堯聲。（食部，卷五）

第三部的：

餤：飽也。从勹殷聲。民祭，祝曰：「厭餤。」（勹部，卷九）

第十四部的：

奲：富奲奲皃。从奢單聲。（奢部，卷十）

餂：猒也。从食舀聲。（食部，卷五）

滿：盈溢也。从水㒼聲。（水部，卷十一）

第十六部的：

益：饒也。从水、皿。皿，益之意也。（皿部，卷五）

溢：器滿也。从水益聲。（水部，卷十一）

俾：益也。从人卑聲。一曰俾，門侍人。（人部，卷八）

裨：接益也。从衣卑聲。（衣部，卷八）

埤：增也。从土卑聲。（土部，卷十三）

絫：增也。从厽从糸。絫，十黍之重也。（厽部，卷十四）

多以「滿」、「益」、「飽」、「饒」、「溢」、「富」、「猒」、「增」為常用訓釋詞。

（四）凡叢、聚、積、鬱、藏、緝之義

此義類之語原字，如古韻皆在第一部的：

棘：小棗叢生者。从並朿。（朿部，卷七）

衃：凝血也。从血不聲。（血部，卷五）

第三部的：

勼：聚也。从勹九聲。讀若鳩。（勹部，卷九）

逑：斂聚也。从辵求聲。《虞書》曰：「旁逑孱功。」又曰：「怨匹曰逑。」（辵部，卷二）

揂：聚也。从手酉聲。（手部，卷十二）

丵：叢生艸也。象丵嶽相並出也。凡丵之屬皆从丵。讀若浞。（丵部，卷三）

第四部的：

諏：聚謀也。从言取聲。（言部，卷三）

叢：聚也。从丵取聲。（丵部，卷三）

冣：積也。从冂从取，取亦聲。（冂部，卷七）

第七部的：

戢：藏兵也。从戈咠聲。《詩》曰：「載戢干戈。」（戈部，卷十二）

　　蟄：藏也。从虫執聲。（虫部，卷十三）

第十三部的：

　　蕁：叢艸也。从艸尊聲。（艸部，卷一）

　　薀：積也。从艸溫聲。《春秋傳》曰：「薀利生孽。」（艸部，卷一）

　　噂：聚語也。从口尊聲。《詩》曰：「噂沓背憎。」（口部，卷二）

　　僔：聚也。从人尊聲。《詩》曰：「僔沓背僧。」（人部，卷八）

　　滯：凝也。从水帶聲。（水部，卷十一）

第十五部的：

　　𦂌：績所緝也。从糸次聲。（糸部，卷十三）

　　玼：積也。《詩》曰：「助我舉玼。」撠頹窃也。从手此聲。（手部，卷十二）

多以「叢」、「凝」、「聚」、「積」、「藏」、「績」爲常用訓釋詞。

（五）凡高大廣博豐寬之義

此義類之語原字，如古韻皆在第一部的：

　　䣈：大也。从多圣聲。（多部，卷七）

　　俟：大也。从人矣聲。《詩》曰：「伾伾俟俟。」（人部，卷八）

　　丕：大也。从一不聲。（一部，卷一）

第三部的：

　　訆：大呼也。从言丩聲。《春秋傳》曰：「或訆于宋大廟。」（言部，卷三）

　　䶀：大鼓也。从鼓咎聲。《詩》曰：「䶀鼓不勝。」（鼓部，卷五）

　　紬：大絲繒也。从糸由聲。（糸部，卷十三）

　　奅：大也。从大卯聲。（大部，卷十）

　　𠴲：高聲也。一曰大呼也。从㗊丩聲。《春秋公羊傳》曰：「魯昭公叫然而哭。」（㗊部，卷三）

　　樛：高木也。从木丩聲。（木部，卷六）

　　咎：高气也。从口九聲。臨淮有咎猶縣。（口部，卷二）

就：就，高也。从京从尤。尤，異於凡也。（京部，卷五）

第五部的：

庶：廣多也。从艸庶聲。（艸部，卷一）

募：廣求也。从力莫聲。（力部，卷十三）

伯：長也。从人白聲。（人部，卷八）

博：大通也。从十从尃。尃，布也。（十部，卷三）

溥：大也。从水尃聲。（水部，卷十一）

第十部的：

汪：深廣也。从水王聲。一曰汪，池也。（水部，卷十一）

沆：水廣也。从川亡聲。《易》曰：「包荒用馮河。」（川部，卷十一）

兄：長也。从儿从口。凡兄之屬皆从兄。（兄部，卷八）

皇：大也。从自。自，始也。始皇者，三皇，大君也。自，讀若鼻，今俗以始生子爲鼻子。（王部，卷一）

壯：大也。从士爿聲。（士部，卷一）

多以「大」、「高」、「廣」、「長」爲常用訓釋詞。

（六）凡粗疏之義

此義類之語原字，如古韻皆在第五部的：

綌：粗葛也。从糸谷聲。（糸部，卷十三）

籧：籧篨，粗竹席也。从竹遽聲。（竹部，卷五）

第十六部的：

褐：編枲韤。一曰粗衣。从衣曷聲。（衣部，卷八）

繐：粗緒也。从糸璽聲。（糸部，卷十三）

多以「粗」爲常用訓釋詞。

（七）凡長久深遠幽冥之義

此義類之語原字，如古韻皆在第二部的：

杳：冥也。从日在木下。（木部，卷六）

窅：冥也。从穴自聲。（穴部，卷七）

窔：窅窔，深也。从穴交聲。（穴部，卷七）

窕：深肆極也。从穴兆聲。讀若挑。（穴部，卷七）

眢：深目也。从穴中目。（目部，卷四）

趠：遠也。从走卓聲。（走部，卷二）

逴：遠也。从辵卓聲。一曰蹇也。讀若棹苕之棹。（辵部，卷二）

鐈：似鼎而長足。从金喬聲。（金部，卷十四）

翹：尾長毛也。从羽堯聲。（羽部，卷四）

滈：久雨也。从水高聲。（水部，卷十一）

第七部的：

突：深也。一曰竈突。从穴从火，从求省。（穴部，卷七）

瞫：深視也。一曰下視也。又，竊見也。从目覃聲。（目部，卷四）

噚：含深也。从口覃聲。（口部，卷二）

顑：頭頰長也。从頁兼聲。（頁部，卷八）

覃：長味也。从𣐻，鹹省聲。《詩》曰：「實覃實吁。」（𣐻部，卷五）

槮：木長皃。从木參聲。《詩》曰：「槮差荇菜。」（木部，卷六）

霃：久陰也。从雨沈聲。（雨部，卷十一）

霼：久雨也。从雨兼聲。（雨部，卷十一）

淫：侵淫隨理也。从水㸚聲。一曰久雨為淫。（水部，卷十一）

第十部的：

𤾉：冥也。从冥黽聲。讀若黽蛙之黽。（冥部，卷七）

伭：遠行也。从人狂聲。（人部，卷八）

長：久遠也。从兀从七。兀者，高遠意也。久則變化。𠤎聲。𠃑者，
　　倒亡也。凡長之屬皆从長。（長部，卷九）

永：長也。象水㢲理之長。《詩》曰：「江之永矣。」凡永之屬皆从
　　永。（永部，卷十一）

羕：水長也。从永羊聲。《詩》曰：「江之羕矣。」（永部，卷十一）

第十五部的：

　　瞫：短深目皃。从目眾聲。（目部，卷四）

　　邃：深遠也。从穴遂聲。（穴部，卷七）

　　愫：深也。从心募聲。（心部，卷十）

　　濰：深也。从水崔聲。《詩》曰：「有濰者淵。」（水部，卷十一）

　　邁：遠行也。从辵，蠆省聲。（辵部，卷二）

　　外：遠也。卜尚平旦，今夕卜，於事外矣。（夕部，卷七）

　　眒：目冥遠視也。从目勿聲。一曰久也。一曰旦明也。（目部，卷四）

　　裶：長衣皃。从衣非聲。（衣部，卷八）

　　镾：久長也。从長爾聲。（長部，卷）

　　徲：久也。从彳犀聲。讀若遲。（彳部，卷二）

多以「長」、「冥」、「深」、「久」、「遠」爲常用訓釋詞。

（八）凡癥腫之義

　　此義類之語原字，如古韻皆在第三部的：

　　瘤：腫也。从疒畱聲。（疒部，卷七）

第四部的：

　　瘻：頸腫也。从疒婁聲。（疒部，卷七）

第五部的：

　　齟：齗腫也。从齒巨聲。（齒部，卷二）

　　疽：癰也。从疒且聲。（疒部，卷七）

第九部的：

　　癰：腫也。从疒雝聲。（疒部，卷七）

　　瘇：脛气足腫。从疒童聲。《詩》曰：「旣微且瘇。」（疒部，卷七）

　　衋：腫血也。从血，農省聲。（血部，卷五）

　　腫：癰也。从肉重聲。（肉部，卷四）

多以「腫」、「癰」爲常用訓釋詞。

（九）凡虛空溝谷之義

此義類之語原字，如古韻皆在第三部的：

　　柷：樂，木空也。所以止音爲節。从木，祝省聲。（木部，卷六）

　　谿：空谷也。从谷㝔聲。（谷部，卷十一）

　　谷：泉出通川爲谷。从水半見，出於口。凡谷之屬皆从谷。（谷部，卷十一）

　　瀆：通溝也。从𣆃賣聲。讀若瀆。（𣆃部，卷十四）

第九部的：

　　孔：通也。从乙从子。乙，請子之候鳥也。乙至而得子，嘉美之也。古人名嘉字子孔。（乙部，卷十三）

　　筒：通簫也。从竹同聲。（竹部，卷五）

　　窻：通孔也。从穴悤聲。（穴部，卷七）

第十一部的：

　　罃：空也。从穴巠聲。《詩》曰：「瓶之罃矣。」（穴部，卷七）

　　岅：谷也。从山巠聲。（山部，卷九）

　　汧：谷也。从水平聲。（水部，卷十一）

第十五部的：

　　窅：空兒。从穴喬聲。（穴部，卷七）

　　谸：通谷也。从谷害聲。（谷部，卷十一）

　　朕：孔也。从肉，決省聲。讀若決水之決。（肉部，卷四）

多以「空」、「谷」、「通」、「孔」爲常用訓釋詞。

（十）凡顚頂極棟之義

此義類之語原字，如古韻皆在第九部的：

　　棟：極也。从木東聲。（木部，卷六）

　　窮：極也。从穴躬聲。（穴部，卷七）

第十二部的：

　　槇：木（本）頂也。从木眞聲。一曰仆木也。（木部，卷六）

顛：頂也。从頁眞聲。（頁部，卷八）

天：顛也。至高無上，从一、大。（一部，卷一）

第十四部的：

忓：極也。从心干聲。（心部，卷十）

顠：顚頂也。从頁巽聲。（頁部，卷八）

多以「極」、「顚（顛）」、「頂」爲常用訓釋詞。

（十一）凡疾速趨走之義

此義類之語原字，如古韻皆在第二部的：

亟：敏疾也。从人从口，从又从二。二，天地也。（二部，卷十三）

悈：疾也。从心亟聲。一曰謹重皃。（心部，卷十）

敏：疾也。从攴每聲。（攴部，卷三）

嘌：疾也。从口票聲。《詩》曰：「匪車嘌兮。」（口部，卷二）

慓：疾也。从心票聲。（心部，卷十）

第十二部的：

趂：急走也。从走弦聲。（走部，卷二）

慈：急也。从心从弦，弦亦聲。河南密縣有慈亭。（心部，卷十）

迅：疾也。从辵卂聲。（辵部，卷二）

侚：疾也。从人旬聲。（人部，卷八）

趨：走意。从走舁聲。（走部，卷二）

第十四部的：

趪：走意。从走憲聲。（走部，卷二）

趨：疾也。从走睘聲。讀若謹。（走部，卷二）

悁：急也。从心睘聲。讀若絹。（心部，卷十）

蹇：走皃。从走，寒省聲。（走部，卷二）

多以「疾」、「走」、「急」爲常用訓釋詞。

（十二）凡跳躍之義

此義類之語原字，如古韻皆在第二部的：

　　蹻：跳也。从足喬聲。（足部，卷二）

　　超：跳也。从走召聲。（走部，卷二）

　　趯：踊也。从走翟聲。（走部，卷二）（小徐《繫傳》作「躍也」，段
　　　　氏從之。）

　　跳：蹶也。从足兆聲。一曰躍也。（足部，卷二）

第五部的：

　　踽：楚人謂跳躍曰踽。从足庶聲。（足部，卷二）

第九部的：

　　踊：跳也。从足甬聲。（足部，卷二）

第十五部的：

　　蹶：僵也。从足厥聲。一曰跳也。亦讀若橜。（足部，卷二）

　　踂：跳也。从足弗聲。（足部，卷二）

多以「跳」、「躍」爲常用訓釋詞。

（十三）凡堅強剛健之義

此義類之語原字，如古韻皆在第十部的：

　　競：彊語也。一曰逐也。从誩，从二人。（誩部，卷三）

　　剛：彊斷也。从刀岡聲。（刀部，卷四）

　　倞：彊也。从人京聲。（人部，卷八）

　　獷：妄彊犬也。从犬从壯，壯亦聲。（犬部，卷十）

　　勍：彊也。《春秋傳》曰：「勍敵之人。」从力京聲。（力部，卷十三）

第十二部的：

　　啟：彊也。从攴民聲。（攴部，卷三）

　　黠：堅黑也。从黑吉聲。（黑部，卷十）

　　硈：石堅也。从石吉聲。一曰突也。（石部，卷九）

　　齛：齒堅也。从齒至聲。（齒部，卷二）

　　臤：堅也。从又臣聲。凡臤之屬皆从臤。讀若鏗鏘之鏗。古文以爲
　　　　賢字。（臤部，卷三）

多以「彊」、「堅」爲常用訓釋詞。

（十四）凡完全之義

此義類之語原字，如古韻皆在第十一部的：

　　牲：牛完全。从牛生聲。（牛部，卷二）

第十四部的：

　　完：全也。从宀元聲。古文以爲寬字。（宀部，卷七）

　　仝：完也。从入从工。（入部，卷五）

　　俒：完也。《逸周書》曰：「朕實不明，以俒伯父。」从人从完。
　　　　（人部，卷八）

多以「完」、「全」爲常用訓釋詞。

（十五）凡雜亂狂妄疑惑譁譁煩擾之義

此義類之語原字，如古韻皆在第三部的：

　　攪：亂也。从手覺聲。《詩》曰：「祇攪我心。」（手部，卷十二）

　　縮：亂也。从糸宿聲。一曰蹴也。（糸部，卷十三）

　　騺：亂馳也。从馬㱃聲。（馬部，卷十）

　　鈕：雜飯也。从食丑聲。（食部，卷五）

　　粈：雜飯也。从米丑聲。（米部，卷七）

第十部的：

　　狾：狂犬也。从犬折聲。《春秋傳》曰：「狾犬入華臣氏之門。」（犬
　　　　部，卷十）

　　恍：狂之兒。从心，況省聲。（心部，卷十）

　　倀：狂也。从人長聲。一曰什（仆）也。（人部，卷八）

　　毆：亂也。从爻、工、交、吅。一曰窒毆。讀若禳。（吅部，卷二）

　　醶：雜味也。从酉京聲。（酉部，卷十四）

多以「雜」、「亂」、「狂」爲常用訓釋詞。

（十六）凡覆蓋袤裹之義

此義類之語原字，如古韻皆在第三部的：

燾：溥覆照也。从火壽聲。（火部，卷十）

罷：覆車也。从网包聲。《詩》曰：「雉離于罷。」（网部，卷七）

勹：覆也。从勹覆人。（勹部，卷九）

冃：重覆也。从冂、一。凡冃之屬皆从冃。讀若艸苺之苺。（冃部，卷七）

第七部的：

罯：覆也。从网音聲。（网部，卷七）

盦：覆蓋也。从皿酓聲。（皿部，卷五）

蕧：覆也。从艸，復省聲。（艸部，卷一）

苫：蓋也。从艸占聲。（艸部，卷一）

弇：蓋也。从廾从合。（収部，卷三）

多以「覆」、「蓋」爲常用訓釋詞。

（十七）凡開張釋解袒裼之義

此義類之語原字，如古韻皆在第五部的：

釋：解也。从釆；釆，取其分別物也。从睪聲。（釆部，卷二）

斁：解也。从攴睪聲。《詩》云：「服之無斁。」斁，猒也。一曰終也。（攴部，卷三）

卸：舍車解馬也。从卩、止、午。讀若汝南人寫書之寫。（卩部，卷九）

盱：張目也。从目于聲。一曰朝鮮謂盧童子曰盱。（目部，卷四）

眝：長眙也。一曰張目也。从目宁聲。（目部，卷四）

奢：張也。从大者聲。凡奢之屬皆从奢。（奢部，卷十）

庇：開張屋也。从广虍聲。濟陰有庇縣。（广部，卷九）

第十五部的：

启：開也。从戶从口。（口部，卷二）

閶：開也。从門昌聲。（門部，卷十二）

第十六部的：

闢：開也。从門辟聲。（門部，卷十二）

扺：開也。从手只聲。讀若抵掌之抵。（手部，卷十二）

裼：袒也。从衣易聲。（衣部，卷八）

第十七部的：

臝：袒也。从衣羸聲。（衣部，卷八）

袲：衣張也。从衣多聲。《春秋傳》曰：「公會齊侯于袲。」（衣部，卷八）

哆：張口也。从口多聲。（口部，卷二）

多以「張」、「開」、「袒」、「解」爲常用訓釋詞。

（十八）凡會合共同糾并皆俱之義

此義類之語原字，如古韻皆在第二部的：

㫗：望遠合也。从日、匕。匕，合也。讀若窈窕之窈。（日部，卷七）

迸：會也。从辵交聲。（辵部，卷二）

第七部的：

合：合口也。从亼从口。（亼部，卷）

佮：合也。从人合聲。（人部，卷八）

緝：合也。从糸从集。讀若捷。（糸部，卷十三）

敆：合會也。从攴从合，合亦聲。（攴部，卷三）

廿：二十并也。古文省。（十部，卷三）

卅：三十并也。古文省。凡卅之屬皆从卅。（卅部，卷三）

第九部的：

共：同也。从廿、廾。凡共之屬皆从共。（共部，卷三）

同：合會也。从冂从口。（冂部，卷七）

第十三部的：

昆：同也。从日从比。（日部，卷七）

　棍：同也。从手昆聲。（手部，卷十二）

多以「合」、「會」、「同」、「並（并）」爲常用訓釋詞。

（十九）凡縫補連綴續接之義

　此義類之語原字，如古韻皆在第三部的：

　屬：連也。从尾蜀聲。（尾部，卷八）

　續：連也。从糸賣聲。（糸部，卷十三）

　襡：衣躬縫。从衣毒聲。讀若督。（衣部，卷八）

第十四部的：

　連：員連也。从辵从車。（辵部，卷二）

　組：補縫也。从糸旦聲。（糸部，卷十三）

　聯：連也。从耳，耳連於頰也；从絲，絲連不絕也。（耳部，卷十二）

多以「縫」、「連」爲常用訓釋詞。

（二十）凡分裂析判剌坼辨別之義

　此義類之語原字，如古韻皆在第一部的：

　異：分也。从廾从畀。畀，予也。凡異之屬皆从異。（異部，卷三）

　副：判也。从刀畐聲。《周禮》曰：「副辜祭。」（刀部，卷四）

　牖：判也。从片畐聲。（片部，卷七）

第五部的：

　刳：判也。从刀夸聲。（刀部，卷四）

　劇：判也。从刀度聲。（刀部，卷四）

　柝：判也。从木席聲。《易》曰：「重門擊柝。」（木部，卷六）

　挩：裂也。从手赤聲。（手部，卷十二）

　坼：裂也。《詩》曰：「不墒不疈。」从土席聲。（土部，卷十三）

第十四部的：

　轘：車裂人也。从車睘聲。《春秋傳》曰：「轘諸栗門。」（車部，卷

十四）

　　柬：分別簡之也。从束从八。八，分別也。（束部，卷六）

　　攽：分也。从攴分聲。《周書》曰：「乃惟孺子攽。」亦讀與彬同。（攴部，卷三）

　　判：分也。从刀半聲。（刀部，卷四）

　　釆：辨別也。象獸指爪分別也。凡釆之屬皆从釆。讀若辨。（釆部，卷二）

第十五部的：

　　仳：別也。从人比聲。《詩》曰：「有女仳離。」（人部，卷八）

　　剕：別也。从非己聲。（非部，卷十一）

　　斐：分別文也。从文非聲。《易》曰：「君子豹變，其文斐也。」（文部，卷九）

　　剮：分解也。从冎从刀。（冎部，卷四）

多以「分」、「判」、「裂」、「別」爲常用訓釋詞。

（二十一）凡刻鏤切剡之義

　　此義類之語原字，如古韻皆在第四部的：

　　鏤：剛鐵，可以刻鏤。从金婁聲。《夏書》曰：「梁州貢鏤。」一曰鏤，釜也。（金部，卷十四）

第十三部的：

　　刌：切也。从刀寸聲。（刀部，卷四）

第十四部的：

　　刊：剟也。从刀干聲。（刀部，卷四）

　　刪：剟也。从刀、冊。冊，書也。（刀部，卷四）

第十五部的：

　　齘：齒相切也。从齒介聲。（齒部，卷二）

　　剟：刊也。从刀叕聲。（刀部，卷四）

栔：刻也。从㓞从木。（㓞部，卷）

膞：切肉也。从肉專聲。（肉部，卷四）

多以「刻」、「切」、「㓷」爲常用訓釋詞。

（二十二）凡斷絕殺斫刈折之義

此義類之語原字，如古韻皆在第三部的：

欘：斫也，齊謂之鎡錤。一曰斤柄，性自曲者。从木屬聲。（木部，卷六）

斸：斫也。从斤屬聲。（斤部，卷十四）

斲：斫也。从斤、𠁁。（斤部，卷十四）

戮：殺也。从戈翏聲。（戈部，卷十二）

鐂：殺也。（金部，卷十四）

檮：斷木也。从木𠷎聲。《春秋傳》曰：「檮柮。」（木部，卷六）

第十五部的：

劊：斷也。从刀會聲。（刀部，卷四）

柮：斷也。从木出聲。讀若《爾雅》「貀無前足」之「貀」。（木部，卷六）

銽：斷也。从金昏聲。（金部，卷十四）

多以「斫」、「斷」、「殺」爲常用訓釋詞。

（二十三）凡傷害敗壞破碎毀缺之義

此義類之語原字，如古韻皆在第一部的：

賊：敗也。从戈則聲。（戈部，卷十二）

蝕：敗創也。从虫、人、食，食亦聲。（虫部，卷十三）

圮：毀也。《虞書》曰：「方命圮族。」从土己聲。（土部，卷十三）

巛：害也。从一雝川。《春秋傳》曰：「川雝爲澤，凶。」（川部，卷十一）

侮：傷也。从人每聲。（人部，卷八）

𢦔：傷也。从戈才聲。（戈部，卷十二）

第十部的：

謗：毀也。从言㫄聲。（言部，卷三）

妨：害也。从女方聲。（女部，卷十二）

刃：傷也。从刃从一。（刃部，卷四）

錫：傷也。从矢易聲。（矢部，卷五）

愴：傷也。从心倉聲。（心部，卷十）

多以「敗」、「傷」、「毀」、「害」為常用訓釋詞。

（二十四）凡貫穿之義

此義類之語原字，如古韻皆在第二部的：

竂：穿也。从穴尞聲。《論語》有公伯竂。（穴部，卷七）

鑿：穿木也。从金，蠚省聲。（金部，卷十四）

第十四部的：

毌：穿物持之也。从一橫貫，象寶貨之形。凡毌之屬皆从毌。讀若
　　冠。（毌部，卷八）

貫：錢貝之貫。从毌、貝。（毌部，卷八）

摜：貫也。从手瞏聲。《春秋傳》曰：「摜甲執兵。」（手部，卷十二）

絴：織絹从系貫杼也。从絲省，丱聲。（絲部，卷十三）

穿：通也。从牙在穴中。（穴部，卷七）

鐫：穿木鐫也。从金雟聲。一曰琢石也。讀若瀸。（金部，卷十四）

鑽：所以穿也。从金贊聲。（金部，卷十四）

多以「穿」、「貫」為常用訓釋詞。

（二十五）凡敲擊舂擣之義

此義類之語原字，如古韻皆在第三部的：

殼：从上擊下也。一曰素也。从殳青聲。青，苦江切。（殳部，卷三）

敊：擊也。从攴豖聲。（攴部，卷三）

椓：擊也。从木豖聲。（木部，卷六）

　　　　齧：引擊也。从辛、攴，見血也。扶風有齧厔縣。（辛部，卷十）

　　　　築：擣也。从木筑聲。（木部，卷六）

第九部的：

　　　　舂：擣粟也。从廾持杵臨臼上。午，杵省也。古者雝父初作舂。（臼
　　　　　　部，卷七）

　　　　擣：推擣也。从手壽聲。（手部，卷十二）

　　　　撞：卂擣也。从手童聲。（手部，卷十二）

　　　　攻：擊也。从攴工聲。（攴部，卷三）

　　　　毀：擊空聲也。从殳宮聲。（殳部，卷三）

多以「擊」、「擣」為常用訓釋詞。

（二十六）凡推排擠抵之義

　　此義類之語原字，如古韻皆在第十三部的：

　　　　萅：推也。从艸从日，艸春時生也；屯聲。（艸部，卷一）

　　　　捆：手推之也。从手圂聲。（手部，卷十二）

　　　　捘：推也。从手夋聲。《春秋傳》曰：「捘衛侯之手。」（手部，卷十
　　　　　　二）

第十五部的：

　　　　捼：推也。从手委聲。一曰兩手相切摩也。（手部，卷十二）

　　　　勘：推也。从力晶聲。（力部，卷十三）

　　　　推：排也。从手隹聲。（手部，卷十二）

　　　　擠：排也。从手齊聲。（手部，卷十二）

　　　　勃：排也。从力孛聲。（力部，卷十三）

　　　　排：擠也。从手非聲。（手部，卷十二）

　　　　抵：擠也。从手氐聲。（手部，卷十二）

多以「推」、「排」、「擠」為常用訓釋詞。

（二十七）凡噬齧噍之義

　　此義類之語原字，如古韻皆在第五部的：

  嘷：嗷兒。从口專聲。（口部，卷二）

  齻：嗷堅也。从齒，博省聲。（齒部，卷二）

  齰：齚也。从齒昝聲。（齒部，卷二）

第十五部的：

  齕：齚也。从齒气聲。（齒部，卷二）

  齳：齚骨聲。从齒从骨，骨亦聲。（齒部，卷二）

  蜠：齚牛蟲也。从虫昆聲。（虫部，卷十三）

  齝：嗷聲。从齒昏聲。（齒部，卷二）

多以「齚」、「嗷」爲常用訓釋詞。

（二十八）凡把握扴持之義

  此義類之語原字，如古韻皆在第一部的：

  持：握也。从手寺聲。（手部，卷十二）

  掊：把也。今鹽官入水取鹽爲掊。从手咅聲。（手部，卷十二）

第二部的：

  操：把持也。从手桌聲。（手部，卷十二）

第三部的：

  屈：扴持也。从反丮。闕。（丮部，卷三）

  握：搤持也。从手屋聲。（手部，卷十二）

  挶：戟持也。从手局聲。（手部，卷十二）

第十五部的：

  刮：掊把也。从刀昏聲。（刀部，卷四）

  撅：从手有所把也。从手厥聲。（手部，卷十二）

  摯：握持也。从手从執。（手部，卷十二）

  寽：五指持也。从受一聲。讀若律。（受部，卷四）

多以「持」、「把」、「握」爲常用訓釋詞。

（二十九）凡捕捉取得收獲掇拾提挈之義

此義類之語原字，如古韻皆在第三部的：

　　鬮：鬮取也。从鬥龜聲。讀若三合繩糾。（鬥部，卷三）

　　叏：滑也。《詩》云：「叏兮達兮。」从又、屮。一曰取也。（又部，
　　　　卷三）

　　收：捕也。从攴丩聲。（攴部，卷三）

　　叔：拾也。从又尗聲。汝南名收芌爲叔。（又部，卷三）

第五部的：

　　敔：進取也。从受古聲。（受部，卷四）

　　捕：取也。从手甫聲。（手部，卷十二）

　　穌：把取禾若也。从禾魚聲。（禾部，卷七）

　　拓：拾也。陳、宋語。从手石聲。（手部，卷十二）

第十五部的：

　　掇：拾取也。从手叕聲。（手部，卷十二）

　　罬：捕鳥覆車也。从网叕聲。（网部，卷七）

　　罻：捕鳥网也。从网尉聲。（网部，卷七）

　　罪：捕魚竹网。从网、非。秦以罪爲辠字。（网部，卷七）

　　捋：取易也。从手寽聲。（手部，卷十二）

　　𢭏：撮取也。从手帶聲。讀若《詩》曰「蝃蝀在東」。（手部，卷十
　　　　二）

多以「取」、「捕」、「拾」爲常用訓釋詞。

（三十）凡約束纏繞回轉之義

此義類之語原字，如古韻皆在第三部的：

　　揫：束也。从手秋聲。《詩》曰：「百祿是揫。」（手部，卷十二）

　　鞧：車軸束也。从革秋聲。（革部，卷三）

　　韇：收束也。从韋糋聲。讀若酋。（韋部，卷五）

第十四部的：

  夗：轉臥也。从夕从卩。臥有卩也。（夕部，卷七）

  展：轉也。从尸，襄省聲。（尸部，卷八）

  淀：回泉也。从水，旋省聲。（水部，卷十一）

第十五部的：

  韓：束也。从東韋聲。（東部，卷七）

  係：絜束也。从人从系，系亦聲。（人部，卷八）

  誓：約束也。从言折聲。（言部，卷三）

  湋：回也。从水韋聲。（水部，卷十一）

  回：轉也。从囗，中象回轉形。（囗部，卷六）

多以「束」、「回」、「轉」爲常用訓釋詞。

（三十一）凡挹抒之義

此義類之語原字，如古韻皆在第三部的：

  斞：挹也。从斗臾聲。（斗部，卷十四）

  舀：抒臼也。从爪、臼。《詩》曰：「或簸或舀。」（臼部，卷七）

第五部的：

  抒：挹也。从手予聲。（手部，卷十二）

  挹：挹也。从手且聲。讀若櫨棃之櫨。（手部，卷十二）

第七部的：

  挹：抒也。从手邑聲。（手部，卷十二）

多以「挹」、「抒」爲常用訓釋詞。

（三十二）凡抽舉援引登進突出之義

此義類之語原字，如古韻皆在第四部的：

  梇：舉食者。从木具聲。（木部，卷六）

  揄：引也。从手俞聲。（手部，卷十二）

  奏：奏進也。从夲从廾从屮。屮，上進之義。（夲部，卷十）

第十二部的：

 頤：舉目視人兒。从頁臣聲。（頁部，卷八）

 擅：舉手下手也。从手壹聲。（手部，卷十二）

 爭：引也。从受、厂。（受部，卷四）

 靷：引軸也。从革引聲。（革部，卷三）

 晉：進也。日出萬物進。从日从臸。《易》曰：「明出地上，晉。」

  （日部，卷七）

第十四部的：

 舉：對舉也。从手輿聲。（手部，卷十二）

 廾：引也。从反廾。凡廾之屬皆从廾。今變隸作大。（廾部，卷三）

 援：引也。从手爰聲。（手部，卷十二）

 迁：進也。从辵干聲。讀若干。（辵部，卷二）

多以「舉」、「引」、「進」爲常用訓釋詞。

（三十三）凡細小微少柔弱減損之義

此義類之語原字，如古韻皆在第三部的：

 條：小枝也。从木攸聲。（木部，卷六）

 縠：小豚也。从豕骰聲。（豕部，卷九）

 幼：少也。从幺从力。（幺部，卷四）

 廖：細文也。从彡，尞省聲。（彡部，卷九）

第十四部的：

 棄：小束也。从束开聲。讀若繭。（束部，卷六）

 巒：山小而銳。从山䜌聲。（山部，卷九）

 鍛：小冶也。从金段聲。（金部，卷十四）

 尟：是少也。尟俱存也。从是、少。賈侍中説。（是部，卷二）

 賤：賈少也。从貝戔聲。（貝部，卷六）

 莧：山羊細角者。从兔足，苜聲。凡莧之屬皆从莧。讀若丸。寬字

  从此。（莧部，卷十）

絟：細布也。从糸全聲。（糸部，卷十三）

多以「小」、「少」、「細」爲常用訓釋詞。

（三十四）凡耑末芒之義

此義類之語原字，如古韻皆在第二部的：

觑：杖耑角也。从角敫聲。（角部，卷五）

萰：苕之黃華也。从艸舉聲。一曰末也。（艸部，卷一）

標：木杪末也。从木舉聲。（木部，卷六）

杪：木標末也。从木少聲。（木部，卷六）

第十五部的：

骷：骨耑也。从骨昏聲。（骨部，卷四）

舝：車軸耑鍵也。兩穿相背，从舛；萬省聲。萬，古文偰字。（舛部，卷五）

軎：車軸耑也。从車，象形。杜林說。（車部，卷十四）

末：木上曰末。从木，一在其上。（木部，卷六）

多以「耑」、「末」爲常用訓釋詞。

（三十五）凡銳利之義

此義類之語原字，如古韻皆在第三部的：

鏃：利也。从金族聲。（金部，卷十四）

鍬：利也。从金欶聲。（金部，卷十四）

第八部的：

剡：銳利也。从刀炎聲。（刀部，卷四）

第十五部的：

鈰：利也。从金弟聲。讀若齊。（金部，卷十四）

錐：銳也。从金隹聲。（金部，卷十四）

鑱：銳也。从金毚聲。（金部，卷十四）

多以「利」、「銳」爲常用訓釋詞。

（三十六）凡輕浮飛萍之義

此義類之語原字，如古韻皆在第二部的：

　　熮：火飛也。从火龠聲。一曰熱也。（火部，卷十）

　　熛：火飛也。从火票聲。讀若摽。（火部，卷十）

　　燢：火飛也。从火，納與興同意。（火部，卷十）

　　趬：行輕皃。一曰趬，舉足也。从走堯聲。（走部，卷二）

　　僄：輕也。从人票聲。（人部，卷八）

　　嫖：輕也。从女興聲。（女部，卷十二）

　　漂：浮也。从水票聲。（水部，卷十一）

第三部的：

　　輶：輕車也。从車酋聲。《詩》曰：「輶車鸞鑣。」（車部，卷十四）

　　汙：浮行水上也。从水从子。古或以汙爲没。（水部，卷十一）

多以「飛」、「輕」、「浮」爲常用訓釋詞。

（三十七）凡美好嘉善精巧之義

此義類之語原字，如古韻皆在第五部的：

　　袓：事好也。从衣且聲。（衣部，卷八）

　　厝：美石也。从厂古聲。（厂部，卷九）

　　膗：善丹也。从丹蒦聲。《周書》曰：「惟其斁丹膗。」讀若崔。（丹部，卷五）

第十四部的：

　　鬈：髮好也。从髟卷聲。《詩》曰：「其人美且鬈。」（髟部，卷九）

　　嬽：好也。从女䠠聲。讀若蜀郡布名。（女部，卷十二）

　　婠：體德好也。从女官聲。讀若楚卻宛。（女部，卷十二）

　　璿：美玉也。从玉睿聲。《春秋傳》曰：「璿弁玉纓。」（玉部，卷一）

　　諓：善言也。从言戔聲。一曰諽也。（言部，卷三）

多以「好」、「美」、「善」爲常用訓釋詞。

（三十八）凡和說快樂歡喜之義

此義類之語原字，如古韻皆在第一部的：

喜：樂也。从壴从口。凡喜之屬皆从喜。（喜部，卷五）

僖：樂也。从人喜聲。（人部，卷八）

娭：說樂也。从女巸聲。（女部，卷十二）

台：說也。从口吕聲。（口部，卷二）

憙：說也。从心从喜，喜亦聲。（喜部，卷五）

歖：卒喜也。从欠从喜。（欠部，卷八）

第十五部的：

愷：樂也。从心豈聲。（心部，卷十）

兌：說也。从儿㕣聲。（儿部，卷八）

嗜：嗜欲，喜之也。从口耆聲。（口部，卷二）

快：喜也。从心夬聲。（心部，卷十）

多以「樂」、「說」、「喜」為常用訓釋詞。

（三十九）凡莖直之義

此義類之語原字，如古韻皆在第一部的：

萁：豆莖也。从艸其聲。（艸部，卷一）

眙：直視也。从目台聲。（目部，卷四）

第十四部的：

稍：麥莖也。从禾冎聲。（禾部，卷七）

稈：禾莖也。从禾旱聲。《春秋傳》曰：「或投一秉稈。」（禾部，卷七）

端：直也。从立耑聲。（立部，卷十）

多以「直」、「莖」為常用訓釋詞。

（四十）凡交錯文章之義

此義類之語原字，如古韻皆在第二部的：

爻：交也。象《易》六爻頭交也。凡爻之屬皆从爻。（爻部，卷三）

佼：交也。从人从交。（人部，卷八）

烄：交木然也。从火交聲。（火部，卷十）

交：交脛也。从大，象交形。凡交之屬皆从交。（交部，卷十）

鐃：鐵文也。从金曉聲。（金部，卷十四）

第十四部的：

辮：交也。从糸辡聲。（糸部，卷十三）

辯：駁文也。从文辡聲。（文部，卷九）

多以「交」、「文」爲常用訓釋詞。

（四十一）凡安定之義

此義類之語原字，如古韻皆在第十一部的：

盦：安也。从宀，心在皿上。人之飲食器，所以安人。（宀部，卷七）

定：安也。从宀从正。（宀部，卷七）

便：安也。人有不便，更之。从人、更。（人部，卷八）

竫：亭安也。从立爭聲。（立部，卷十）

多以「安」爲常用訓釋詞。

（四十二）凡屈曲戾之義

此義類之語原字，如古韻皆在第三部的：

叝：揉屈也。从攴从㠯。㠯，古文叀字。廏字从此。（攴部，卷三）

煣：屈申木也。从火、柔，柔亦聲。（火部，卷十）

踒：脛肉也。一曰曲脛也。从足委聲。讀若達。（足部，卷二）

匊：曲脊也。从勹，籀省聲。（勹部，卷九）

第十五部的：

鬚：屈髮也。从髟貴聲。（髟部，卷九）

詘：詰詘也。一曰屈襞。从言出聲。（言部，卷三）

禾：木之曲頭止不能上也。凡禾之屬皆从禾。（禾部，卷六）

戾：曲也。从犬出戶下。戾者，身曲戾也。（犬部，卷十）

刺：戾也。从束从刀。刀者，刺之也。（束部，卷六）

丿：右戾也。象左引之形。凡丿之屬皆从丿。（丿部，卷十二）

乀：左戾也。从反丿。讀與弗同。（丿部，卷十二）

多以「曲」、「屈」、「戾」爲常用訓釋詞。

（四十三）凡偏衺傾側不正之義

此義類之語原字，如古韻皆在第一部的：

睞：目童子不正也。从目來聲。（目部，卷四）

仄：側傾也。从人在厂下。（厂部，卷九）

昃：日在西方時。側也。从日仄聲。《易》曰：「日厢之離。」（日部，卷七）

矢：傾頭也。从大，象形。凡矢之屬皆从矢。（矢部，卷十）

第十二部的：

蹁：足不正也。从足扁聲。一曰拖後足馬。讀若苹。或曰徧。（足部，卷二）

眣：目不正也。从目失聲。（目部，卷四）

蝹：側行者。从虫寅聲。（虫部，卷十三）

奊：頭傾也。从矢吉聲。讀若子。（矢部，卷十）

多以「不正」、「傾」、「側」爲常用訓釋詞。

（四十四）凡痛恨憂愁之義

此義類之語原字，如古韻皆在第三部的：

讟：痛怨也。从誩賣聲。《春秋傳》曰：「民無怨讟。」（誩部，卷三）

愁：飢餓也。一曰憂也。从心叔聲。《詩》曰：「愁如朝飢。」（心部，卷十）

愁：憂也。从心秋聲。（心部，卷十）

慽：憂也。从心戚聲。（心部，卷十）

第九部的：

　　忡：憂也。从心中聲。《詩》曰：「憂心忡忡。」（心部，卷十）

　　癑：痛也。从疒農聲。（疒部，卷七）

　　俑：痛也。从人甬聲。（人部，卷八）

　　恫：痛也。一曰呻吟也。从心同聲。（心部，卷十）

多以「痛」、「憂」為常用訓釋詞。

（四十五）凡驚懼惶恐之義

　　此義類之語原字，如古韻皆在第九部的：

　　慴：懼也。从心，雙省聲。《春秋傳》曰：「駟氏慴。」（心部，卷十）

　　恐：懼也。从心巩聲。（心部，卷十）

　　　：驚也。从心從聲。讀若悚。（心部，卷十）

第十四部的：

　　睘：目驚視也。从目袁聲。《詩》曰：「獨行睘睘。」（目部，卷四）

　　惴：憂懼也。从心耑聲。《詩》曰：「惴惴其慄。」（心部，卷十）

多以「驚」、「懼」為常用訓釋詞。

（四十六）凡呼號吹鳴之義

　　此義類之語原字，如古韻皆在第三部的：

　　叴：相訏呼也。从厶从姜。（厶部，卷九）

　　嘯：吹聲也。从口肅聲。（口部，卷二）

　　簌：吹箛也。从竹秋聲。（竹部，卷五）

　　牟：牛鳴也。从牛，象其聲气从口出。（牛部，卷二）

第十五部的：

　　歅：有所吹起。从欠炎聲。讀若忽。（欠部，卷八）

　　喈：鳥鳴聲。从口皆聲。一曰鳳皇鳴聲喈喈。（口部，卷二）

　　吠：犬鳴也。从犬、口。（口部，卷二）

多以「呼」、「吹」、「鳴」為常用訓釋詞。

（四十七）凡落下陷沒之義

此義類之語原字，如古韻皆在第三部的：

涿：流下滴也。从水豖聲。上谷有涿縣。（水部，卷十一）

滮：水流皃。从水，彪省聲。《詩》曰：「滮沱北流。」（水部，卷十
一）

霤：屋水流也。从雨雷聲。（雨部，卷十一）

第七部的：

湆：雨下也。从水昬聲。一曰沸涌皃。（水部，卷十一）

塪：下入也。从土臽聲。（土部，卷十三）

湛：沒也。从水甚聲。一曰湛水，豫章浸。（水部，卷十一）

第十三部的：

頓：下首也。从頁屯聲。（頁部，卷八）

錞：下垂也。一曰千斤椎。从金敦聲。（金部，卷十四）

搰：沒也。从手骨聲。（手部，卷十二）

第十四部的：

稨：禾垂皃。从禾耑聲。讀若端。（禾部，卷七）

憐：泣下也。从心連聲。《易》曰：「泣涕憐如。」（心部，卷十）

灤：漏流也。从水絲聲。（水部，卷十一）

纓：落也。从糸㬎聲。（糸部，卷十三）

多以「下」、「垂」、「流」、「落」、「沒」為常用訓釋詞。

（四十八）凡初始根基本原之義

此義類之語原字，如古韻皆在第一部的：

止：下基也。象艸木出有址，故以止為足。凡止之屬皆从止。（止
部，卷二）

丌：下基也。薦物之丌。象形。凡丌之屬皆从丌。讀若箕同。（丌部，
卷五）

阯：基也。从𨸏止聲。（𨸏部，卷十四）

荄：艸根也。从艸亥聲。（艸部，卷一）

第十四部的：

元：始也。从一从兀。（一部，卷一）

厵：水泉本也。从灥出厂下。（灥部，卷十一）

多以「基」、「根」、「本」、「始」爲常用訓釋詞。

（四十九）凡恭敬謹慎警戒之義

此義類之語原字，如古韻皆在第十三部的：

夤：敬惕也。从夕寅聲。《易》曰：「夕惕若夤。」（夕部，卷七）

劼：愼也。从力吉聲。《周書》曰：「汝劼毖殷獻臣。」（力部，卷十三）

毖：愼也。从比必聲。《周書》曰：「無毖于卹。」（比部，卷八）

愁：問也。謹敬也。从心秋聲。一曰說也。一曰甘也。《春秋傳》曰：「昊天不愁。」又曰：「兩君之士皆未愁。」（心部，卷十）

愼：謹也。从心眞聲。（心部，卷十）

第十六部的：

祇：敬也。从示氏聲。（示部，卷一）

悊：敬也。从心折聲。（心部，卷十）

儀：精謹也。从人幾聲。《明堂月令》：「數將儀終。」（人部，卷八）

愨：謹也。从心敫聲。讀若毳。（心部，卷十）

多以「敬」、「愼」、「謹」爲常用訓釋詞。

（五十）凡待止礙不行之義

此義類之語原字，如古韻皆在第三部的：

救：止也。从攴求聲。（攴部，卷三）

宿：止也。从宀佰聲。佰，古文夙。（宀部，卷七）

畱：止也。从田丣聲。（田部，卷十三）

第四部的：

逗：止也。从辵豆聲。（辵部，卷二）

邁：不行也。从辵蠆聲。讀若住。（辵部，卷二）

頶：待也。从立須聲。（立部，卷十）

第十二部的：

座：礙止也。从广至聲。（广部，卷九）

疐：礙不行也。从更，引而止之也。更者，如更馬之鼻。从此與牽同意。（更部，卷四）

趯：止行也。一曰竈上祭名。从走畢聲。（走部，卷二）

多以「止」、「待」、「礙」、「不行」爲常用訓釋詞。

（五十一）凡順從服循之義

此義類之語原字，如古韻皆在第三部的：

睦：目順也。从目坴聲。一曰敬和也。（目部，卷四）

娽：隨從也。从女彔聲。（女部，卷十二）

綠：隨從也。从系彔聲。（系部，卷十二）

第十三部的：

馴：馬順也。从馬川聲。（馬部，卷十）

愻：順也。从心孫聲。《唐書》曰：「五品不愻。」（心部，卷十）

遵：循也。从辵尊聲。（辵部，卷二）

第十五部的：

述：循也。从辵术聲。（辵部，卷二）

娓：順也。从女尾聲。讀若媚。（女部，卷十二）

多以「隨」、「從」、「順」、「循」爲常用訓釋詞。

（五十二）凡治理之義

此義類之語原字，如古韻皆在第一部的：

吏：治人者也。从一从史，史亦聲。（一部，卷一）

琢：治玉也。从玉豖聲。（玉部，卷一）

叚：治也。从又从卩。卩，事之節也。（又部，卷三）

理：治玉也。从玉里聲。（玉部，卷一）

浬：水石之理也。从水从历。《周禮》曰：「石有時而浬。」（水部，
卷十一）

历：地理也。从𠂤力聲。（𠂤部，卷十四）

多以「治」、「理」爲常用訓釋詞。

（五十三）凡燒灼溫熱乾燥之義

此義類之語原字，如古韻皆在第一部的：

熹：炙也。从火喜聲。（火部，卷十）

𤎅：以火乾肉。从火稫聲。（火部，卷十）

第二部的：

灼：炙也。从火勺聲。（火部，卷十）

燎：炙也。从炙尞聲。讀若爐燎。（炙部，卷十）

熬：乾煎也。从火敖聲。（火部，卷十）

燥：乾也。从火喿聲。（火部，卷十）

熇：火熱也。从火高聲。《詩》曰：「多將熇熇。」（火部，卷十）

第十四部的：

暵：乾也。耕暴田曰暵。从日堇聲。《易》曰：「燥萬物者莫暵于
離。」（日部，卷七）

熯：乾皃。从火，漢省聲。《詩》曰：「我孔熯矣。」（火部，卷十）

然：燒也。从火肰聲。（火部，卷十）

焚：燒田也。从火、棥，棥亦聲。（火部，卷十）

煖：溫也。从火爰聲。（火部，卷十）

煗：溫也。从火耎聲。（火部，卷十）

多以「炙」、「燒」、「熱」、「溫」、「乾」爲常用訓釋詞。

（五十四）凡洒滌淅瀎之義

此義類之語原字，如古韻皆在第二部的：

滌：洒也。从水條聲。（水部，卷十一）

澡：洒手也。从水喿聲。（水部，卷十一）

第十三部的：

洗：洒足也。从水先聲。（水部，卷十一）

洒：滌也。从水西聲。古文爲灑埽字。（水部，卷十一）

第十五部的：

沬：洒面也。从水未聲。（水部，卷十一）

摡：滌也。从手旣聲。《詩》曰：「摡之釜鬵。」（手部，卷十二）

汰：淅瀾也。从水大聲。（水部，卷十一）

多以「洒」、「滌」、「淅」爲常用訓釋詞。

（五十五）凡蹈踐之義

此義類之語原字，如古韻皆在第五部的：

踄：蹈也。从足步聲。（足部，卷二）

第七部的：

躡：蹈也。从足聶聲。（足部，卷二）

第八部的：

蹋：踐也。从足易聲。（足部，卷二）

第十四部的：

躔：踐也。从足廛聲。（足部，卷二）

躖：踐處也。从足，斷省聲。（足部，卷二）

甄：蹈瓦聲。从瓦奝聲。（瓦部，卷十二）

多以「蹈」、「踐」爲常用訓釋詞。

（五十六）凡搖顫振動不定之義

此義類之語原字，如古韻皆在第二部的：

趮：動也。从走樂聲。讀若《春秋傳》曰「輔趮」。（走部，卷二）

搖：樹動也。从木䍃聲。（木部，卷六）

搖：動也。从手䍃聲。（手部，卷十二）

招：樹搖兒。从木召聲。（木部，卷六）

掉：搖也。从手卓聲。《春秋傳》曰：「尾大不掉。」（手部，卷十二）

第九部的：

東：動也。从木。官溥說：从日在木中。凡東之屬皆从東。（東部，卷）

瘃：動病也。从疒，蟲省聲。（疒部，卷七）

沖：涌搖也。从水、中。讀若動。（水部，卷十一）

憧：意不定也。从心童聲。（心部，卷十）

多以「動」、「搖」、「不定」爲常用訓釋詞。

（五十七）凡視察望見之義

此義類之語原字，如古韻皆在第二部的：

厃：岸上見也。从厂，从之省。讀若躍。（厂部，卷九）

覞：目有察省見也。从見票聲。（見部，卷八）

䁄：目孰視也。从目鳥聲。讀若雕。（目部，卷四）

覜：諸矦三年大相聘曰覜。覜，視也。从見兆聲。（見部，卷八）

督：察也。一曰目痛也。从目叔聲。（目部，卷四）

第十四部的：

晛：日見也。从日从見，見亦聲。《詩》曰：「見晛曰消。」（日部，卷七）

贊：見也。从貝从兟。（貝部，卷六）

見：視也。从儿从目。凡見之屬皆从見。（見部，卷八）

觀：諦視也。从見雚聲。（見部，卷八）

第十五部的：

瞈：察也。从目祭聲。（目部，卷四）

多以「見」、「視」、「察」爲常用訓釋詞。

（五十八）凡關閉之義

此義類之語原字，如古韻皆在第七部的：

　　噤：口閉也。从口禁聲。（口部，卷二）

　　歛：監持意。口閉也。从欠絨聲。（欠部，卷八）

　　䦤：閉門也。从門音聲。（門部，卷十二）

第八部的：

　　扂：閉也。从戶，劫省聲。（戶部，卷十二）

第十二部的：

　　閟：閉門也。从門必聲。《春秋傳》曰：「閟門而與之言。」（門部，
　　　　卷十二）

多以「閉」為常用訓釋詞。

（五十九）凡黑暗昏晚之義

此義類之語原字，如古韻皆在第七部的：

　　黯：深黑也。从黑音聲。（黑部，卷十）

　　黬：雖皙而黑也。从黑箴聲。古人名黬字皙。（黑部，卷十）

　　黅：黃黑也。从黑金聲。（黑部，卷十）

第十五部的：

　　黵：沃黑色。从黑會聲。（黑部，卷十）

　　潨：青黑色。从水習聲。（水部，卷十一）

　　嬒：女黑色也。从女會聲。《詩》曰：「嬒兮蔚兮。」（女部，卷十二）

多以「黑」為常用訓釋詞。

（六十）凡不明不見之義

此義類之語原字，如古韻皆在第六部的：

　　瞢：目不明也。从苜从旬。旬，目數搖也。（苜部，卷四）

　　夢：不明也。从夕，瞢省聲。（夕部，卷七）

　　懜：不明也。从心夢聲。（心部，卷十）

第十一部的：

> 杳：不見也。从日，否省聲。（日部，卷七）

第十二部的：

> 臱：宮不見也。闕。（自部，卷四）

> 寢：臱臱，不見也。一曰臱臱，不見省人。从宀臱聲。（宀部，卷七）

> 丏：不見也。象壅蔽之形。凡丏之屬皆从丏。（丏部，卷九）

多以「不明」、「不見」爲常用訓釋詞。

（六十一）凡鮮白光明之義

此義類之語原字，如古韻皆在第二部的：

> 皎：月之白也。从白交聲。《詩》曰：「月出皎兮。」（白部，卷七）

> 皢：日之白也。从白堯聲。（白部，卷七）

> 皠：鳥之白也。从白隺聲。（白部，卷七）

> 昭：日明也。从日召聲。（日部，卷七）

> 杲：明也。从日在木上。（木部，卷六）

> 旳：明也。从日勺聲。《易》曰：「爲旳顙。」（日部，卷七）

第八部的：

> 暺：光也。从日从粤。（日部，卷七）

> 炎：火光上也。从重火。凡炎之屬皆从炎。（炎部，卷十）

> 䄄：火光也。从炎舌聲。（炎部，卷十）

第十部的：

> 景：光也。从日京聲。（日部，卷七）

> 光：明也。从火在人上，光明意也。（火部，卷十）

多以「白」、「明」、「光」爲常用訓釋詞。

（六十二）凡癡愚之義

此義類之語原字，如古韻皆在第八部的：

> 戇：愚也。从心赣聲。（心部，卷十）

第九部的：

> 惷：愚也。从心春聲。（心部，卷十）

第十五部的：

> 顡：癡，不聰明也。从頁豙聲。（頁部，卷八）

> 急：癡皃。从心气聲。（心部，卷十）

多以「癡」、「愚」爲常用訓釋詞。

（六十三）凡行之義

此義類之語原字，如古韻皆在第三部的：

> 趙：行皃。从走酋聲。（走部，卷二）

> 趢：行皃。从走蜀聲。讀若燭。（走部，卷二）

> 趥：行也。从走臭聲。（走部，卷二）

第五部的：

> 辻：步行也。从辵土聲。（辵部，卷二）

> 彇：行皃。从彳瞿聲。（彳部，卷二）

> 衙：行皃。从行吾聲。（行部，卷二）

多以「行」爲常用訓釋詞。

（六十四）凡兼重二之義

此義類之語原字，如古韻皆在第一部的：

> 晐：兼晐也。从日亥聲。（日部，卷七）

> 垓：兼垓八極地也。《國語》曰：「天子居九垓之田。」从土亥聲。（土部，卷十三）

第三部的：

> 複：重衣皃。从衣复聲。一曰褚衣。（衣部，卷八）

> 匐：重也。从勹復聲。（勹部，卷九）

多以「兼」、「重」爲常用訓釋詞。

（六十五）凡寒凍之義

此義類之語原字，如古韻皆在第七部的：

癛：寒也。从仌廩聲。（仌部，卷十一）

霵：寒也。从雨執聲。或曰：早霜。讀若《春秋傳》「墊陁」。（雨部，卷十一）

第十一部的：

清：寒也。从仌青聲。（仌部，卷十一）

冷：寒也。从仌令聲。（仌部，卷十一）

多以「寒」爲常用訓釋詞。

（六十六）凡器缶之義

此義類之語原字，如古韻皆在第三部的：

缶：瓦器。所以盛酒漿。秦人鼓之以節謌。象形。凡缶之屬皆从缶。
　　（缶部，卷五）

名：瓦器也。从缶肉聲。（缶部，卷五）

畱：古器也。从曲舀聲。（曲部，卷十二）

鑨：溫器也。一曰金器。从金麃聲。（金部，卷十四）

第十部的：

皿：飯食之用器也。象形。與豆同意。凡皿之屬皆从皿。讀若猛。
　　（皿部，卷五）

匚：受物之器。象形。凡匚之屬皆从匚。讀若方。（匚部，卷十二）

匿：古器也。从匚倉聲。（匚部，卷十二）

多以「器」爲常用訓釋詞。

（六十七）凡囊篋柙匱檻櫳倉庫之義

此義類之語原字，如古韻皆在第三部的：

櫝：匱也。从木賣聲。一曰木名。又曰：大梡也。（木部，卷六）

匵：匱也。从匚賣聲。（匚部，卷十二）

窖：地藏也。从穴告聲。（穴部，卷七）

第四部的：

府：文書藏也。从广付聲。（广部，卷九）

第五部的：

庫：兵車藏也。从車在广下。（广部，卷九）

帑：金幣所藏也。从巾奴聲。（巾部，卷七）

橐：囊也。从橐省，石聲。（橐部，卷六）

第六部的：

幐：囊也。从巾朕聲。（巾部，卷七）

第七部的：

裛：書囊也。从衣邑聲。（衣部，卷八）

第八部的：

匣：匱也。从匚甲聲。（匚部，卷十二）

匧：藏也。从匚夾聲。（匚部，卷十二）

多以「匱」、「囊」、「藏」爲常用訓釋詞。

（六十八）凡邦城牢苑之義

此義類之語原字，如古韻皆在第一部的：

囿：苑有垣也。从囗有聲。一曰禽獸曰囿。（囗部，卷六）

國：邦也。从囗从或。（囗部，卷六）

或：邦也。从囗从戈，以守一。一，地也。（戈部，卷十二）

第五部的：

籞：禁苑也。从竹御聲。《春秋傳》曰：「澤之目籞。」（竹部，卷五）

第七部的：

邑：國也。从囗；先王之制，尊卑有大小，从卪。凡邑之屬皆从邑。
　　（邑部，卷六）

第九部的：

邦：國也。从邑丰聲。（邑部，卷六）

第十一部的：

　　駉：牧馬苑也。从馬同聲。《詩》曰：「在駉之野。」（馬部，卷十）

多以「苑」、「邦」、「國」爲常用訓釋詞。

（六十九）凡壅塞遮蔽屏藩之義

　　此義類之語原字，如古韻皆在第一部的：

　　籆：行棊相塞謂之籆。从竹从塞，塞亦聲。（竹部，卷五）

　　塞：隔也。从土从宲。（土部，卷十三）

第五部的：

　　固：四塞也。从囗古聲。（囗部，卷六）

　　錮：鑄塞也。从金固聲。（金部，卷十四）

　　侜：有廱蔽也。从人舟聲。《詩》曰：「誰侜予美？」（人部，卷八）

第十部的：

　　牆：垣蔽也。从嗇爿聲。（嗇部，卷五）

　　障：隔也。从𨸏章聲。（𨸏部，卷十四）

多以「塞」、「蔽」、「隔」爲常用訓釋詞。

（七十）凡棄除刮去之義

　　此義類之語原字，如古韻皆在第三部的：

　　敫：棄也。从攴㫄聲。《周書》以爲討。《詩》云：「無我敫兮。」
　　　　（攴部，卷三）

　　埽：棄也。从土从帚。（土部，卷十三）

　　薅：拔去田艸也。从蓐，好省聲。（蓐部，卷一）

第十四部的：

　　捐：棄也。从手肙聲。（手部，卷十二）

　　𠦄：箕屬。所以推棄之器也。象形。凡𠦄之屬皆从𠦄。官溥說。（𠦄
　　　　部，卷四）

　　棄：棄除也。从廾推𠦄棄采也。官溥說：似米而非米者，矢字。（𠦄
　　　　部，卷四）

墍：埽除也。从土弁聲。讀若糞。（土部，卷十三）

第十五部的：

刷：刮也。从刀，㕞省聲。《禮》：「布刷巾。」（刀部，卷四）

扴：刮也。从手介聲。（手部，卷十二）

撠：刮也。从手萬聲。一曰撞也。（手部，卷十二）

渫：除去也。从水枼聲。（水部，卷十一）

多以「棄」、「除」、「刮」、「去」爲常用訓釋詞。

（七十一）凡終盡死滅之義

此義類之語原字，如古韻皆在第三部的：

歠：盡酒也。从欠糕聲。（欠部，卷八）

消：盡也。从水肖聲。（水部，卷十一）

潐：盡也。从水焦聲。（水部，卷十一）

釂：歓酒盡也。从酉，嚼省聲。（酉部，卷十四）

第十二部的：

斁：斁盡也。从攴畢聲。（攴部，卷三）

殄：盡也。从歺㐱聲。（歺部，卷四）

蔑：拭滅皃。从水蔑聲。（水部，卷十一）

戩：滅也。从戈晉聲。《詩》曰：「實始戩商。」（戈部，卷十二）

戌：滅也。九月，陽气微，萬物畢成，陽下入地也。五行，土生於
　　戌，盛於戌。从戊含一。凡戌之屬皆从戌。（戌部，卷十四）

多以「盡」、「滅」爲常用訓釋詞。

（七十二）凡齊平等之義

此義類之語原字，如古韻皆在第十一部的：

整：齊也。从攴从束从正，正亦聲。（攴部，卷三）

等：齊簡也。从竹从寺。寺，官曹之等平也。（竹部，卷五）

呈：平也。从口壬聲。（口部，卷二）

訂：平議也。从言丁聲。（言部，卷三）

平：語平舒也。从亏从八。八，分也。爰禮説。（亏部，卷五）

枰：平也。从木从平，平亦聲。（木部，卷六）

多以「平」、「齊」爲常用訓釋詞。

（七十三）凡朱赤之義

此義類之語原字，如古韻皆在第四部的：

朱：赤心木。松柏屬。从木，一在其中。（木部，卷六）

絑：純赤也。《虞書》「丹朱」如此。从糸朱聲。（糸部，卷十三）

第五部的：

赤：南方色也。从大从火。凡赤之屬皆从赤。（赤部，卷十）

赭：赤土也。从赤者聲。（赤部，卷十）

赫：火赤皃。从二赤。（赤部，卷十）

騢：馬赤白雜毛。从馬叚聲。謂色似鰕魚也。（馬部，卷十）

多以「赤」爲常用訓釋詞。

（七十四）凡牾屰之義

此義類之語原字，如古韻皆在第一部的：

欬：屰气也。从欠亥聲。（欠部，卷八）

第五部的：

屰：不順也。从干下屮。屰之也。（干部，卷三）

婼：不順也。从女若聲。《春秋傳》曰：「叔孫婼。」（女部，卷十二）

泝：逆流而上曰洄洄。洄向也。水欲下違之而上也。从水屰聲。（水部，卷十一）

午：牾也。五月，陰气午逆陽。冒地而出。此予矢同意。凡午之屬皆从午。（午部，卷十四）

牾：逆也。从午吾聲。（午部，卷十四）

多以「逆」、「屰」、「不順」爲常用訓釋詞。

（七十五）凡邊厓之義

此義類之語原字，如古韻皆在第三部的：

蕕：水邊艸也。从艸猶聲。（艸部，卷一）

沈：水厓枯土也。从水九聲。《爾雅》曰：「水醮曰沈。」（水部，卷十一）

澳：隈，厓也。其內曰澳，其外曰隈。从水奧聲。（水部，卷十一）

隩：水隈，崖也。从𨸏奧聲。（𨸏部，卷十四）

第十三部的：

濆：水厓也。从水賁聲。《詩》曰：「敦彼淮濆。」（水部，卷十一）

湣：水厓也。从水脣聲。《詩》曰：「寘河之湣。」（水部，卷十一）

吻：口邊也。从口勿聲。（口部，卷二）

多以「厓」、「邊」、「崖」為常用訓釋詞。

（七十六）凡輔助之義

此義類之語原字，如古韻皆在第一部的：

祐：助也。从示右聲。（示部，卷一）

右：助也。从口从又。（口部，卷二）

第五部的：

勵：助也。从力从非，慮聲。（力部，卷十三）

俌：輔也。从人甫聲。讀若撫。（人部，卷八）

第十五部的：

棐：輔也。从木非聲。（木部，卷六）

卧：輔信也。从卪比聲。《虞書》曰：「卧成五服。」（卪部，卷九）

弼：輔也。重也。从弜西聲。（弜部，卷十二）

多以「助」、「輔」為常用訓釋詞。

（七十七）凡吉福之義

此義類之語原字，如古韻皆在第一部的：

禧：禮吉也。从示喜聲。（示部，卷一）

祺：吉也。从示其聲。（示部，卷一）

祉：福也。从示止聲。（示部，卷一）

釐：家福也。从里𠩺聲。（里部，卷十三）

第十六部的：

祜：福也。从示虍聲。（示部，卷一）

禔：安福也。从示是聲。《易》曰：「禔既平。」（示部，卷一）

多以「吉」、「福」爲常用訓釋詞。

（七十八）凡网罟之義

此義類之語原字，如古韻皆在第一部的：

罤：网也。从网每聲。（网部，卷七）

罘：兔罟也。从网否聲。（网部，卷七）

第五部的：

罟：网也。从网古聲。（网部，卷七）

罝：兔网也。从网且聲。（网部，卷七）

羀：牖中网也。从网舞聲。（网部，卷七）

罛：魚罟也。从网瓜聲。《詩》曰：「施罛濊濊。」（网部，卷七）

罟：罟也。从网互聲。（网部，卷七）

多以「网」、「罟」爲常用訓釋詞。

（七十九）凡跋跛頓仆之義

此義類之語原字，如古韻皆在第三部的：

仆：頓也。从人卜聲。（人部，卷八）

篤：馬行頓遲。从馬竹聲。（馬部，卷十）

第十二部的：

趁：走頓也。从走眞聲。讀若顛。（走部，卷二）

蹎：跋也。从足眞聲。（足部，卷二）

第十五部的：

　　　　跋：蹎跋也。从足犮聲。（足部，卷二）

多以「頓」、「跋」爲常用訓釋詞。

（八十）凡寄託之義

　　此義類之語原字，如古韻皆在第五部的：

　　　　託：寄也。从言乇聲。（言部，卷三）

　　　　餬：寄食也。从食胡聲。（食部，卷五）

　　　　侂：寄也。从人庀聲。庀，古文宅。（人部，卷八）

　　　　廬：寄也。秋冬去，春夏居。从广盧聲。（广部，卷九）

　　　　宅：所託也。从宀乇聲。（宀部，卷七）

第十七部的：

　　　　寄：託也。从宀奇聲。（宀部，卷七）

多以「寄」、「託」爲常用訓釋詞。

（八十一）凡踰越之義

　　此義類之語原字，如古韻皆在第四部的：

　　　　踰：越也。从足俞聲。（足部，卷二）

第六部的：

　　　　夌：越也。从夊从圥。圥，高也。一曰夌約也。（夊部，卷五）

　　　　淜：無舟渡河也。从水朋聲。（水部，卷十一）

第十五部的：

　　　　砅：履石渡水也。从水从石。《詩》曰：「深則砅。」（水部，卷十一）

多以「越」、「渡」爲常用訓釋詞。

（八十二）凡繩索絲縷之義

　　此義類之語原字，如古韻皆在第二部的：

　　　　綃：生絲也。从糸肖聲。（糸部，卷十三）

　　　　繁：生絲縷也。从糸敫聲。（糸部，卷十三）

　　笅：竹索也。从竹交聲。（竹部，卷五）

第五部的：

　　鞤：佩刀絲也。从革雈聲。（革部，卷三）

　　纑：布縷也。从糸盧聲。（糸部，卷十三）

　　鞲：車下索也。从革專聲。（革部，卷三）

　　索：艸有莖葉，可作繩索。从宋、糸。杜林說：宋亦朱木字。（宋部，
　　　　卷六）

　　組：綬屬。其小者以爲冕纓。从糸且聲。（糸部，卷十三）

　　緂：綬維也。从糸逆聲。（糸部，卷十三）

多以「絲」、「縷」、「綬」、「索」爲常用訓釋詞。

（八十三）凡變更之義

　　此義類之語原字，如古韻皆在第一部的：

　　諽：飾也。一曰更也。从言革聲。讀若戒。（言部，卷三）

　　革：獸皮治去其毛，革更之。象古文革之形。凡革之屬皆从革。（革
　　　　部，卷三）

　　改：更也。从攴、己。李陽冰曰：「己有過，攴之卽改。」（攴部，卷
　　　　三）

　　代：更也。从人弋聲。（人部，卷八）

　　忒：更也。从心弋聲。（心部，卷十）

第四部的：

　　渝：變汙也。从水俞聲。一曰渝水，在遼西臨俞，東出塞。（水部，
　　　　卷十一）

第十六部的：

　　遞：更易也。从辵虒聲。（辵部，卷二）

　　恑：變也。从心危聲。（心部，卷十）

多以「更」、「變」爲常用訓釋詞。

（八十四）凡去違之義

此義類之語原字，如古韻皆在第三部的：

靠：相違也。从非告聲。（非部，卷十一）

第五部的：

去：人相違也。从大凵聲。凡去之屬皆从去。（去部，卷五）

第六部的：

㙫：去也。从去夌聲。讀若陵。（去部，卷五）

第十五部的：

咈：違也。从口弗聲。《周書》曰：「咈其耉長。」（口部，卷二）

非：違也。从飛下翄，取其相背。凡非之屬皆从非。（非部，卷十一）

朅：去也。从去曷聲。（去部，卷五）

多以「違」、「去」爲常用訓釋詞。

（八十五）凡貪欲之義

此義類之語原字，如古韻皆在第三部的：

夒：貪獸也。一曰母猴，似人。从頁，巳、止、夊，其手足。（夊部，卷五）

欲：貪欲也。从欠谷聲。（欠部，卷八）

第七部的：

惏：河內之北謂貪曰惏。从心林聲。（心部，卷十）

嬍：下志貪頑也。从女覃聲。讀若深。（女部，卷十二）

婪：貪也。从女林聲。杜林說：卜者黨相詐驗爲婪。讀若潭。（女部，卷十二）

貪：欲物也。从貝今聲。（貝部，卷六）

㰟：欲得也。从欠臽聲。讀若貪。（欠部，卷八）

多以「貪」、「欲」爲常用訓釋詞。

（八十六）凡調和之義

此義類之語原字，如古韻皆在第三部的：

調：和也。从言周聲。（言部，卷三）

疇：和田也。从田柔聲。（田部，卷十三）

第七部的：

諴：和也。从言咸聲。《周書》曰：「不能諴于小民。」（言部，卷三）

厭：和也。从甘从麻。麻，調也。甘亦聲。讀若函。（甘部，卷五）

糂：糜和也。从米覃聲。讀若鄆。（米部，卷七）

第十七部的：

龢：調也。从龠禾聲。讀與和同。（龠部，卷二）

盉：調味也。从皿禾聲。（皿部，卷五）

多以「和」、「調」為常用訓釋詞。

（八十七）凡至到之義

此義類之語原字，如古韻皆在第二部的：

迅：至也。从辵弔聲。（辵部，卷二）

到：至也。从至刀聲。（至部，卷十二）

第十二部的：

窺：至也。从宀親聲。（宀部，卷七）

親：至也。从見亲聲。（見部，卷八）

臻：至也。从至秦聲。（至部，卷十二）

多以「至」為常用訓釋詞。

（八十八）凡醜惡之義

此義類之語原字，如古韻皆在第一部的：

頦：醜也。从頁亥聲。（頁部，卷八）

頎：醜也。从頁其聲。今逐疫有顉頭。（頁部，卷八）

娸：人姓也。从女其聲。杜林說：娸，醜也。（女部，卷十二）

第三部的：

醜：可惡也。从鬼酉聲。（鬼部，卷九）

　　醜：醜也。一曰老嫗也。从女酋聲。讀若蹴。（女部，卷十二）

第十五部的：

　　催：仳催，醜面。从人隹聲。（人部，卷八）

　　婚：面醜也。从女昏聲。（女部，卷十二）

　　粃：惡米也。从米北聲。《周書》有《粃誓》。（米部，卷七）

　　癗：惡疾也。从疒，蠹省聲。（疒部，卷七）

多以「醜」、「惡」爲常用訓釋詞。

（八十九）凡半之義

　　此義類之語原字，如古韻皆在第十二部的：

　　偏：半枯也。从疒扁聲。（疒部，卷七）

第十四部的：

　　半：物中分也。从八从牛。牛爲物大，可以分也。凡半之屬皆从半。
　　　　（半部，卷二）

　　胖：半體肉也。一曰廣肉。从半从肉，半亦聲。（半部，卷二）

　　叛：半也。从半反聲。（半部，卷二）

多以「半」爲常用訓釋詞。

（九十）凡參差不齊之義

　　此義類之語原字，如古韻皆在第七部的：

　　齹：齒差也。从齒兼聲。（齒部，卷二）

　　篸：差也。从竹參聲。（竹部，卷五）

第八部的：

　　儳：儳互，不齊也。从人毚聲。（人部，卷八）

第十六部的：

　　觤：羊角不齊也。从角危聲。（角部，卷五）

第十七部的：

　　齹：齒參差。从齒差聲。（齒部，卷二）

差：貳也。差不相值也。从左从𢆶。（左部，卷五）

多以「差」、「不齊」為常用訓釋詞。

（九十一）凡迎遇之義

此義類之語原字，如古韻皆在第三部的：

遭：遇也。从辵曹聲。一曰邐行。（辵部，卷二）

第四部的：

遘：遇也。从辵冓聲。（辵部，卷二）

鬪：遇也。从鬥斲聲。（鬥部，卷三）

覯：遇見也。从見冓聲。（見部，卷八）

遇：逢也。从辵禺聲。（辵部，卷二）

第五部的：

逆：迎也。从辵屰聲。關東曰逆，關西曰迎。（辵部，卷二）

訝：相迎也。从言牙聲。《周禮》曰：「諸侯有卿訝發。」（言部，卷三）

第九部的：

逢：遇也。从辵，夆省聲。（辵部，卷二）

第十部的：

迎：逢也。从辵卬聲。（辵部，卷二）

多以「遇」、「逢」、「迎」為常用訓釋詞。

（九十二）凡次比階陛之義

此義類之語原字，如古韻皆在第一部的：

陔：階次也。从𨸏亥聲。（𨸏部，卷十四）

筬：取蟣比也。从竹臣聲。（竹部，卷五）

第五部的：

敘：次弟也。从攴余聲。（攴部，卷三）

阼：主階也。从𨸏乍聲。（𨸏部，卷十四）

第十五部的：

　　䢍：爵之次弟也。从豐从弟。《虞書》曰：「平䢍東作。」（豐部，卷
　　　　五）

　　弟：韋束之次弟也。从古字之象。凡弟之屬皆从弟。（弟部，卷五）

　　坒：地相次比也。衛大夫貞子名坒。从土比聲。（土部，卷十三）

　　梯：木階也。从木弟聲。（木部，卷六）

　　陛：升高階也。从𨸏坒聲。（𨸏部，卷十四）

　　七：相與比敘也。从反人。七，亦所以用比取飯，一名柶。凡七之
　　　　屬皆从七。（七部，卷八）

　　例：比也。从人𠛱聲。（人部，卷八）

多以「次」、「階」、「比」為常用訓釋詞。

（九十三）凡含銜嗛之義

　　此義類之語原字，如古韻皆在第二部的：

　　鑣：馬銜也。从金麃聲。（金部，卷十四）

第五部的：

　　咀：含味也。从口且聲。（口部，卷二）

第七部的：

　　嗛：口有所銜也。从口兼聲。（口部，卷二）

　　銜：馬勒口中。从金从行。銜，行馬者也。（金部，卷十四）

　　欦：含笑也。从欠今聲。（欠部，卷八）

　　含：嗛也。从口今聲。（口部，卷二）

　　噆：嗛也。从口朁聲。（口部，卷二）

多以「銜」、「含」、「嗛」為常用訓釋詞。

（九十四）凡喘息之義

　　此義類之語原字，如古韻皆在第一部的：

　　噫：飽食息也。从口意聲。（口部，卷二）

第十五部的：

　　呬：東夷謂息爲呬。从口四聲。《詩》曰：「犬夷呬矣。」（口部，卷二）

　　喟：大息也。从口胃聲。（口部，卷二）

　　齂：臥息也。从鼻隶聲。讀若虺。（鼻部，卷四）

　　眉：臥息也。从尸、自。（尸部，卷八）

　　霢：見雨而比息。从覞从雨。讀若欷。（覞部，卷八）

多以「息」爲常用訓釋詞。

（九十五）凡污濁之義

　　此義類之語原字，如古韻皆在第四部的：

　　垢：濁也。从土后聲。（土部，卷十三）

　　窊：污窬也。从穴瓜聲。朔方有窊渾縣。（穴部，卷七）

第五部的：

　　淤：澱滓，濁泥。从水於聲。（水部，卷十一）

　　洿：濁水不流也。一曰窊下也。从水夸聲。（水部，卷十一）

　　宎：污衺，下也。从穴瓜聲。（穴部，卷七）

　　汙：薉也。一曰小池爲汙。一曰涂也。从水于聲。（水部，卷十一）

第十五部的：

　　潿：不流濁也。从水圍聲。（水部，卷十一）

　　混：濁也。从水屈聲。一曰滑泥。一曰水出皃。（水部，卷十一）

　　衊：污血也。从血蔑聲。（血部，卷五）

多以「濁」、「污」爲常用訓釋詞。

（九十六）凡飲食歠嘗之義

　　此義類之語原字，如古韻皆在第七部的：

　　欱：歠也。从欠合聲。（欠部，卷八）

　　歙：歠也。从欠酓聲。凡歙之屬皆从歙。（歙部，卷八）

　　啗：食也。从口舀聲。讀與含同。（口部，卷二）

猰：犬食也。从犬从舌。讀若比目魚鰈之鰈。（犬部，卷十）

第八部的：

䶌：歠也。从舌沓聲。（舌部，卷三）

歃：歠也。从欠臿聲。《春秋傳》曰：「歃而忘。」（欠部，卷八）

第十部的：

饗：鄉人飲酒也。从食从鄉，鄉亦聲。（食部，卷五）

第十四部的：

湶：飲歠也。一曰吮也。从水算聲。（水部，卷十一）

第十五部的：

啜：嘗也。从口叕聲。一曰喙也。（口部，卷二）

嚌：嘗也。从口齊聲。《周書》曰：「大保受同祭嚌。」（口部，卷二）

第十六部的：

灰：歠也。从次厂聲。讀若移。（次部，卷八）

洍：飲也。从水弭聲。（水部，卷十一）

多以「歠」、「食」、「飲」、「嘗」爲常用訓釋詞。

（九十七）凡芳香之義

此義類之語原字，如古韻皆在第十二部的：

蔉：香蒿也。从艸臤聲。（艸部，卷一）

苾：馨香也。从艸必聲。（艸部，卷一）

飶：食之香也。从食必聲。《詩》曰：「有飶其香。」（食部，卷五）

第十三部的：

芬：艸初生，其香分布。从屮从分，分亦聲。（屮部，卷一）

薰：香艸也。从艸熏聲。（艸部，卷一）

蕡：雜香艸。从艸賁聲。（艸部，卷一）

棼：香木也。从木芬聲。（木部，卷六）

多以「香」爲常用訓釋詞。

（九十八）凡穜植立之義

此義類之語原字，如古韻皆在第一部的：

　　稙：早種也。从禾直聲。《詩》曰：「稙稚尗麥。」（禾部，卷七）

　　蒔：更別種。从艸時聲。（艸部，卷一）

　　植：户植也。从木直聲。（木部，卷六）

第四部的：

　　豎：豎立也。从臤豆聲。（臤部，卷三）

　　尌：立也。从壴从寸，持之也。讀若駐。（壴部，卷五）

　　侸：立也。从人豆聲。讀若樹。（人部，卷八）

　　樹：生植之總名。从木尌聲。（木部，卷六）

第九部的：

　　穜：埶也。从禾童聲。（禾部，卷七）

　　種：先穜後孰也。从禾重聲。（禾部，卷七）

　　壅：種也。一曰内其中也。从土㙜聲。（土部，卷十三）

第十五部的：

　　埶：種也。从坴、丮。持亟種之。《書》曰：「我埶黍稷。」（丮部，卷三）

多以「穜」、「種」、「立」、「植」為常用訓釋詞。

（九十九）凡圓圜之義

此義類之語原字，如古韻皆在第十三部的：

　　圓：圜全也。从囗員聲。讀若員。（囗部，卷六）

　　紃：圜采也。从糸川聲。（糸部，卷十三）

第十四部的：

　　簞：圜竹器也。从竹專聲。（竹部，卷五）

　　槫：圜案也。从木專聲。（木部，卷六）

　　團：圜也。从囗專聲。（囗部，卷六）

圓：天體也。从囗睘聲。(囗部，卷六)

丸：圓，傾側而轉者。从反仄。凡丸之屬皆从丸。(丸部，卷九)

摶：圓也。从手專聲。(手部，卷十二)

多以「圓」爲常用訓釋詞。

（一〇〇）凡數量計算之義

此義類之語原字，如古韻皆在第四部的：

斞：量也。从斗臾聲。《周禮》曰：「黍三斞。」(斗部，卷十四)

數：計也。从攴婁聲。(攴部，卷三)

第十四部的：

揣：量也。从手耑聲。度高曰揣。一曰捶之。(手部，卷十二)

筭：長六寸。計歷數者。从竹从弄。言常弄乃不誤也。(竹部，卷五)

第十六部的：

諫：數諫也。从言柬聲。(言部，卷三)

攦：數也。从攴麗聲。(攴部，卷三)

第十七部的：

娞：量也。从女朶聲。(女部，卷十二)

多以「量」、「計」、「數」爲常用訓釋詞。

上述一百項義類的常用訓釋字詞爲：「盛」、「茂」、「多」、「厚」、「重」、「肥」、「眾」、「滿」、「益」、「飽」、「饒」、「溢」、「富」、「猒」、「增」、「叢」、「凝」、「聚」、「積」、「藏」、「績」、「大」、「高」、「廣」、「長」、「粗」、(「長」)、「冥」、「深」、「久」、「遠」、「腫」、「癰」、「空」、「谷」、「通」、「孔」、「極」、「顛（顚）」、「頂」、「疾」、「走」、「急」、「跳」、「躍」、「彊」、「堅」、「完」、「全」、「雜」、「亂」、「狂」、「覆」、「蓋」、「張」、「開」、「祖」、「解」、「合」、「會」、「同」、「並（并）」、「縫」、「連」、「分」、「判」、「裂」、「別」、「刻」、「切」、「劖」、「斫」、「斷」、「殺」、「敗」、「傷」、「毀」、「害」、「穿」、「貫」、「擊」、「擣」、「推」、「排」、「擠」、「齧」、「噍」、「持」、「把」、「握」、「取」、「捕」、「拾」、「束」、「回」、「轉」、「捏」、「抒」、「舉」、「引」、「進」、「小」、「少」、「細」、「耑」、

「末」、「利」、「銳」、「飛」、「輕」、「浮」、「好」、「美」、「善」、「樂」、「說」、
「喜」、「直」、「莖」、「交」、「文」、「安」、「曲」、「屈」、「戾」、「不正」、「傾」、
「側」、「痛」、「憂」、「驚」、「懼」、「呼」、「吹」、「鳴」、「下」、「垂」、「流」、
「落」、「沒」、「基」、「根」、「本」、「始」、「敬」、「慎」、「謹」、「止」、「待」、
「礙」、「不行」、「隨」、「從」、「順」、「循」、「治」、「理」、「炙」、「燒」、「熱」、
「溫」、「乾」、「洒」、「滌」、「漸」、「蹈」、「踐」、「動」、「搖」、「不定」、「見」、
「視」、「察」、「閉」、「黑」、「不明」、「不見」、「白」、「明」、「光」、「癡」、「愚」、
「行」、「兼」、「重」、「寒」、「器」、「匱」、「囊」、「藏」、「苑」、「邦」、「國」、
「塞」、「蔽」、「隔」、「棄」、「除」、「刮」、「去」、「盡」、「滅」、「平」、「齊」、
「赤」、「逆」、「屰」、「不順」、「匡」、「邊」、「崖」、「助」、「輔」、「吉」、「福」、
「网」、「罟」、「頓」、「跋」、「寄」、「託」、「越」、「渡」、「絲」、「縷」、「綏」、
「索」、「更」、「變」、「違」、「去」、「貪」、「欲」、「和」、「調」、「至」、「醜」、
「惡」、「半」、「差」、「不齊」、「遇」、「逢」、「迎」、「次」、「階」、「比」、「銜」、
「含」、「嗛」、「息」、「濁」、「污」、「歠」、「食」、「飲」、「嘗」、「香」、「種」、
「種」、「立」、「植」、「圓」、「量」、「計」、「數」共 266 個，數量大抵和斯瓦
迪士核心詞表二百零七個與鄭張尚芳的三百個接近。

上述所分之類例，表示如下：

序號	語原義類	訓釋常用字詞	最常用訓釋字〔註89〕
1	凡茂盛之義	盛、茂	「盛」、「茂」
2	凡眾多厚重之義	多、厚、重、肥、眾	「多」、「厚」、「重」、「肥」、「眾」
3	凡增益飽滿饒富加之義	滿、益、飽、饒、溢、富、猒、增、加	「滿」、「益」、「飽」、「饒」、「溢」、「富」、「猒」、「增」
4	凡叢聚積鬱藏緝之義	叢、凝（冰）、聚、積、藏、會、績、緝、（鬱）	「叢」、「凝」、「聚」、「積」、「藏」、「績」
5	凡高大廣博豐寬之義	寬、大、高、廣、廡、長、豐、丘、苛、敷（敶）	「大」、「高」、「廣」、「長」
6	凡粗疏之義	粗、疏	「粗」
7	凡長久深遠幽冥之義	長、冥、深、久、遠、隱、幽	「長」、「冥」、「深」、「久」、「遠」

〔註89〕最常用者乃左欄所歸納，故其未入「最常用」一欄者，則為「次常用」。

8	凡癰腫之義	腫、癰	「腫」、「癰」
9	凡虛空溝谷之義	空、谷、通、溝、虛、孔、洞	「空」、「谷」、「通」、「孔」
10	凡顛頂極棟之義	棟、頭、首、極、顛（顚）、頂	「極」、「顛（顚）」、「頂」
11	凡疾速趨走之義	疾、趣、走、趨、急	「疾」、「走」、「急」
12	凡跳躍之義	跳、躍、蹠	「跳」、「躍」
13	凡堅強剛健之義	彊、健、堅、勇	「彊」、「堅」
14	凡完全之義	完、全（仝）	「完」、「全」
15	凡雜亂狂妄疑惑讙譁煩擾之義	亂、擾（擾）、雜、讙、狂、惑、譁	「雜」、「亂」、「狂」
16	凡覆蓋袠裏之義	覆、裏、蓋（葢）	「覆」、「蓋」
17	凡開張釋解袒裼之義	張、解、開、袒	「張」、「開」、「袒」、「解」
18	凡會合共同糾并皆俱之義	合、會、皆、同、共、併、竝、結	「合」、「會」、「同」、「並（并）」
19	凡縫補連綴續接之義	縫、連、綴、續、補、繼	「縫」、「連」
20	凡分裂析判剡坼辨別之義	分、判、坼、裂、別（刡）、剡、析	「分」、「判」、「裂」、「別」
21	凡刻鏤切剟之義	鏤、刻	「刻」、「切」、「剟」
22	凡斷絕殺斫刈折之義	斷、殺、斫、絕、截（㪗）、折、摧	「斫」、「斷」、「殺」
23	凡傷害敗壞破碎毀缺之義	敗、傷、毀、弊（獘）、壞、缺、害、賊、謗、誹、破、碎	「敗」、「傷」、「毀」、「害」
24	凡貫穿之義	穿、貫	「穿」、「貫」
25	凡敲擊舂擣之義	擊（撽）、擣、舂、推	「擊」、「擣」、「推」
26	凡推排擠抵之義	推、排、擠	「排」、「擠」
27	凡噬齧嚼之義	齧、嚼	「齧」、「嚼」
28	凡把握丮持之義	握、持、撫、捽	「持」、「把」、「握」
29	凡捕捉取得收獲掇拾提挈之義	取、得、捕、拾、收	「取」、「捕」、「拾」
30	凡約束纏繞回轉之義	約、纏、束、斂、收、轉、回、絜（潔）	「束」、「回」、「轉」
31	凡挹抒之義	挹、抒、枓、挏	「挹」、「抒」

32	凡抽舉援引登進突出之義	舉（舉、擧）、出、引、進、上（丄）、登、援、突、曳	「舉」、「引」、「進」
33	凡細小微少柔弱減損之義	小、短、細、少、弱、微、薄、損、柔、減、淺	「小」、「少」、「細」
34	凡耑末芒之義	耑、末、芒（芅）	「耑」、「末」
35	凡銳利之義	利、銳	「利」、「銳」
36	凡輕浮飛萍之義	飛、輕、浮	「飛」、「輕」、「浮」
37	凡美好嘉善精巧之義	好、美、善（譱）、巧	「好」、「美」、「善」、「樂」
38	凡和說快樂歡喜之義	說、樂、喜	「說」、「喜」
39	凡莖直之義	莖、直	「直」、「莖」
40	凡交錯文章之義	文、交、錯、章（彰）	「交」、「文」
41	凡安定之義	安、撫	「安」
42	凡屈曲戾之義	曲、屈、戾、詘	「曲」、「屈」、「戾」
43	凡偏衺傾側不正之義	側、傾、不正、仄、衺、旁（旁）	「不正」、「傾」、「側」
44	凡痛恨憂愁之義	痛、憂（惪）、愁、怒、恨、惡、怨	「痛」、「憂」
45	凡驚懼惶恐之義	驚、懼、恐	「驚」、「懼」
46	凡呼號吹鳴之義	呼（評）、吹、鳴、號	「呼」、「吹」、「鳴」
47	凡落下陷沒之義	流（潄）、下（丅）、入、陷、落、「垂」、「沒」	「下」、「垂」、「流」、「落」、「沒」
48	凡初始根基本原之義	基、初、始、根、本	「基」、「根」、「本」、「始」
49	凡恭敬謹慎警戒之義	警、誡、謹、敬、肅、慎（愼）	「敬」、「慎」、「謹」
50	凡待止礙不行之義	止、待、不行、礙	「止」、「待」、「礙」、「不行」
51	凡順從服循之義	隨、從（从）、服、順、循	「隨」、「從」、「順」、「循」
52	凡治理之義	治、理	「治」、「理」
53	凡燒灼溫熱乾燥之義	炙、熱、灼、乾、燥、燒	「炙」、「燒」、「熱」、「溫」、「乾」
54	凡洒滌淅潽之義	洒、滌、淅、潽	「洒」、「滌」、「淅」
55	凡蹈踐之義	踐、蹈	「蹈」、「踐」

56	凡搖顫振動不定之義	顫、搖、動、不定	「動」、「搖」、「不定」
57	凡視察望見之義	視、見、望（望）、省、察	「見」、「視」、「察」
58	凡關閉之義	閉、關	「閉」
59	凡黑暗昏晚之義	黑、冥、莫	「黑」
60	凡不明不見之義	（目）不明、（目）不見	「不明」、「不見」
61	凡鮮白光明之義	白、鮮、明（晛）、光	「白」、「明」、「光」
62	凡癡愚之義	癡、騃、愚、戇	「癡」、「愚」
63	凡行之義	行	「行」
64	凡兼重二之義	兼、二、重	「兼」、「重」
65	凡寒凍之義	寒、凍	「寒」
66	凡器缶之義	器、匋、缶	「器」
67	凡囊篋柙匲檻櫳倉庫之義	藏、匲、囊、室、篋（匧）、檻	「匲」、「囊」、「藏」
68	凡邦城牢苑之義	邦、苑、國、圈	「苑」、「邦」、「國」
69	凡壅塞遮蔽屏藩之義	窒、塞、遮、垣、隔、蔽	「塞」、「蔽」、「隔」
70	凡棄除刮去之義	棄、除、拭、刮、去	「棄」、「除」、「刮」、「去」
71	凡終盡死滅之義	盡、滅、死、終	「盡」、「滅」、「平」
72	凡齊平等之義	齊、平、等	「齊」
73	凡朱赤之義	赤	「赤」
74	凡捂屰之義	捂、屰、不順	「逆」、「屰」、「不順」
75	凡邊厓之義	厓、崖、邊（邊）	「厓」、「邊」、「崖」
76	凡輔助之義	助、輔、左	「助」、「輔」
77	凡吉福之義	吉、福	「吉」、「福」
78	服网罟之義	网、罟	「网」、「罟」
79	凡跋跂頓仆之義	頓、絆、跂、跋	「頓」、「跋」
80	凡寄託之義	寄、託	「寄」、「託」
81	凡踰越之義	越、渡	「越」、「渡」
82	凡繩索綵縷之義	索、繩、縷、絲、絮、維	「絲」、「縷」、「綵」、「索」
83	凡變更之義	更、變	「更」、「變」
84	凡去違之義	違、乖（菲）、去	「違」、「去」
85	凡貪欲之義	貪、欲	「貪」、「欲」
86	凡調和之義	和（龢）、調	「和」、「調」

87	凡至到之義	至	「至」
88	凡醜惡之義	醜、惡	「醜」、「惡」
89	凡半之義	半	「半」
90	凡參差不齊之義	差、不齊、參（曑）	「差」、「不齊」
91	凡迎遇之義	遇、迎、逢	「遇」、「逢」、「迎」
92	凡次比階陛之義	次、比、階、陛	「次」、「階」、「比」
93	凡含銜嗛之義	銜、嗛、含	「銜」、「含」、「嗛」
94	凡喘息之義	息	「息」
95	凡污濁之義	污、濁	「濁」、「污」
96	凡飲食歠嘗之義	歠、食、飲（歙）、嘗、歃	「歠」、「食」、「飲」、「嘗」
97	凡芳香之義	香、芳	「香」
98	凡穜植立之義	穜（種）、立、植	「穜（種）」、「立」、「植」
99	凡圓圜之義	圜	「圜」
100	凡數量計算之義	量、數	「量」、「計」、「數」

三、核心詞義類與語原義類之比較

（一）核心詞在《說文解字》語原之義類比較

試將上述三種核心詞彙與語原義類常用訓釋字詞進行比較，可以發現核心詞彙在《說文解字》的常用訓釋字詞之詞義有相近者，有別異者。

1、詞義相近者

核心詞中描述動作的「喝　drink」（喝*）、[喝、「吃　eat」（吃）、[吃]，在《說文解字》語原義類的訓釋詞常以「歠」、「食」、「飲（歙）」、「嘗」為訓釋字詞。而同樣關係到口、嘴動作的「咬　bite」（咬）、[咬]在《說文解字》訓釋詞中常以「齧」、「噍」為訓。

描述攻擊動作的「殺　kill」（殺*）、[殺]、「擊　hit」、「刺　stab」、（砍）等，在《說文解字》則常以「切」、「剡」、「斫」、「斷」、「殺」為訓。

描述分裂動作的核心詞「分　split」、「切　cut」、（剝）、（裂），在《說文解字》中以「凡分裂析判剝坼辨別之義」的「分」、「判」、「裂」、「別」和「凡刻鏤切剝之義」的「刻」、「切」、「剝」為常用訓釋字詞。

核心詞中描述形態的詞彙如「多　many」（多）、「寬　wide」（寬）、「厚

thick」（厚）、「重　heavy」（重＊）、「滿　full」（滿）、（肥）等，在《說文解字》中則分別在「凡眾多厚重之義」、「凡增益飽滿饒富加之義」兩個語原義類中，以「多」、「厚」、「重」、「肥」、「眾」、「滿」、「益」、「飽」、「饒」、「溢」、「富」、「猒」、「增」爲常用訓釋字詞。

描述短小微少形態的核心詞如「小　small」（小）、「短　short」（短）、「窄narrow」（窄）、「少　few」（少）、「薄　thin」（薄）、（瘦）等，在《說文解字》中則常以「凡細小微少柔弱減損之義」的「小」、「少」、「細」爲訓。

描述直、圓形態的「直　straight」（直）、「圓　round」（圓），在《說文解字》則常以「莖」、「直」與「圜」爲訓。

2、詞義別異者

在描述情緒引發的動作詞彙，核心詞皆以動作爲詞，像是「笑　laugh」（笑、笑），但是《說文解字》則以情緒的形容詞爲常用訓釋詞，如「樂」、「說（悅）」、「喜」。

描述物體尖銳形態的核心詞如「尖　sharp」，在漢語的核心詞與《說文解字》常用訓釋詞則多用「利」、「銳」。

描述顏色的核心詞如「紅　red」、「綠　green」、「黃　yellow」、「白　white」、「黑　black」、（藍＊），在《說文解字》的語原義類上，只有「黑」、「白」和「赤」三種顏色所引伸出的語義詞群，例如「黑」、「冥」、「莫」爲常用訓釋字詞的「黑暗昏晚」義類；以「白」、「明（朙）」、「光」爲常用訓釋字詞的「鮮白光明」義類；以「赤」爲常用訓釋字詞的「朱赤」義類。

在核心詞中表示身體、頭部、四肢的「頸　neck」、「頭　head」、「鼻nose」、「口　mouth」、「牙　tooth」、「手　hand」（手＊、臂、肘）、「腳　foot」（腳＊）、「腿　leg」（腿）、「膝　knee」（膝）、「背　back」等實體詞，在《說文解字》語原義類中的常用訓釋字詞中，只有其引申出來的性狀詞，如「癰腫之義」的「腫」、「癰」；「顛頂極棟之義」的「頭」、「首」、「極」、「顛（顚）」、「頂」；「疾速趨走之義」的「疾」、「趣」、「走」、「趨」；「跳躍之義」的「跳」、「躍」；「噬齧嚘之義」的「齧」、「嚘」；「把握扎持之義」的「握」、「持」、「撫」、「捽」；「捕捉取得收獲掇拾提挈之義」的「取」、「得」、「捕」、「拾」、「收」；「交錯文章之義」的「文」、「交」、「錯」；「偏衺傾側不正之義」的「側」、「傾」、

「不正」、「仄」、「衺」等。

　　另外核心詞中的天文、地理地物、雜物器物、植物食品、蟲魚鳥獸等詞，均不見於《說文解字》語原義類的常用訓釋字詞，但是覆考龍仕平「《說文解字》訓釋語常用詞名詞詞表」所歸納之常用訓釋字詞，前述的核心身體詞及其他各類事物的實體核心詞，如「鼻」、「臂」、「腹」、「頸」、「口」、「狗」、「果」、「水」、「河」、「山」、「角」、「金」、「皮」、「日」、「月」等，皆見於《說文解字》常用的訓釋詞語。此外數詞、人稱、指稱詞，由於本身爲假借之性質，所以無法表現在以語原爲義類依據的常用訓釋字詞群中，所以不見於這一百類中所歸納的二百六十六個常用訓釋字詞中。

　　透過核心詞與語原義類常用訓釋字詞的比較，其所近同者，可以看出《說文解字》所含納的漢語，並非只是經學典籍的書面用語，所包含的詞彙，其實就是先秦至兩漢的漢語詞彙。其訓解的常用字詞義類，則與語言學者所歸納核心字詞之義類大多相合。故從《說文解字》語原義類所歸納出來的常用訓釋字詞，實際上和核心字詞的性質與關係很接近，都呈現出人類生活所接觸的日月山川、蟲魚鳥獸所引申出的性狀和人身動態的語義內容。

　　語原義類的常用訓釋字詞的語義變化，實際上就是觀察漢語核心字詞的詞義演變與構詞最佳的材料。下節便著眼於這些常用訓釋字詞的類型與關係，進行內涵與性質的探討。

第三節　《說文解字》語原義類詞義與構詞類型與關係

　　本節延續上節對《說文解字》語原義類常用訓釋詞的探討，針對一百項義類中之常用訓釋字詞群，本身之性質與形態，進行類型分析與關係研究。

　　語原義類的常用訓釋詞，因其本身存在同一語原的聲義關係，故其於東漢以後，複合詞大量出現的詞彙演進史上也扮演著一個重要的演變角色。主要是同一語原的同族詞，其本身也具有訓詁詞義關係，以常用訓釋詞作爲構詞要素，彼此或者互訓，或者近義，或者反義，皆有構成複合詞的可能性，故本節第二部分主要就常用訓釋詞，其在同族複合詞之構詞的類型與關係，進行分析與討論，以探明語原義類常用訓釋詞的詞義演變，以及構詞組合之類型與關係。

一、語原義類常用訓釋字詞語義關係釋例

（一）語原義類常用訓釋字詞類型

1、常用訓釋字詞為語原字

此類意指在《説文解字》語原義類中的常用訓釋字詞，其本身也為該語原義類的語原字，例如「凡茂盛之義」的「茂」，古韻在第三部，古聲為明紐，「凡茂盛之義，古韻常以第七部、一部、三部、十二部與十五部表之。……若其古聲則常以影紐、舌音與脣音表之。」〔註90〕「茂」字明紐，乃屬脣音，並為茂盛之義之語原常見之第三部。

另如「凡眾多厚重之義」中的「厚」、「重」、「眾」、「肥」、「多」，「凡眾多厚重之義，古韻常以十五部、三部與七部表之，……而古聲則常以舌音與影紐表之。」〔註91〕考「厚」為匣紐，第四部；「眾」、「重」分別為端紐、定紐，第九部；「肥」為並紐，第十五部；「多」為端紐，第十七部，只有肥字在該義類常見之韻部，其餘雖沒有出現在常見之韻部與聲紐，但是其本身多見於第三部、第七部、第十五部作為訓釋字詞，例如第七部的：

涵：水澤多也。（水部，卷十一）

喦：多言也。（品部，卷二）

伙：眾立也。（伙部，卷八）

喦：眾口也。（品部，卷三）

常見「多」、「眾」之語原字為訓。又如第三部的：

毒：厚也。（屮部，卷一）

腹：厚也。（肉部，卷四）

筶：厚也。（言部，卷五）

灃：澤多也。（水部，卷十一）

蟲：多足蟲也。（蚰部，卷十三）

稠：多也。（禾部，卷七）

〔註90〕董俊彥：《説文語原義類之分析研究》（臺北：國立臺灣師範大學國文研究所碩士論文，1971年），頁6。

〔註91〕同前註，頁14。

常以「厚」、「多」之語原字爲訓。

「凡和說快樂歡喜之義」之常用訓釋字詞「喜」字在古音第一部，曉紐，「說」字在古音第十五部，透紐又影紐，「凡和說快樂歡喜之義，古韻常以第一部與第十五部表之，一部與十五部，段氏韻部乖隔，然依表觀之，第一部與第十五部疑音近可通，而古聲則常以喉音表之。」〔註92〕考「喜」、「說」二常用訓釋詞，本身也爲語原字，並常爲該義類之語原字之訓，如第一部的：

　　　台：說也。（口部，卷二）

　　　憙：說也。（喜部，卷五）

　　　娭：說樂也。（女部，卷十二）

　　　歖：卒喜也。（欠部，卷八）

第十五部的：

　　　快：喜也。（心部，卷十）

　　　嗜：嗜欲，喜之也。（口部，卷二）

　　　兌：說也。（儿部，卷八）

「凡莖直之義」的常用訓釋字詞「直」、「莖」，本身也爲語原字，「凡莖直之義，古韻常以第十一部表之，古聲則常以匣紐與見紐表之。」〔註93〕查該語原義類第十一部之字如：

　　　綆：直也。（糸部，卷十三）

　　　莛：莖也。（艸部，卷一）

皆以「莖」、「直」爲訓。

其餘如「凡交錯文章之義」之「交」、「文」；「凡安定之義」之「安」、「撫」；「凡屈曲戾之義」之「屈」、「詘」、「戾」；「凡偏衺傾側不正之義」之「側」、「傾」、「仄」；「凡痛恨憂愁之義」之「憂（惪）」、「愁」、「痛」、「恨」、「怨」；「凡驚懼惶恐之義」之「懼」、「驚」；「凡呼號吹鳴之義」之「號」、「鳴」、「吹」；「凡落下陷沒之義」之「流（㳑）」、「落」、「入」、「沒（沒）」；「凡初始根基本原之義」之「基」、「初」、「根」、「本」、「始」等等，其在語原義類中不僅

〔註92〕董俊彥：《說文語原義類之分析研究》，頁231。

〔註93〕同前註，頁235。

為常用訓釋字詞，本身也為語原字，可見常用訓釋字詞本身具有聲義關係者甚夥，其聲音的關聯性同時也反映在語義相類的層面。

2、常用訓釋字詞非語原字

在《說文解字》語原義類中也有一種本身雖為常用訓釋字詞，但卻不屬於該語原義類的語原字，例如上例所述之「茂盛之義」中的「盛」，古韻在第十二部，本義為「黍稷在器中已祀者也。」段注：

> 引伸為凡豐滿之偁。今人分平去古不分也，如《左傳》盛服將朝，
>
> 盛音成，本亦作成。

其引申義與艸茂之義位產生交集，故非該義類之語原字，但許慎訓釋字詞常有以引申義為常用之訓者，「盛」字即此類之例。

再如「和說快樂歡喜之義」中之「樂」字，本義為「五聲八音總名。」段注：

> 樂之引伸為哀樂之樂。

同「盛」之例，許慎以「樂」之引申義，作為「和說快樂歡喜之義」語原義類諸字之常用訓釋詞。

又如「交錯文章之義」之「錯」、「章（彰）」，「錯」本義為「金涂也。」段注：

> 或借為措字。措者，置也。或借為摩厝字。厝者，厲石也。或借為这
>
> 迺字。
>
> 東西曰这，邪行曰迺也。

此處「錯」之假借義位和「交錯文章之義」之語原字相涉，本字應為「迺」，《說文解字》：

> 迺：迹迺也。（辵部，卷二）

段注：

> 〈小雅〉：獻醻交錯。毛曰：東西為交，邪行為錯。《儀禮》：交錯以
>
> 辯。
>
> 旅酬行禮，一这一迺也。

可知「交錯」之義，乃從「辵」之「迺」字之引申義，但是該義位之字位，見

諸經籍文獻，如《詩經》、《儀禮》等，皆以从「金」之「錯」這個假借字爲常用訓釋字詞，至漢代該交錯義仍爲常用字位，故許愼訓釋如：

　　叉：手指相錯也。（又部，卷三）

　　毅：相雜錯也。（殳部，卷三）

　　轖：車籍交錯也。（車部，卷十四）

皆以假借字「錯」爲常用訓釋字詞。

　　「凡屈曲戻之義」中之常用訓釋字詞「曲」，非該語原義類之語原字，其本義「象器曲受物之形也。」段注：

　　引申之爲凡委曲之稱，不直曰曲。

其引申義位與「屈曲戻」相合，先秦經籍中如：

　　予髮曲局、薄言歸沐。（《詩經·小雅·采綠》）

　　火曰炎上，木曰曲直，金曰從革，土爰稼穡。潤下作鹹，炎上作苦，

　　曲直作酸，從革作辛，稼穡作甘。（《尚書·洪範》）

言屈戻之義，常用「曲」之詞，許愼訓釋曲直之義，也多以「曲」之引申義爲訓釋字詞。

　　「凡偏衺傾側不正之義」之次常用訓釋字「旁（旁）」也非其義類之語原字，「旁（旁）」《說文解字》訓作：「溥也。」段注：

　　司馬相如〈封禪文〉曰：旁魄四塞。張揖曰：旁，衍也。《廣雅》曰：

　　旁，大也。按旁讀如滂與溥雙聲。後人訓側其義偏矣後人訓側其義

　　偏矣。

「凡偏衺傾側不正之義，古韻常以十六部、十七部及十五部表之，十五部、十六部、十七部，段氏所併之第六類也，故第六類常表偏衺傾側不正之義，而其古聲則常以影紐、精紐、牙音與脣音表之。」〔註94〕考「旁（旁）」字方聲，上古屬脣音，古韻爲第十部，聲音有關，但韻部尚遠，不屬於該語原義類之字可證，許愼以「旁」爲「偏衺傾側不正」語原義類之訓者，如：

　　䁒：目旁毛也。（目部，卷四）

〔註94〕董俊彥：《說文語原義類之分析研究》，頁257。

側：旁也。（人部，卷八）

覘：窺視也。（見部，卷八）

披：从旁持曰披。从手皮聲。（手部，卷十二）

閞：門旁戶也。（門部，卷十二）

輢：車旁也。（車部，卷十四）

其義位乃「邊旁」之義，與「偏衰傾側不正」之語原義「側」所引申而出。

其餘非語原字但為常用訓釋字詞者，還有「凡痛恨憂愁之義」之「惡」；「凡呼號吹鳴之義」之「呼」；「凡落下陷沒之義」之「下」、「陷」等。

3、語原字以常用訓釋字詞為訓

此類字詞本身不僅為常用訓釋字詞，同時也為語原字，其也被該義類之常用訓釋字詞訓解，例如「凡和說快樂歡喜之義」之「喜」，以該義類次常用之「樂」訓之。

「凡交錯文章之義」之「交」訓「交脛也。」「文」訓「錯畫也。」皆以該義類之常用訓釋字詞「交」、「錯」為訓。

「凡安定之義」之「撫」，以該義類常用訓釋字詞「安」為訓。其餘如「凡屈曲戾之義」之「詘」訓「詰詘也。一曰：屈襞。」、「戾」訓「曲也。」；「凡痛恨憂愁之義」之「慁」訓「愁也。」、「愁」訓「憂也。」、「恨」訓「怨也。」；「凡驚懼惶恐之義」之「懼」訓「恐也。」、「恐」訓「懼也。」；「凡呼號吹鳴之義」之「號」訓「呼也。」；「凡落下陷沒之義」之「落」訓「凡艸曰零、木曰落」；「凡初始根基本原之義」之「基」訓「牆始也。」、「始」訓「女之初也。」、「初」訓「始也。」；「凡順從服循之義」之「循」訓「行順也。」、「隨」訓「从也。」等，有以本字為訓者如「交」、「詘」、「落」；有互相為訓者如「懼」、「恐」；有遞相為訓者如「基」、「始」、「初」。

4、語原字不以常用訓釋字詞為訓

語原字中也有不以該義類之常用訓釋字詞為訓者，例如「凡莖直之義」之「直」訓解為「正見也。」、「莖」訓解為「枝柱也。」其餘如「凡安定之義」之「安」訓解為「靜也。」「凡屈曲戾之義」之「屈」訓解為「無尾也。」「凡痛恨憂愁之義」之「痛」訓「病也。」、「怨」訓「恚也。」「凡驚懼惶恐之義」

之「驚」訓「馬駭也。」「凡呼號吹鳴之義」之「鳴」訓「鳥聲也。」、「吹」訓「出气也。」「凡落下陷沒之義」之「流（㳅）」訓「水行也。」、「入」訓「內也。」、「沒」訓「沈也。」「凡初始根基本原之義」之「根」訓「木株也。」「凡順從服循之義」之「順」訓「理也。」等，析其本字與訓解義，多以該字之形義構造之本義爲訓，王筠在《說文釋例》中云：

　　故其說義也，必與形相比附。（《說文釋例》，卷一）〔註95〕

張聯榮指出：「『始』是一個抽象的概念，加上分別之詞『之』以後，構成了一個『某某之始』的格式，成爲一個比較具體的概念。這樣一種釋義的根據是字形，換句話說，這是由字形結構顯示出來的一種直觀意義，我們把這樣的意義稱作字形義。字形義在《說文》是大量的。」〔註96〕這種字形義的解釋如上述的例如「屈」、「驚」、「鳴」，皆以其直觀之意義爲訓，而不以經引申之常用訓解詞義爲訓。張聯榮又提到：「字形義既是由字形結構顯示出來的意義，那麼是不是就是詞義呢？……語言的產生既在文字之先，那麼一個詞出現的時候，對造字來說，是如何通過字形去顯示那個詞義。概括和抽象是詞義的根本特徵之一，要通過具體的直觀的字形去體現就有相當的難度。……字形義與詞義是兩個不同的概念，應當加以區分。」〔註97〕本文考察《說文解字》之常用訓釋字詞，以語原義類之常用訓釋字詞爲主要觀察對象，其實便析解出許愼解釋文字以字形義和詞義訓釋的差別。在考慮文字構形的立場，許愼存在著依形立釋的部分，同時也呈現出使用該字之「引申義」、「假借義」爲訓的情形，這種情況反映在語原義類的常用訓釋字詞中是很常見的現象。只要從訓釋字詞之語原義類進行分析，便可以看出許愼訓解文字，還是相應於漢語語義實際的使用與變化狀況，所以文獻中用「錯」言「交錯」之義，許愼也用「錯」訓解具交錯義之字詞，而非以「遣」爲訓釋字位，順應了語言文字使用的實況。

（二）語原義類常用訓釋字詞群之關係

　　依前述之字例所析之類型，實可進一步探討該常用訓釋字詞群，彼此之間

〔註95〕〔清〕王筠：《說文釋例》（北京：中華書局，1987年）。

〔註96〕張聯榮：《古漢語詞義論》（北京：北京大學出版社，2000年），頁102。

〔註97〕同前註，頁104。

的詞義關係與文字關係,茲分述如下:

1、詞義關係

蔣紹愚提到:「同義詞和反義詞是詞的聚合關係中的特殊的兩類。同義詞和反義詞的研究在古漢語的閱讀和研究中有著重要的作用。」〔註98〕《說文解字》所歸納出的語原義類,其同義與反義關係,實際上也呈現在常用訓釋字詞彼此之訓詁解釋中。

(1)同 義

張永言對「同義詞」的定義是:「同義詞就是語音不同,具有一個或幾個類似意義的詞。這些意義表現同一個概念,但在補充意義、風格特徵、感情色彩以及用法(包括跟其他詞的搭配關係)上則可能有所不同。」〔註99〕蔣紹愚進一步解釋道:「(1)同義詞是幾個詞的某一個或某幾個義位相同,而不是全部義位都相同。(2)同義詞只是所表達的概念(即理性意義)的相同,而在補充意義(即隱含意義)、風格特徵、感情色彩、搭配關係等方面卻不一定相同。」〔註100〕在這種判斷標準之下,兩個義位是否同義,在於可否互相替換,所以說互訓之字大部分都可能是同義詞。

在同一個語原義類底下,例如「凡邦城牢苑之義」中的常用訓釋字詞「邦」、「苑」、「國」、「圈」中之「邦」訓「國也。」「國」訓「邦也。」二字互訓,經籍中:

> 控于大邦、誰因誰極。(《詩經·鄘風·載馳》)

正義曰:

> 然彼賦〈載馳〉,義取控引大國,今控于大邦乃在卒章。

「邦」、「國」可以替換,可視爲同義詞。但是同一語原義類的「苑」、「圈」,前者訓作「所以養禽獸也。」段注:

> 《周禮·地官·囿人》注:囿,今之苑。是古謂之囿,漢謂之苑也。

可知「苑」在先秦常以「囿」行,「囿」字許愼解爲「苑有垣也。」其言從「口」

〔註98〕蔣紹愚:《古漢語詞彙綱要》,頁94。

〔註99〕張永言:《詞彙學簡論》(武昌:華中工學院出版社出版,1982年),頁66。

〔註100〕蔣紹愚:《古漢語詞彙綱要》,頁94。

之牆垣義，與「國」之義相涉，古音皆在第一部，可以說「苑」爲「邦」、「國」之近義詞。

　　另「圈」字，許慎訓作：「養畜之閑也。」其義與「苑」作「所已養禽獸」在豢養獸處之區域義位相疊合，古音同在第十四部，但是「宮苑」並不能替換成「宮圈」，「圈」字，段注：

　　　　是牢與圈得通偁也。

提到「圈」能與「牢」通稱，但《說文解字》中的「駉」：

　　　　牧馬苑也。（馬部，卷十）

不能替換成「牧馬圈」，其在義域上仍有差距，故只能視爲近義詞。

　　又如「凡迎遇之義」之常用訓釋字詞「遇」、「逢」和「迎」，前者訓作「逢也。」後者訓爲「遇也。」二者互訓，另一常用字詞「迎」則訓「逢」，皆有二者相接觸之義，但是「逢」和「遇」二者能互爲替代，例如「覯」訓：

　　　　遇見也。（見部，卷八）

《前漢紀》有作：

　　　　嘗逢見郡門。（《前漢紀·孝宣皇帝紀》）

另外有作：

　　　　乃迎見仲孺。（《前漢紀·孝宣皇帝紀》）

此處的「迎見」之義域偏向於有意見對方，與「逢」、「遇」隱含有不期而遇的意義有別，故「逢」、「遇」爲同義詞，而「迎」爲近義詞。蔣紹愚提到：「根據語言事實來檢驗。如果兩個或兩個以上的詞在多數上下文中都能互換，就說明它們某一義位的中心變體相同，就是同義詞。」〔註101〕

　　其餘如「凡推排擠抵之義」的常用字詞「排」、「擠」、「推」，《說文解字》作：

　　　　推：排也。（手部，卷十二）

　　　　排：擠也。（手部，卷十二）

　　　　擠：排也。（手部，卷十二）

〔註101〕蔣紹愚：《古漢語詞彙綱要》，頁100。

「排」、「擠」互訓，次常用的「推」訓「排」，罕用的「抵」訓「擠」，「排」、「擠」二字爲同義詞，而「推」、「抵」爲近義詞。

蔣紹愚又提到：「同義詞也不是在任何情況下都能互換。其原因，除了它們隱含意義、感情色彩等的不同以外，還在於它們的理性意義雖然基本上一樣，但它們的義域卻未必相同。」〔註102〕其舉《廣雅・釋詁》中常用且同義的詞：「搖」、「振」、「掉」、「揮」、「撼」，其分析道：「1.『搖』的義域最廣，幾乎上述15個豎格中都能用『搖』。2.『振』的義域也比較廣，只是表示輕微搖動的，如『搖頭』、『搖舌』，不能用『振』。3.『撼』的義域最窄，只表示猛烈搖動。4.『掉』除表示一般的搖動外，還表示輕微搖動，如『掉頭』、『掉舌』。5.『揮』表示一般搖動，輕微搖動和猛烈搖動都不用『揮』。」〔註103〕他提到的義域最寬廣的「搖」，在《說文解字》語原義類中的「凡搖顫振動不定之義」與「動」皆爲常用訓釋詞。蔣氏提到的「振」、「撼（撽）」、「掉」，皆爲該語原義類之語原字，後二字被「搖」所訓，皆呈現「動」之義。

在同義詞中在搭配關係表現出來的差異，如「振」、「掉」、「揮」、「撼」都表示使事物來回擺動，但是搖動程度都有差別，故在語原義類中雖然爲同義詞，但是並沒有做爲常用訓釋詞使用。當中義域最廣的「搖」，蔣紹愚說：「實際上搖的方式、幅度、頻率都不一樣，但『搖』這個詞，並不考慮這些區別。只要是使得事物來回地擺動就都叫搖。」〔註104〕從訓釋字詞的角度看待「搖」，則很明顯可以發現，義域最廣的字詞，往往是其同語原字的常用訓釋字詞，而「搖」表示搖動的方式、頻率等，訓解「搖」的常用字詞「動」則表現這些動作的狀態，故在該語原義類中，如：

趨：動也。（走部，卷二）

趨：動也。（走部，卷二）

跊：動也。（足部，卷二）

榣：樹動也。（木部，卷六）

悸：心動也。（心部，卷十）

〔註102〕同前註，頁101。

〔註103〕同前註，頁102。

〔註104〕同前註，頁103。

　　慢：動也。（心部，卷十）

也常以「動」爲訓。

　　（2）反　義

　　同一語原義類的訓釋字詞中，呈現的多半是同義與近義關係，爲有一種訓詁模式呈現出反義的情形，即透過訓釋詞中有「不」的否定詞的結合，形成相反的詞義關係，例如「凡偏衰傾側不正之義」的「不正」；「凡待止礙不行之義」的「不行」；「凡搖顫振動不定之義」的「不定」；「凡不明不見之義」的「不明」、「不見」；「凡𧮝㗊之義」的「不順」；「凡參差不齊之義」的「不齊」。

　　萊昂斯認爲詞的反義關係可以分爲三類，分別是「互補（Complementarity）」如「男（male）──女（female）」；「反義（Antonym）」（又稱「極性對立」）如「大（big）──小（samll）」；「反向（Converseness）」如「買（buy）──賣（sell）」。〔註105〕蔣紹愚進一步用否定詞「不」、「非」來檢驗，其說道：「這三類也確有不同：（1）互補：非 A＝B，非 B＝A。（2）極性對立：不 A＞B，不 B＞A（即：『不大』可以是『中』和『小』，『不小』可以是『中』和『大』）。（3）反向：不 A≠B，不 B≠A（即：不買≠賣，不賣≠買）。」〔註106〕說明了「互補」、「極性對立」和「反向」在反義關係上的差異。

　　在上述這些加上否定詞的詞組中，「不」＋「某」之「某」，往往是該語原義類的反義詞，如「凡偏衰傾側不正之義」的「不」＋「正」，「正」字和該語原義類中的「仄」呈現反義中的反向關係，段注在「側」下曰：

　　　不正曰仄，不中曰側。

但「不仄」並不等於「正」說明「正」與「仄」呈現反向關係。

　　又如「「凡待止礙不行之義」的「不」＋「行」，考《說文解字》「𤲣」、「趩」：

　　　𤲣：礙不行也。從叀，引而止之也。叀者，如叀馬之鼻。從此與牽
　　　　　同意。（叀部，卷四）

　　　趩：止行也。一曰竈上祭名。從走畢聲。（走部，卷二）

可以發現「行」與該語原義類的常用字詞「礙」呈現「極性對立」的關係，而

〔註105〕〔英〕萊昂斯：《語義學引論》（北京：外語教學與研究出版社，2000 年），頁 68。

〔註106〕蔣紹愚：《古漢語詞彙綱要》，頁 129。

與「止」則呈現「反向」的關係。

　　再如「凡牾屰之義」的「不」+「順」之「順」與「牾」、「屰」存在著反義關係，「屰」許慎釋作：

　　　　不順也。（干部，卷三）

「牾」字訓「逆」，段注：

　　　　屰各本作逆，今正。逆，迎也。屰，不順也。今則逆行而屰廢矣！

　　　　相迎者必相屰，古亦通用逆爲屰。

可知「逆」與「屰」爲假借關係，也爲古今字，此處「牾」訓「屰」，同爲「不順」之義，與「屰」呈現互補關係。

2、文字關係

　　漢字與詞，前者是用來記錄後者的載體，但是字與詞彼此並非單純的一對一關係，有時同一個詞，存在著數個不同的漢字字位做爲載體，呈現一詞多字的情況；有時則同一個字位，卻承載了數個詞彙義位，出現一字多詞的情形，在《說文解字》語原義類的常用訓釋字詞裡，可以發現作爲常用訓釋字詞，也存在著這種狀況，茲分述如下：

（1）異體字

　　異體字是同一個詞卻出現二個或數個以上的字形作爲承載符號，這些字位互相可以替換，但是從這些不同字位的呈現，可以看出《說文解字》常用訓釋字詞的常用字位的使用情形。例如「凡落下陷沒之義」的常用訓釋字詞「流」，其在《說文解字》的字頭作：「㵶」，從「㐬」，段注：

　　　　流爲小篆，則㵶爲古文籀文。

屬於古文或籀文，其篆文作「流」，從「水」，被許慎列爲重文，但考許慎以「流」爲他字之訓釋字，而不以「㵶」爲訓。從先秦金文和簡牘之字形來看，如狊螫壺作「[圖]」、〔註107〕楚簡作「[圖]」、〔註108〕秦簡作「[圖]」，〔註109〕皆同篆

〔註107〕「狊螫壺」（《集成9734》），引自「小學堂文字學資料庫」，網址：http://xiaoxue.iis.sinica.edu.tw/char?fontcode=33.EC8B，2014年3月13日。

〔註108〕「上（2）.從（甲）.19」，引自「小學堂文字學資料庫」，網址：http://xiaoxue.iis.sinica.edu.tw/char?fontcode=57.E916，2014年3月13日。

文「」，可知「㳅」、「流」二字雖爲異體，但前者罕見，後者從「水」之「流」爲常用字形。

又如「凡邊匣之義」之常用訓釋字詞「邊」本字作「邊」，顧藹吉《隸辨》云：

《說文》邊從，下從，碑變從旁。（平聲，一先）〔註110〕

顧論爲碑變，其實早在先秦銘文、簡牘便有從「方」之偏旁，例如大盂鼎作「」、〔註111〕散氏盤作「」、〔註112〕曾侯乙作「」，〔註113〕皆具「方」之形，許慎雖以「邊」爲正，但是訓解他字則以「邊」行，爲常用字形。

又如「凡分裂析判剝坼辨別之義」之常用訓釋字詞「別」，在《說文解字》字頭作「冎」，考許慎所取之形，應源自秦簡之形，查《睡虎地秦簡》有作「」，〔註114〕形近篆文「」，但「冎」左偏旁之形至漢代隸變作「口」，《隸辨》中《曹全碑》作「」、《張遷碑》作「」，〔註115〕許慎以從口之「別」爲訓，其因「別」應爲漢世常用之字形。

此例在語原義類常用訓釋字詞中，還有如「全」、「仝」；「舉」、「擧」；「善」、「譱」；「篋」、「匧」等字，皆呈現出雖以本字本形爲字頭，但是用以訓釋之字形，則取常用之字形爲之的方式。

（2）假借字

在《說文解字》常用訓釋字詞中，可以看到許慎使用本字爲訓，並且同時

〔註109〕「睡.封 29」，引自「小學堂文字學資料庫」，網址：http://xiaoxue.iis.sinica.edu.tw/char?fontcode=71.EBDC，2014 年 3 月 13 日。

〔註110〕〔清〕顧藹吉：《隸辨》（北京：中華書局，1986 年），頁 176。

〔註111〕「大盂鼎」（《集成 2837》），引自「小學堂文字學資料庫」，網址：http://xiaoxue.iis.sinica.edu.tw/char?fontcode=31.E8EA，2014 年 3 月 13 日。

〔註112〕「散氏盤」（《集成 10176》），引自「小學堂文字學資料庫」，網址：http://xiaoxue.iis.sinica.edu.tw/char?fontcode=31.E8EB，2014 年 3 月 13 日。

〔註113〕「曾 172」，引自「小學堂文字學資料庫」，網址：http://xiaoxue.iis.sinica.edu.tw/char?fontcode=51.EA4A，2014 年 3 月 13 日。

〔註114〕「睡.法 1」，引自「小學堂文字學資料庫」，網址：http://xiaoxue.iis.sinica.edu.tw/char?fontcode=71.E41C，2014 年 3 月 13 日。

〔註115〕〔清〕顧藹吉：《隸辨》，頁 704。

也使用假借字爲訓的情形，例如「凡呼號吹鳴之義」中之常用訓釋字詞「呼」本義爲「外息也。」段注：

> 今人用此爲號嘑詢召字，非也。

作爲呼號義的本字應爲从「言」之「詢」，本義爲「召也。」段注：

> 口部曰：召，詢也。後人以呼代之，呼行而詢廢矣。

「呼」、「詢」二字，古音皆爲曉紐，第五部，在語原義類的訓釋字中，只有「召」、「謼」以「詢」訓之，其餘如：

> 警：痛呼也。（言部，卷三）
>
> 號：呼也。（号部，卷五）
>
> 籲：呼也。（頁部，卷八）

等表示呼號之義的字，皆以「詢」之假借字「呼」代之，是爲有本字之假借例。

又如「凡調和之義」之常用訓釋字詞「和」，本義爲「相應也。」若作爲「調和」之義，本字應作「龢」，《説文解字》：

> 調也。从龠禾聲。讀與和同。（龠部，卷二）

段注：

> 此與口部和音同義別，經傳多假和爲龢。

「和」、「龢」二字古音皆爲匣紐，第十七部，同音假借。許慎釋「凡調和之義」之字，多以假借之「和」訓之，如：

> 諴：和也。（言部，卷三）
>
> 調：和也。（言部，卷三）
>
> 甜：和也。（甘部，卷五）

等，皆已通行常用之假借字「和」代本字「龢」爲訓。

再如「凡和説快樂歡喜之義」之常用訓釋字詞「説」，其本義爲

> 説：説，釋也。从言、兌。一曰談説。（言部，卷三）

作「怡悦」之義的「悦」，段玉裁在「台」下曰：

> 台説者，今之怡悦字。《説文》怡訓和，無悦字。

在楚簡中曾出現从心之「悅」作「」，[註116] 漢碑也有「悅」（《西狹頌》）、「悅」（《衡方碑》）等字，但是在《說文解字》之訓釋用字，仍以常用之假借字「說」行之。此類相同之例，還有如「凡交錯文章之義」之常用訓釋字詞「錯」，其爲「造」之假借；「凡視察望見之義」之「望」，爲「朢」假借；「凡痛恨憂愁之義」之「憂」爲「惪」之假借。

（3）區別字

王筠在《說文釋例》中提到「分別文」和「累增字」，其云：

> 字有不加偏旁而義已足者，則其偏旁爲後人遞加也。其加偏旁而義遂異者，是爲分別文。其種有二：一則正義爲假義所奪，因加偏旁以區別之也（冄字之類）。一則本字義多，既加偏旁，則只分其一義也（公字不足兼公侯之義）。其加偏旁而義仍不異者，是謂累增字。其種有三：一則古義深曲，加偏旁以表之者（歌字之類）。一則既加偏旁，則置古文不用者也（今用復不用复）。一則既加偏旁而世仍不用，所行者反是古文也（今用「因」而不用「捆」）。（《說文釋例》，卷八）

蔣紹愚則進一步析解其類，討論分別字和累增字實際上可以看做區別字，其不外「由引申義而產生區別字」、「由假借而產生區別字」、「爲引申義或假借義造區別字」、「爲本義造區別字」。[註117] 在《說文解字》的語原義類常用訓釋字詞中，也有這種情況，例如「凡增益飽滿饒富加之義」中常用字詞「益」許慎訓爲「饒也。」考古文字作「」、[註118]「」[註119] 等形，象水溢出器皿之義，在《說文解字》中另有「溢」字表水滿溢之義，故「饒也」乃其引申之義，故另造从水之「溢」以區別之。查該語原義類中之訓釋字訓其引申義者用「益」，如：

[註116]　「上（1）.性.29」，引自「小學堂文字學資料庫」，網址：http://xiaoxue.iis.sinica.edu.tw/char?fontcode=57.E7D0，2014 年 3 月 13 日。

[註117]　蔣紹愚：《古漢語詞彙綱要》，頁 203。

[註118]　「鐵 223.4」（《合 26802》），引自「小學堂文字學資料庫」，網址：http://xiaoxue.iis.sinica.edu.tw/char?fontcode=42.E60B，2014 年 3 月 13 日。

[註119]　「睡.雜 15」，引自「小學堂文字學資料庫」，網址：http://xiaoxue.iis.sinica.edu.tw/char?fontcode=71.E4F6，2014 年 3 月 13 日。

　　縄：增益也。（糸部，卷十三）

　　增：益也。（土部，卷十三）

　　埤：益也。（土部，卷十三）

而訓水滿溢之訓釋用字則多以「溢」爲訓，如：

　　滿：盈溢也。（水部，卷十一）

　　溙：渹溢也。今河朔方言謂沸溢爲溙。（水部，卷十一）

　　斜：量溢也。（斗部，卷十四）

又如「凡約束纏繞回轉之義」之常用字詞「絜」，本義爲「麻一耑也。」段注：

　　是知絜爲束也。束之必圍之，故引申之圍度曰絜。束之則不楸曼，

　　故又引申爲潔淨，俗作潔，經典作絜。

「絜」字本爲麻之一耑，後引申爲約束之義，因爲約束而再引申出整潔之義，故就其義另造從水之「潔」，在《說文解字》該語原義類中，訓解「約束纏繞」義的訓釋字多以本字之形爲訓，如：

　　係：絜束也。（人部，卷八）

　　括：絜也。（手部，卷十二）

　　絮：絜緼也。一曰敝絮。从糸奴聲。《易》曰：「需有衣絮。」（糸部，

　　　卷十三）

可知該本字仍爲該語原義的常用訓釋字詞，其中「髻」作：「潔髮也。」用「潔」表束遷之義，段注：

　　絜各本誤作潔，今依《玉篇》、《韵會》正。

《說文解字》表潔淨義的字詞，皆另以「潔」爲訓，如

　　齋：戒，潔也。（示部，卷一）

　　禋：潔祀也。（示部，卷一）

　　鎌：饑也。从食兼聲。讀若風溓溓。一曰廉潔也。（皀部，卷九）

「潔」字見於訓釋字詞，卻不見於字頭，後世徐鉉等將其歸爲新附字。

　　再如「凡傷害敗壞破碎毀缺之義」之常用訓釋字詞「弊」，其本字應爲「獘」，義爲「頓仆也。」段注：

獘本因犬仆製字，段借爲凡仆之僞，俗又引伸爲利弊字，遂改其字

作弊，訓困也、惡也。此與改獎爲獘正同。

此處因爲頓仆而引申出「困」、「惡」之義，在訓解「傷害敗壞破碎」之義時，則以另造從「廾」之「弊」爲常用字，如：

　　袋：弊衣。（衣部，卷八）

　　幥：車弊皃。（巾部，卷七）

　　袍：襺也。從衣包聲。《論語》曰：「衣弊縕袍。」（衣部，卷八）

由上述所考，可知《說文解字》常訓釋字詞在詞義與文字的類型，其彼此的關係反映出先秦經籍至漢代文獻的詞彙演變，以及用字之實況。故《說文解字》所收之字頭，皆能顯示出形義之源，但是在訓釋字詞上，則呈現語言及文字的使用實況。許慎並不泥於本字本形，反而透過運用該字詞之引申、假借作爲他字之訓解，透露出彼此之間的語原義類關係，以及語義及構形演變之情形。

二、同族複合詞構詞發展概述

　　從上述的語原義類常用訓釋字詞的性質與訓釋類型之分析，其實可以發現東漢以後複合詞的產生其實是有跡可循的。在同一個語原義類之中，透過常用訓釋字詞的解釋與聯繫，這些互相訓解存在著具有同樣訓解的單音節字詞。在後世演變成雙音結構詞的過程中，提供了大量的來源，可以說同族複合詞的構詞，實際上便根源於這些語原義類的常用訓釋字詞。

　　畢竟在《說文解字》中，複合詞的構詞現象並不明顯，至多就是些聯緜詞，主要還是以單音詞爲主，但是作爲進入中古漢語時期複合詞大量產生的前端，《說文解字》的語原義類常用訓釋字詞是極具參考分析價值的。故本節擇取的詞族之範圍，以先秦至魏晉六朝文獻中的複合詞爲主，參酌《說文解字》的常用訓釋字詞。詞例則依劉又辛、張博於〈漢語同族複合詞的構成規律及特點〉根據王力《同源字典》與古今學者之系聯，以及劉、張兩位學者的擬測與驗證所編「同族複合詞表」（A～Z共26組）中之S組詞例爲對象，分析其構詞形態與關係。

　　首先概述同族複合詞相關研究與構詞發展，次則分析詞例來源與其同族關係之根據，再則歸納詞例之構詞形態，討論其構詞與同族之關係，最後提出研

究結論與看法。

　　古漢語由單音詞彙爲主要內容，自甲骨文開始便存在著複合化現象，但是這些複合單位並不能視爲成熟的複合詞，只能作爲一種出現在專有名詞如人名「婦周」、「婦喜」、「婦多」，方國名「人方」、「北方」、「大方」等的僵化詞組，〔註120〕但是隨著時代的推移，單音詞複合化成雙音詞的現象與日遞增。魏培泉認爲複合詞增生的原因大約可歸納爲幾點主要的理由：其一，文明的發展自然需要越來越豐富的詞彙；其二，中古語音簡化，同音詞大量增加，不得不以複合詞來加以區別；其三，上古常見一詞多義的現象（包括只是語義的不同以及兼有詞性區別的兩種情形），爲達到精確化而多加利用複合詞來加以區辨。〔註121〕不待乎中古，早在周代，由於其文化發展與社會變動之程度，遠甚於殷商，所以大量的新詞增加形成的同音詞過多，影響到語言表達的區辨功能，故這些同義、近義的複合詞出現，使得詞彙複合化開始發展。

　　劉承慧提到複合化的根基是西周的複合詞，並認爲當時複合詞可能有兩種，其一，是從複合詞組演變的同形複合詞；其二，是從並列複合律所衍生的同義、近義並列複合詞。〔註122〕郭錫良則舉出了複音化的方式有「雙音節的音變構詞法」與「結構構詞法」。〔註123〕只是這些複合詞形成的內部構詞規律存在著什麼條件？前面述及的同義、近義並列複合詞中，具有的詞義關聯性爲何？又所謂的音變、結構構詞，是否存在著同族的關係？如果存在，則同族關係提供了複合詞構詞的哪些條件，呈現出哪些形態？關於同族詞與複合詞的研究大概有哪些交集？這些都是本文想要探查的面向，所以擇取「漢語同族複合詞構詞形態與關係研究」爲主題，試圖透過一組同族複合詞之構詞關係內涵的分析，對漢語複合詞複合化本質中的同族關係、同族關係在複合詞構詞中的派生形

〔註120〕詳參郭錫良：〈先秦漢語構詞法的發展〉，《漢語史論集》（北京：商務印書館，2005年），頁144。

〔註121〕詳參魏培泉：〈上古漢語到中古漢語語法的重要發展〉，《第三屆國際漢學會議論文集——古今通塞：漢語的歷史與發展》（臺北：中央研究院語言學研究所籌備處，2003年），頁78。

〔註122〕劉承慧：〈古漢語實詞的複合化〉，《第三屆國際漢學會議論文集——古今通塞：漢語的歷史與發展》（臺北：中央研究院語言學研究所籌備處，2003年），頁108。

〔註123〕郭錫良：〈先秦漢語構詞法的發展〉，頁153。

態、並列式與非並列式複合構詞受同族派生關係之差異三項問題進行考察。透過前述之研究，探討漢語複合化的同族關係以及同族關係對漢語複合構詞形態之影響。

同族複合詞是具語原關係的作詞素構成的複合詞，據劉又辛與張博之研究，此種複合詞在戰國至東漢時期急遽產生。就其構成規律，其大半藉由同族詞彼此間的音韻關係而形成；視其結構類型，則多為並列式結構。〔註124〕劉、張二位學者認為同族複合詞何以在戰國至東漢時期大量產生，除了受詞彙雙音節化發展的影響以外，主要取決於三項因素：〔註125〕一是當時已有數量巨大的同族詞，從而為同族複合詞的形成提供了充分的構詞材料；二是戰國時期並列式造詞法在雙音節組合居於強勢地位，而並列結構中同義、類義、反義的語義關係中同義連用又是並列式中強勢的語義聚合。由此推之，則同族詞因其意義相同或相關，最符合此構詞組合的要求；三是聯綿詞中雙聲、疊韻的語音結構特徵影響了兩個單音詞彙組合時，對語音相近的詞有優先選取的偏向性。

上述三點所論，結合歷來的同源詞與複合詞之研究，其實可以從兩個面向討論：

（一）複合詞和同族詞的構詞形態之關係

此處主要是討論同族詞在音韻變化與詞義衍生在複合詞構詞過程中產生什麼構詞方式。同族詞在單音詞的形態中透過本身的音義關係，便可以構成新詞，郭錫良提到，同音的同族詞之構詞，是透過詞義引申形成。詞義第一級引申屬於一詞多義之構詞現象，例如「道」：

> 任重而道遠。（《論語·泰伯》）

> 晉侯會吳子于良，水道不可。（《左傳·昭公十三年》）

《論語·泰伯》之「道」作路、道路解釋；《左傳》之例則作水流通行的途徑，屬於自本義引申而出的義位。第二級引申則分化為同族詞，例如：

> 朝聞道，夕死可矣。（《論語·里仁》）

> 仲尼之徒，無道桓文之事者。（《孟子·梁惠王上》）

〔註124〕詳參劉又辛、張博：〈漢語同族複合詞的構成規律及特點〉，《語言研究》2002 年第 1 期，頁 60。

〔註125〕詳參劉又辛、張博：〈漢語同族複合詞的構成規律及特點〉，頁 60～61。

《論語‧里仁》之例作道理，規律義；《孟子‧梁惠王上》之例作述說之義，此二義乃由於「道」之引申義再引申而有依循「途徑」而有規律、道理之義，進而有闡述規律道理之義，此類屬於第二級引申之同音同源詞。

　　另一類則是藉由音變構詞形成的音近同源詞，此類是在單音詞的格局中，除了通過詞義引申分化構詞的方法之外，利用音節中的音素變化構造意義有關聯的新詞，例如：

　　　創巨者其日久。（《荀子‧禮論》）

　　　匠石運斤成風，聽而斫之，盡堊而鼻不傷。（《莊子‧徐無鬼》）

　　　命理瞻傷，察創，視折。注：創之淺者曰傷。（《禮記‧月令》）

《荀子‧禮論》之「創」爲初母陽部，擬作[*tsiang]，《莊子‧徐無鬼》之「傷」爲審母陽部，擬作[*sjang]，此二字初審爲鄰紐，陽部疊韻，例《禮記‧月令》之注語，可從《說文解字》：「傷，創也。」《廣雅‧釋詁》：「傷，創也。」旁證傷、創同源，韻同聲近。

　　還有一種是由結構構詞形成的同素詞，此類是複合詞發展中由兩個存在共語素的詞素構成，例如：

　　　始置鴻都門學生。（《後漢書‧靈帝紀》）

　　　建立學校，導之經義。（《三國志‧吳書‧薛綜傳》）

　　　南人學問清通簡要。（《世說新語‧文學》）

　　　後生可畏，焉知來者之不如今也。（《論語‧子罕》）

　　　叔孫通之降漢，從儒生弟子百餘人。（《史記‧劉敬叔孫通列傳》）

　　　然誤天下蒼生者，未必非此人。（《晉書‧王衍傳》）

《後漢書》至《世說新語》前三例有共同語素「學」，《論語‧子罕》以後三例之共同語素爲「生」，析此複合詞之內涵，只存在共同語素，但複合詞與單音詞本身不具有同源關係。〔註126〕由此處可以知道在單音詞的格局中，同族關係具

〔註126〕以上三點「詞義構詞法形成同音的同源詞」、「音變構詞法形成音近同源字」、「結構構詞形成同素詞」詳參郭錫良：〈漢語的同源詞和構詞法〉，《湖北大學學報（哲學社會科學版）》，2000年9月，第27卷，第5期，頁63～65。

有的構詞功能，乃在於「詞義構詞法形成同音的同源詞」、「音變構詞法形成音近同源字」這兩項，而「結構構詞形成同素詞」只是純粹的詞彙複音化，其詞例之音義並沒有同族關係。換句話說此處的同族詞與複合詞兩個範疇就構詞而言並沒有交涉。不過仔細思考第二項「音變構詞法形成音近同源字」的「傷」、「創」二字，在文獻中卻存在著「傷創」、「創傷」的複合詞例，例如：

> 又北與五校戰於眞定，大破之。復傷創甚。（《後漢書・馮岑賈列傳第七》）
>
> 及文襄遇害，元康被傷創重，倩埏作書屬家累事。（《北齊書・列傳第三十一》）
>
> 明日視彼之身，察己之體，無兵刃創傷之驗。（《論衡・論死》）
>
> 至於陷潰創傷者，靡歲或寧，而漢之塞地晏然矣。（《後漢書・南匈奴列傳》）

可以推知複合詞之構詞，其內涵有一部分是存在著音義關係，而這種關係乃自其同族關係而來，換句話說同族詞提供了複合詞構詞一定的條件，如：

> 百世之下，聞者莫不興起也。（《孟子・盡心下》）
>
> 今師徒唯毋興起，冬行恐寒，夏行恐暑，此不以冬夏爲者也。（《墨子・非攻中》）

上述《孟子》與《墨子》二例之「興起」，之「興」爲曉母蒸部，擬作[xiəng]，《說文》：「興，起也。」〔註 127〕《爾雅・釋言》：「興，起也。」〔註 128〕甲骨文作「」、「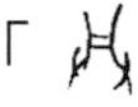」，象兩手或四手舉物之形，本義爲舉起。「起」爲溪母之部，擬作[khiə]，《說文解字》：「起，能立也。」〔註 129〕《廣雅・釋詁》：「起，立也。」〔註 130〕據劉又辛之考察，春秋時期文獻中「興起」義多用「興」，少用「起」，其統計《詩經》「興」字出現 18 次，「起」字只 2 次；《論語》「興」

〔註 127〕〔東漢〕許愼、〔清〕段玉裁：《説文解字注》（臺北：萬卷樓圖書股份有限公司，2004 年）。

〔註 128〕〔清〕阮元：《十三經注疏・爾雅注疏》（臺北：藝文印書館，2001 年）。

〔註 129〕〔東漢〕許愼、〔清〕段玉裁：《説文解字注》。

〔註 130〕〔魏〕張揖、〔清〕王念孫：《廣雅疏證》。

字出現 9 次,「起」字 1 次,且爲「啓」之假借,不表興起、起立義。戰國以後「起」字漸多,《荀子》「興」字出現 13 次,「起」字 49 次;《韓非子》「興」字出現 8 次,「起」字 59 次。〔註131〕「興」、「起」二字曉溪旁紐,之蒸對轉,二者爲源詞與孳生詞,在「興起」這個複合詞的構成關係上,同族關係便提供了音韻上的組合條件。就構詞形態上,則呈現出並列的詞義派生關係。

當複合詞的內部構詞條件,實際上存在著同族關係時,則詞彙複合化的形成演變過程之觀察,不僅要去探究其主謂、並列、動賓、偏正等構詞形態分類,也應該就構詞形態的同族音義關係,進行內部條件形成的探索,才能細緻詞彙複合化的研究。

(二)同族詞在複合構詞形態之發展

劉承慧提到先秦複合詞的類型有主謂、動賓、並列、偏正四種,這四種類型的用例原則上是基於表達需要而隨機產生的自由組合。又認爲主謂、動賓相對於并列、偏正,成詞傾向都偏低。〔註132〕此看法可以從周代銘文的複合詞看出端倪。

從複合詞構詞形態的歷史考察,唐鈺明統計了殷商甲骨卜辭與周代銘文,比較二者,可大致了解殷商時複合詞在數量上與詞義範疇上都有限,到了西周銘文,則可以明顯的看到偏正式、聯合式的構詞形態詞例已有相當之數量,較之甲骨卜辭的複合詞大半只是名詞,西周銘文的複合詞除名詞外,還有動詞、形容詞、副詞乃至複音虛詞,其構成方式有偏正式,如「大祝」、「眉壽」、「虎臣」;聯合式,如「享孝」、「對揚」、「疆土」;動賓式,如「作冊」、「司馬」、「司土」;附加式,如「有周」、「有司」、「昔者」。〔註133〕依唐鈺明之看法,其認爲複合詞的構成過程中,結構造詞早於語音造詞,其中偏正式又占絕對優勢;〔註134〕聯合式複合詞(尤其是其中同義關係的部分)這

〔註131〕劉又辛、張博:〈漢語同族複合詞的構成規律及特點〉,頁 60。

〔註132〕劉承慧:〈古漢語實詞的複合化〉,頁 113。

〔註133〕唐鈺明:〈金文複音詞簡論——兼論漢語複音化的起源〉,《著名中年語言學家自選集——唐鈺明卷》(合肥:安徽教育出版社,2002 年),頁 123～128。

〔註134〕劉承慧認爲結構造詞的說法,並沒有明白區別詞組律和構詞法,因此透過詞組固化或轉化而來的複合詞,跟經由構詞法衍生的複合詞無可識別。詳參劉承慧:〈試

類詞，其詞素也並非是簡單的拼合，而是具有一種「互訓」的關係，例如銘文中有一串表示恭敬的複合詞「女敬共（恭）予命」（叔夷鐘）、「虔敬朕祀」（秦公鐘）、「虔共（恭）大命」（蔡侯盤）、「穆濟嚴敬，不敢怠荒」（中山王方壺）、「恭寅鬼神」（陳侯簋）、「祗敬醺祀」（鄘侯簋），由「敬」、「共（恭）」搭配「虔」、「嚴」、「寅」、「祗」，具有連文見義的作用。〔註135〕不過就詞例看來，這些構詞形態的內部關係，並不存在音義同族的聯繫，但是觀察其所舉的銘文多屬周代晚期，其聯合式的複合構詞形態已經出現互訓的語義關係，唐鈺明認為這是為了能夠更好的表達語義而產生的。〔註136〕

我們可以從以下各家所歸納之複合詞的構詞形態與方法，觀察複合詞構詞的發展與其內部音義關係：

表 1 前人有關青銅器銘文構詞法研究情況表〔註137〕

學者 構詞方法	管燮初	唐鈺明	郭錫良	戴璉璋
重言詞	25	31	13	17
聯緜詞	3	8	2	19
偏正式	79	125	38	19
聯合式〔註138〕	98	61	43	44
動賓式	21	9	9	13
附加式	14	3	1	41
主謂式	2			
總計	242	237	106	153
參考銅器數	208 器		512 器	

論漢語複合化的起源及早期發展〉，《清華學報》，2002 年 12 月，第 32 卷，第 2 期，頁 471。從其他學者對於銘文複合詞的構詞方式之調查，偏正式與聯合式（並列式）的數量互有消長，並非皆以偏正式構詞為夥。詳參上表 1、表 2。

〔註135〕唐鈺明：〈金文複音詞簡論——兼論漢語複音化的起源〉，頁 134。

〔註136〕唐鈺明：〈金文複音詞簡論——兼論漢語複音化的起源〉，頁 134。

〔註137〕〔韓〕朱剛焄：〈西周青銅器銘文複音詞構詞法〉，《殷都學刊》，2006 年，第 2 期，頁 84。

〔註138〕此亦可視為並列式。

表2　西周青銅器銘文複音詞語法結構分析表〔註139〕

構詞類型	合文	重言詞	聯緜詞	聯合式	偏正式	支配式	主謂式	附加式	總計
數量	40	37	7	211	104	38	3	9	449
%	8.9%	8.24%	1.56%	47%	23.2%	8.46%	0.67%	2%	100%

表3　程湘清：〈先秦雙音詞的結構方式〉〔註140〕

1 語音造詞階段，即由同音或近音的單音節構成單純雙音詞	
1.1 完全重疊詞	1.2.1 雙聲 1.2.2 疊韻 1.2.3 雙聲兼疊韻，但並不同音
2 語音造詞向語法造詞的過渡階段，即由同義或近義的單音詞組重疊合成詞或部分重疊合成詞	
2.1 重疊合成詞	2.2.1 雙聲近義合成詞 2.2.2 疊韻近義合成詞 2.2.3 雙聲兼疊韻近義合成詞
3 語法造詞階段，即運用漢語的主要語法手段——虛詞和詞序兩種方式構成的雙音合成詞	
3.1 運用虛詞方式構成的 3.1.1 前附 3.1.2 後附	3.2 運用詞序方式構成的 3.2.1 聯合式 3.2.2 偏正式 3.2.3 其他結構方式 支配式、表述式、補充式

表4　馬真：〈先秦複合詞的構造方式〉〔註141〕

（甲）單純複音詞的語音組合形式				
（一）疊音	（二）雙聲	（三）疊韻	（四）雙聲兼疊韻	（五）非雙聲疊韻
（乙）合成詞的構造方式				
（一）複合式 （1）聯合式 （2）偏正式 （3）動賓式	（二）附加式 （1）詞根+詞尾 （2）詞頭+詞根			（三）重疊式

〔註139〕同前註，頁88。

〔註140〕詳參程湘清：〈先秦雙音詞研究〉，《先秦漢語研究》（濟南：山東教育出版社，1994年），頁82～109。

〔註141〕詳參馬真：〈先秦複音詞初探〉，《北京大學百年國學文粹——語言文獻卷》（北京：北京大學出版社，1998年），頁284～302。

就上述之觀察，可以發現進入周代，偏正式與並列式是主要的構詞方式，而考察並列式（聯合式）在構詞形態中如「雙聲兼疊韻近義合成詞」等類，詞例內部也存在著語義的關聯性（互訓）。故審度同族詞的音義關係特性，則能滿足複合詞「語音造詞」（聯合式／並列式）與「結構造詞」（偏正式）兩個構詞條件。

劉又辛、張博提到並列式和偏正式是兩種最能產的語法造詞法。張博據程湘清〈先秦雙音詞研究〉和〈論衡複音詞研究〉中對《論語》、《孟子》、《論衡》等書比較統計的資料，製成一表：〔註142〕

書名 百分比 結構形式	《論語》	《孟子》	《論衡》、《雷虛》等五篇
並列式	26.7	34.5	61.04
偏正式	37.2	30	22.48

從表中可以看出，春秋時的並列式造詞法數量略低於偏正式造詞法，但是到了戰國時代，並列式的發展速度明顯比偏正式要快，至東漢並列式造詞處於優勢地位。東漢時並列式雙音節詞激增，高達雙音節詞總數的六成左右，從並列式兩語素間的關係看來，則存在著同義、類義、反義三種，同義並列連用為最主要的構詞形態。〔註143〕

在具有同族關係的複合詞構詞形態中，可以分為兩類，一類是由語音的流轉變化而形成的「音轉同族詞」，其構詞形態多為並列式結構；另一類是詞義分化而形成的義衍同族詞，其構詞形態則多包含了偏正式、動賓式等非並列式結構。大體而言，同族複合詞的構造方式以並列式為主，顯示出一種可能性，在漢代蓬勃發展的訓詁學，開始對詞義進行音、義上個別式的探索，針對單獨的詞彙，進行互訓、義界、推因，從詞彙的角度而言，則可以看出前述的訓詁活動，實際上是在推求詞彙中同義、反義、類義以及詞族、語根的關係，而這些關係皆涉及了同族詞的內涵性質，例如語原義類的常用訓釋字詞，「凡搖顫振動不定」之義的「動」與「搖」，「搖」訓解作「動」。「動」和「搖」同為該語原義類之語原字。又如「凡關閉」之義的「關」與「閉」，

〔註142〕張博：〈組合同化：詞義衍生的一種途徑〉，《中國語文》，1999年，第2期，頁134。

〔註143〕劉又辛、張博：〈漢語同族複合詞的構成規律及特點〉，頁60。

前者在古韻十四部，後者在十五部，皆有「閉門」之義，存在著聲義關係。這些字詞到了後來皆構成「搖動」、「動搖」、「關閉」等複合詞，可以看出在詞彙複合化過程中，這些常用訓釋字詞便形成了同族複合詞構詞的來源。

三、同族複合詞之同族關係

此部分擇取「同族複合詞表」中 s 組「掃帚、傷創、少小、奢侈、賒賖、懾慴、設施、赦釋、深潭、伸展、升騰（昇騰）、生性、升陟（昇陟）、施設、受授、授受、率循、率遵、死尸、泗涕、肆恣、誦讀、搜索、碎細、所處」共 25 個詞例，分析其彼此之音韻變化與詞義衍生的同族關係。以下依上述之「音轉」與「義衍」的類型，將上述詞例分類並論考其音義關係。〔註 144〕

（一）音轉關係

1、同　音

此類有：「赦釋」、「受授」、「授受」等例。

「赦」[sjyak]、「釋」[sjyak]皆為審母，鐸部。「受」[zjiu]、「授」[zjiu]皆為禪母，幽部。

2、聲同韻近

此類為雙聲關係，韻部則有通轉、旁轉、對轉的情形，詞例有：「賒賖」、「懾慴」、「設施」、「施設」、「搜索」、「碎細」等例。

「賒」[sjya]、「賖」[sjiat]審母雙聲，魚月通轉。「懾」[tjiap]、「慴」[tjiəp]照母雙聲，盍緝旁轉。「設」[sjiat]、「施」[sjiai]審母雙聲，歌月對轉。「搜」[shiu]、「索」[sheak]為山母雙聲，幽鐸旁對轉。「碎」[suət]、「細」[syei]心母雙聲，物質旁轉。

3、韻同聲近

此類為疊韻關係，聲紐則有鄰紐、準雙聲、旁紐、準旁紐幾種情形，詞例有：「掃帚」、「傷創」、「少小」、「深潭」、「升騰（昇騰）」、「生性」、「死尸」、「所

〔註 144〕文中所使用之「音轉」術語詳參王力：〈同源字論〉，《同源字典》（北京：商務印書館，1992 年），頁 12～20。擬音參照王力《同源字典》，上古聲母與韻部參照王力 33 聲母與 29 韻部。

「處」等例。

　　「掃」[su]、「帚」[tjiu]爲心照鄰紐，幽部疊韻。「傷」[sjiang]、「創」[tshiang]爲審初鄰紐，陽部疊韻。「少」[sjiô]、「小」[siô]爲審心準雙聲，宵部疊韻。「深」[sjiəm]、「潭」[dəm]爲審定鄰紐，侵部疊韻。「升」[sjiəng]、「騰」[dəng]爲審定鄰紐，蒸部疊韻。「生」[sheng]、「性」[sieng]爲山心準雙聲，耕部疊韻。「死」[siei]、「尸」[sjiei]爲心審準雙聲，脂部疊韻。「所」[shia]、「處」[thjia]爲山穿鄰紐，魚部疊韻。

4、聲韻皆近

　　此類有「奢侈」、「伸展」、「升陟」、「率循」、「率遵」、「泗涕」、「肆恣」、「誦讀」、「搜索」等例。

　　「奢」[sjya]、「侈」[thjiai]爲審穿旁紐，魚歌通轉。「伸」[sjien]、「展」[tian]爲審端鄰紐，眞元旁轉。「升」[sjiəg]、「陟」[tiək]爲審端鄰紐，蒸職對轉。「率」[shiuət]、「循」[ziuən]爲山邪準旁紐，物文對轉。「率」[shiuət]、「遵」[tziuən]爲山精鄰紐，物文對轉。「泗」[siet]、「涕」[thyei]爲心透鄰紐，質脂對轉。「肆」[siet]、「恣」[tziei]爲心精旁紐，質脂對轉。「誦」[ziong]、「讀」[dok]爲邪定鄰紐，東屋對轉。

（二）義衍關係

1、同義義衍

　　同義詞是具有相同義位的詞，因爲義位之間同義聚合最易爲在使用語言上連結感知，所以其彼此之間容易發生相應分化，在同族詞中由於存在著語原義的對應關係，所以構成複合詞時，同義義衍同族詞，透過語源義的引申分化，派生出新義位的容易度也較類義、反義來得高。上組同族複合詞中，彼此語義是同義義衍關係者如「奢侈」，《說文解字》：

　　　奢：張也。奓，籀文。（奢部，卷十）

徐灝箋云：

　　　奢者侈靡放縱之義。故曰張，言其張大也。《文選・張衡・西京賦》：「心奓體忕」。李注引《聲類》：「奓，侈字也。」又曰：「紛瑰麗以奓靡。薛注：「奓靡，奢放也。」是「奢」與「奓」爲二字，「侈」

从人與「奓」从大同意。〔註 145〕

桂馥曰：

〈東京賦〉奢未及奓。亦分「奢」、「奓」爲二。(《説文解字義證》)〔註 146〕

《韓非子・解老》：

多費謂之侈。(《韓非子・解老》)〔註 147〕

字又作「奓」。

《集韻》：

侈，或作奓。(上聲，四紙)〔註 148〕

由此可得知，「奢」之籒文「奓」與「侈」實爲一字之異體。

《論語・八佾》：

禮，與其奢也，寧儉。(《論語・八佾》)

皇甫謐疏：

奢，侈也。〔註 149〕

《左傳・昭公三年》：

於臣侈矣。(《左傳・昭公三年》)

杜預注：

侈，奢也。〔註 150〕

《荀子・王霸》：

四方之國有侈離之德則必滅。(《荀子・王霸》)

楊倞注：

〔註 145〕〔清〕徐灝：《説文解字注箋》(臺北：廣文書局，1972 年)。

〔註 146〕〔清〕桂馥：《説文解字義證》(臺北：廣文書局，1972 年)。

〔註 147〕〔東周〕韓非：《韓非子》(臺北：臺灣古籍出版社，1996 年)。

〔註 148〕〔北宋〕丁度等：《集韻》(臺北：臺灣中華書局，1965 年)。

〔註 149〕〔清〕阮元：《十三經注疏・論語注疏》(臺北：藝文印書館，2001 年)。

〔註 150〕〔清〕阮元：《十三經注疏・春秋左傳注疏》(臺北：藝文印書館，2001 年)。

侈，奢侈。〔註151〕

《說文解字》：

侈，一曰奢也。（人部，卷八）〔註152〕

《廣韻》：

奢，侈也。（平聲，九麻）

侈，奢也。（上聲，四紙）〔註153〕

透過訓詁語料顯示出「奢」、「侈」二在字形上透過了義符的替換「大」→「人」與聲符的假借「多」→「者」，而形成兩個字，但是在語義上則屬相同的義位，所以在複合的過程中便容易因同義而構詞。

又如「誦讀」，《說文解字》：

誦，諷也。（言部，卷三）

徐鍇曰：

臨文爲誦。……讀，誦書也。〔註154〕

可知「誦」、「讀」二字一開始皆爲照著文字唸誦之義，見《荀子・勸學》：

其數則始乎誦經，終乎讀禮。（《荀子・勸學》）

以「誦」經、「讀」禮相對應可知「誦讀」乃同義義衍複合構詞。

再如「搜索」，《說文解字》：

搜，一曰求也。（手部，卷十二）〔註155〕

《莊子・秋水》：

搜于國中。（《莊子・秋水》）

《釋文》引李注：

搜，索也。（《經典釋文》）〔註156〕

〔註151〕〔東周〕荀況：《荀子》（上海：上海古籍出版社，1996 年）。

〔註152〕〔東漢〕許愼、〔清〕段玉裁：《說文解字注》。

〔註153〕〔北宋〕陳彭年等、〔民國〕林尹：《新校正切宋本廣韻》（臺北：黎明文化事業公司，2001 年）。

〔註154〕〔東漢〕許愼、〔清〕段玉裁：《說文解字注》。

〔註155〕〔東漢〕許愼、〔清〕段玉裁：《說文解字注》。

《方言》：

> 搜，求也。秦晉之間曰搜，就室曰搜。（《方言》，卷二）〔註157〕

《顏氏家訓‧音辭篇》引《通俗文》：

> 入室求曰搜。〔註158〕

《說文解字》：

> 𡩡：入家搜也。（宀部，卷七）〔註159〕

與「搜」之「入室」義相同，又《字通》作「索」。〔註160〕《廣韻‧麥韻》：

> 𡩡，同索。〔註161〕

《廣雅‧釋詁》：

> 索，求也。（《廣雅‧釋詁》）〔註162〕

與「搜」之「求」義相同。《史記‧范睢蔡澤傳》：

> 忘索之。（《史記‧范睢蔡澤傳》）

《索隱》：

> 索猶搜也。〔註163〕

《漢書‧張良傳》：

> 大索天下。（《漢書‧張良傳》）

顏師古曰：

> 索，搜也。〔註164〕

〔註156〕〔唐〕陸德明：《經典釋文》（上海：上海古籍出版社，1985年）。

〔註157〕〔西漢〕揚雄、〔清〕戴震：《方言疏證》（臺北市：臺灣商務印書館，1968）。

〔註158〕〔北齊〕顏之推：《顏氏家訓》（臺北：廣文書局，1977年）。

〔註159〕〔東漢〕許慎、〔清〕段玉裁：《說文解字注》。

〔註160〕〔南宋〕李從周：《字通》（臺北：臺灣商務印書館，1966年）。

〔註161〕〔北宋〕陳彭年等、〔民國〕林尹：《新校正切宋本廣韻》。

〔註162〕〔魏〕張楫、〔清〕王念孫：《廣雅疏證》。

〔註163〕〔西漢〕司馬遷、〔日〕瀧川龜太郎：《史記會注考證》（臺北：萬卷樓圖書有限公司，1996年），頁55。

〔註164〕〔東漢〕班固撰、〔唐〕顏師古注：《漢書》（臺北：藝文印書館，1955年），頁66。

都呈現同義義衍之關係，複合構詞例見：

> 謝公時，兵廝逋亡，多近竄南塘，下諸舫中；或欲求一時搜索，謝
> 公不許。（《世說新語・政事》）

其餘「肆恣」、「所處」等也屬同義義衍複合構詞。

2、類義義衍

類義詞指稱同類事物或現象中的不同對象，處於同一分類義場，有共同的類屬義。它們在詞義衍化的過程中也常發生相引相從的對應性分化，構成類義義衍同族詞。〔註 165〕上組同族複合詞中，彼此語義衍化為類義關係者如「懾慴」，《說文解字》：

> 懾，失氣也。（心部，卷十）

《禮記・樂記》：

> 柔氣不懾。（《禮記・樂記》）

注：

> 懾，猶恐懼也。〔註 166〕

《呂氏春秋・論威》：

> 威所以懾之也。（《呂氏春秋・論威》）〔註 167〕

注：

> 懾，懼也。

《呂氏春秋・下賢》：

> 貧無衣食而不憂懾。（《呂氏春秋・下賢》）

注：

> 懾，懼也。

《淮南子・主術》：

〔註 165〕張博：《漢語同族詞的系統性與驗證方法》（北京：商務印書館，2003 年），頁 160。

〔註 166〕〔清〕阮元：《十三經注疏・禮記注疏》（臺北：藝文印書館，2001 年），頁 166。

〔註 167〕〔秦〕呂不韋等撰、〔漢〕高誘注：《呂氏春秋》（上海：上海商務印書館，1936 年），頁 55。

據義行理而志不懾。(《淮南子‧主術》)

注：

懾，猶懼也。〔註168〕

《史記‧衛將軍傳》：

懾慴者弗取。(《史記‧衛將軍傳》)

《集韻》引文：

懾慴，恐懼也。(入聲‧二十九葉)

此處「懾」字從「失氣」、「柔氣」而引申出恐懼之義。

「慴」字在《爾雅‧釋詁》作：

慴，懼也。(釋詁，卷一)〔註169〕

《莊子‧達生》：

故遭物而不慴。(《莊子‧達生》)

《經典釋文》：

慴，懼也。(《經典釋文》)〔註170〕

《漢書‧陳湯傳》：

萬夷慴服。(《漢書‧陳湯傳》)

顏師古曰：

慴，恐也。〔註171〕

可知「慴」字之義為恐懼。

《說文解字》「讋」作：

讋，失氣言也。傅毅讀若慴。(言部，卷三)

《晉書音義》引《字林》：

〔註168〕〔西漢〕劉安等撰：《淮南子》(臺北：廣文書局，1965年)，頁66。

〔註169〕〔清〕阮元：《十三經注疏‧爾雅注疏》，頁155。

〔註170〕〔東周〕莊周、〔清〕郭慶藩：《莊子集釋》(臺北：臺灣中華書局，1973年)，頁55。

〔註171〕〔東漢〕班固撰、〔唐〕顏師古注：《漢書》，頁55。

　　讋，失氣也。(《晉書音義》)〔註172〕

《漢書‧項籍傳》：

　　諸將讋服。(《漢書‧項籍傳》)〔註173〕

《史記》作「慴伏」。〔註174〕《文選‧揚雄‧羽獵賦》：

　　竦讋怖。(《文選‧揚雄‧羽獵賦》)

李善注：

　　讋與慴同。〔註175〕

從這裡可以看出「讋」與「懾」實同一詞，作「失氣」解，而與「慴」之關係音義皆近，可以看出其共同的類屬義——「懼」，故構詞作「懾慴」爲類義義衍同族複合詞。

　　又如「凡細小微少柔弱減損之義」中之表「碎細」的常用訓釋字詞「細」、「微」，《說文解字》：

　　細，微也。(糸部，卷十三)〔註176〕

《墨子‧天志中》：

　　此吾所謂君子明細而不明大也。(《墨子‧天志中》)〔註177〕

其中「細」、「大」相對，可知「細」作微小之義。

　　《說文解字》：

　　碎，䃺也。(石部，卷九)

段注改作「糜也。」

　　《說文解字》：

　　糜，碎也。(米部，卷七)

「糜」又爲「糜」之異體，「糜」爲碎糠之義，《廣雅‧釋器》：

〔註172〕〔唐〕房玄齡等：《晉書》(臺北：臺灣商務印書館，2010年)，頁77。
〔註173〕〔東漢〕班固撰、〔唐〕顏師古注：《漢書》，頁166。
〔註174〕〔西漢〕司馬遷、〔日〕瀧川龜太郎：《史記會注考證》，頁66。
〔註175〕〔梁〕蕭統：《文選》(臺北：華正書局，1995年)，頁155。
〔註176〕〔東漢〕許慎撰、〔清〕段玉裁注：《說文解字注》，頁55。
〔註177〕〔東周〕墨翟、〔清〕畢沅：《墨子》(上海：上海古籍出版社1995年)，頁66。

> 麋，糷也。(《廣雅·釋器》)

《集韻》：

> 糷，米粉。(入聲·十一沒)

故可以知道「碎」字乃表示散碎的米糠、米粉，但是從散碎的米糷可以概括出微細之樣貌，因此「細」、「碎」之間便有共同的類屬義——「微小」，從而類義義衍構詞。如：

> 卿等所廉皆細碎事，又止錄其惡而不舉其善。(《金史·世宗本紀下》)

句中「細碎事」意爲「細小零碎」之事，可知「細」、「碎」乃取類義而構成複合詞表細小之義。

再如「生性」，《廣雅·釋詁》：

> 生，出也。(《廣雅·釋詁》) 〔註178〕

《廣韻》：

> 生，長也。(《廣韻》) 〔註179〕

如：

> 鄭武公娶于申，曰武姜，生莊公及共叔段。(《左傳·隱公元年》)

可知「生」乃動詞性詞義，而「性」，《廣雅·釋詁》：

> 性，質也。(《廣雅·釋詁》) 〔註180〕

如：

> 生之謂性。(《孟子·告子上》)
>
> 性者，生之質也。(《莊子·庚桑楚》)

由例句觀察得知，「性」爲「生」所支配的本體，其二者則存在著共同的類屬義，屬於類義義衍的複合構詞。其餘如「死尸」也屬類義義衍複合詞。

3、反義義衍

此類構詞方式，是在某一個或某幾個義位上具有相反或相對關係的詞，其

〔註178〕〔魏〕張楫、〔清〕王念孫：《廣雅疏證》，頁55。

〔註179〕〔北宋〕陳彭年等、〔民國〕林尹：《新校正切宋本廣韻》，頁166。

〔註180〕〔魏〕張楫、〔清〕王念孫：《廣雅疏證》，頁155。

共同表範疇義的義素如「年齡大」:「老」——「年齡小」:「幼」,具有「年齡」的共同表範疇義素,在上下文中連用或對舉。這種方式在訓詁中稱爲「反訓」,蔣紹愚認爲反訓的情形有三種,〔註181〕一是修辭上的反用,例如「冤家」原指仇人,但也可指自己的情人,但是這種反訓的語言實際應用,偏重於語境上的修辭效果;二是一個詞有兩種「反向」的意義,如《廣雅・釋詁》:

> 祈、乞、匄,求也。(《廣雅・釋詁》)

> 假、貸,借也。(《廣雅・釋詁》)

> 斂、匄、貸、稟、乞,與也。(《廣雅・釋詁》)

王念孫疏云:

> 斂爲欲而又爲與,乞、匄爲求而又爲與,貸爲借而又爲與,稟爲受
>
> 而又爲與。義有相反實相因者,皆此類也。〔註182〕

此處的「欲」——「與」、「求」——「與」、「借」——「與」、「受」——「與」就是同時存在的反向意義。三是詞義的引申而形成反義,在某些特殊情形下,詞義引申產生一個與原有義位相反的義位。例如《説文解字》:

> 廢,屋頓也。(广部,卷九)

段注:

> 古謂存之爲置,棄之爲廢,意謂存之爲廢,棄之爲置。……廢之爲
>
> 置如徂之爲存,苦之爲快,亂之爲治,去之爲藏。〔註183〕

此乃云「置」、「廢」都有「放置」及「棄去」二義。在 s 組詞例中,如「受授」、「賒貰」便是因詞義反向衍化,而形成的複合構詞實例。其餘如「買賣」、「貸貣」、「寒暖」、「教學」等皆是透過反義衍化構詞的詞例。裘錫圭曾對此諸例提出另一個角度的看法,其認爲王力在講自動詞轉變爲使動詞時,把「受」「授」、「買」「賣」、「糴」「糶」、「賒」「貰」、「貸」「貣」也包括在內是不大妥當的。因爲這些事都是一件事的兩個不可或缺的方面。既不能說授、賣等行爲在先,也不能說受、買的行爲在先,很難設想先民會有明確的「接受」、

〔註181〕詳參蔣紹愚:《古漢語詞彙綱要》(北京:商務印書館,2007 年),頁 145〜150。

〔註182〕〔魏〕張揖、〔清〕王念孫:《廣雅疏證》,頁 166。

〔註183〕〔東漢〕許慎撰、〔清〕段玉裁注:《説文解字注》,頁 77。

「買入」等概念，然後通過「受」、「買」等表示「使受」、「使買」而形成「授與」、「出賣」等概念。〔註184〕這一點是在考察同源詞反義衍化構詞時，應當要注意的邏輯問題。早在段玉裁注《說文解字》：

> 貸，施也。从貝，代聲。（貝部，卷六）

> 貣，从人求物也。从貝，弋聲。（貝部，卷六）

兩條時便提出了：

> 代弋同聲，古無去入之別。求人施人，古無貣貸之分。〔註185〕

也就是說「受授」、「賒貰」、「買賣」、「貸貣」都是一體兩面的動作，只是看代的角度剛好相反，並不能說孰先孰後，所以裘錫圭引述了楊樹達〈靜簋跋〉中的一句話：「古人言語施受不分，如買與賣，受與授，糴與糶，本皆一辭，後乃分化爾，教與學亦然。」〔註186〕並認爲梅祖麟把「受」、「買」等稱爲內向動詞，「授」、「賣」等稱爲外向動詞比較合理。〔註187〕從同族複合詞的同族關係角度視之，「受授」、「賒貰」、「買賣」、「貸貣」本爲一體兩面之語義衍化關係，故爲同一語源分化而出，而也因爲這同一語源之語義關係，使得其在進行複合構詞時自然地連用組合。

四、同族複合詞之構詞形態關係

本節則據前述之詞例，其複合結構的形態與同族之關係進行分類考察。從此組同族複合詞構詞形態觀察的結果，可分爲並列式與非並列式兩大類，茲條列詞句例如下：

（一）並列式

並列式結構的複合詞又可分爲：

〔註184〕裘錫圭：〈談談同源字典〉，《古代文史研究新探》（南京：江蘇古籍出版社，2000年），頁62。

〔註185〕〔東漢〕許慎撰、〔清〕段玉裁注：《說文解字注》，頁55。

〔註186〕詳參楊樹達：〈靜簋跋〉，《積微居金文說甲文說》（臺北：臺灣大通書局，1971年），頁191。

〔註187〕詳參〔美〕梅祖麟：〈四聲別義中的時間層次〉，《中國語文》，1980年，第6期，頁438～439。

1、動詞連用並列式

此類結合同族語義關係考察之則有同義、類義、反義三種

（1）動詞連用同義並列者

此類詞例爲同族複合詞構詞之主要方式，例如：「設施」、「施設」：

> 夜則多火，晦冥多鼓，此善爲設施者也。（《淮南子·兵略》）

> 即於宮內施設種種上妙五欲。娛樂太子。（《毘婆尸佛經》，卷上）
> 〔註188〕

又如「赦釋」：

> 以解畜憤，而反一槩悉蒙赦釋，令惡人高會而誇咤。（《後漢書·王充王符仲長統列傳第三十九·述赦篇》）

再如「伸展」，也爲動詞連用同義並列之構詞形態，句例有：

> 縣官或能證察。得吕見伸展也。（《風俗通義》）

其餘「升騰」、「升陟」、「率循」、「率遵」等也屬此類。

（2）動詞連用類義並列者

此例如：「懾愶」，以類義衍化而並列構詞者，句例有：

> 討遫濮，涉狐奴，歷五王國，輜重人眾，懾愶者弗取，冀獲單于子。
> （《史記·驃騎將軍傳》）

（3）動詞連用反義並列者

此例如：「賒貰」，乃反義相對衍生而來，動詞並列連用，反義並列：

> 是以其民淫僻而難治，其君奢侈而難諫。（《墨子·辭過》）

另有「授受」、「受授」，相關句例有：

> 宰執書告備具于君，授使者。使者受書，授上介。（《儀禮·聘禮》）

鄭玄注：

> 史展幣畢，以書還授宰，宰既告備，以授使者，其受授皆北面。

又如：

〔註188〕〔日〕日本大藏經刊行會：《大正新脩大藏經》（臺北：新文豐出版有限公司，1973年），頁666。

性之直者則有之矣。(《禮記‧少儀》)

注：

有之，有跪者也。謂受授於尊者，而尊者短則跪，不敢以長臨之。

再如：

頒衣服，授之，賜予亦如之。授之，授受班者(《周禮‧天官冢宰‧典枲》)

論曰：猶能授受惟庸，勛賢皆序。(《後漢書‧朱祐列傳》) 〔註189〕

2、名詞連用並列式

此類詞例如：「泗涕」、「涕泗」，同義並列之名詞複合詞，句例有：

涕泗滂沱。(《詩經‧陳風‧澤陂》)

又如：「所處」也屬此類，句例有：

九四或躍在淵无咎。(《易經‧乾傳》)

注：

履重剛之險而无定位所處。

又如：

師之所處，荊棘生焉。(《老子》)

3、形容詞連用並列式

此類詞例如：「少小」，為形同詞連用，同義並列者，句例如：

君子之於禮也，有所竭情盡慎，致其敬而誠若。(《禮記‧禮器》)

鄭玄注：

謂以少小下素為貴也若順也。

又云：

文子曰：楚囚，君子也。言稱先職，不背本也。樂操土風，不忘舊也。稱大子，抑無私也。

鄭玄注：

〔註189〕〔宋〕范曄、〔唐〕李賢：《後漢書》(北京：商務印書館，2006年)。

舍其近事而遠稱少小以示性所自然明至誠。（《左傳・成公九年》）

又如：「奢侈」，也爲形容詞連用同義並列式，句例如：

是以其民淫僻而難治，其君奢侈而難諫。（《墨子・辭過》）

4、動詞連用名詞化並列式

此類詞例如：「傷創」，原由「創」、「傷」二同義動詞連用，構成複合詞後則轉爲名詞使用，見句例：

又北與五校戰於眞定，大破之。復傷創甚。（《後漢書・馮岑賈列傳》）

及文襄遇害，元康被傷創重，倩珽作書屬家累事。（《北齊書・列傳》）〔註190〕

日視彼之身，察己之體，無兵刃創傷之驗。（《論衡・論死》）〔註191〕

至於陷潰創傷者，靡歲或寧，而漢之塞地晏然矣。（《後漢書・南匈奴列傳》）

（二）非並列式

非並列式則有「偏正式」與「動賓式」兩種，前者有「掃帚」，動名連用轉化爲名詞性質，句例如：

一手捉掃帚糞箕，一手捉把筅，亦問家消息。（《幽明錄》）〔註192〕

火旣著，即以掃帚撲滅，仍打之。（《齊民要術・大小麥第十・瞿麥附》）〔註193〕

也有句類義衍生關係，形容詞、名詞連用轉化爲名詞之「深潭」：

漁者爭處湍瀨，以曲隈深潭相予。（《淮南子・原道》）

縣南有落星山，山有懸水，五十餘丈，下爲深潭。（《水經注疏・沔水下》）〔註194〕

〔註190〕〔隋〕李百藥：《北齊書》（臺北：藝文印書館，1950 年）。

〔註191〕〔東漢〕王充：《論衡》（臺北：臺灣古籍出版社，2000 年）。

〔註192〕〔宋〕劉義慶：《幽明錄》（臺北：廣文書局，1989 年）。

〔註193〕〔魏〕賈思勰：《齊民要術》（上海：商務印書館，1935 年）。

〔註194〕〔北魏〕酈道元、〔清〕楊守敬：《水經注疏》（臺北：臺灣中華書局，1971 年）。

深潭下無底。高岸長不測。(梁武帝蕭衍〈登北顧樓〉詩)

此外「死尸」之構詞，類義衍化，「死」修飾「尸」，爲偏正式構詞，句例有：

然則人固有尸居而龍見。(疏)言至人其處也若死尸之安居，其出也
似龍神之變見(《莊子・天運》)

「動賓式」構詞形態者如「生性」，其爲類義衍化關係，構成複合詞後有名詞化
之性質，句例有：

只是孩兒有一件病，生性好吃口酸黃菜。(元喬吉〈兩世因緣〉，第
一折)〔註195〕

李家兄弟生性不好，回鄉去必然有失。(《水滸傳》，第三八回)

〔註196〕

觀察 s 組的構詞形態與其同族關係，可以印證出同族複合詞之構詞的多呈現同
義並列的結構，而此形態在義位的引申與分化上，較之非並列式來的靈活，就
以詞詞序形態而言，並列結構彼此較少相互牽制，而同素異序詞的形態在並列
結構中存有一定的數量，不過構詞上定型複合的發展，逐漸也會固化這些可異
序的同義複合詞，例如詞例中的「率循」、「率遵」、「升騰」、「升陟」便逐漸定
型成「率 X」、「升 X」的複合形態。只是在同族詞的性質影響之下，這些並列
式及非並列式的複合詞構詞組成，還是存在著一定的條件，主要是同族詞詞群
的詞源義必然存在對應性，例如「庳」之「屋卑」，對應其語源「卑」，如「宮
室卑庳」(《左傳・襄公三十一年》)之「卑庳」，便呈現出複合詞在語源上的對
應性。此外同族關係也在複合化形態上，顯現出字形相關性，例如「奢」之籀
文「奓」與同族詞「侈」，便可以從其共同偏旁——「多」，考慮其語源音義之
關係，這一點如「掃帚」、「受授」等，同族複合詞在構詞形態較之其他非同族
關係之複合詞，多了字形相關聯性，可以進行內部分析，此爲「右文」觀念在
詞彙研究上的一個體現。

　　同族複合詞的研究，從上述材料之探討，大抵可以看出幾點現象。首先詞
彙的同族關係雖然可以上推至 6000 年前，〔註197〕但是構詞上複合化的時代卻

〔註195〕〔元〕喬吉：《喬吉集》(太原：山西人民出版社，1988 年)。

〔註196〕〔元〕施耐庵：《水滸傳》(臺北：三民書局，1972 年)。

〔註197〕詳參〔美〕梅祖麟：〈漢藏比較研究和上古漢語史〉，《歷史語言學研究》(北京：

晚至戰國以後才開始產生，到了東漢大抵上變逐漸停滯。本文認爲箇中原因是由於戰國至東漢爲訓詁發展蓬勃的年代，此時期的訓詁內涵有強烈的探索語原之目的。因爲這是站在經典詮釋的立場上，崇古復古，進而識古還要能釋古。再者，在這些訓詁活動中，常用字詞的運用與通行，發揮了很大的作用，所以訓詁活動中產生很多隱含著同族關係的同義、類義、反義詞彙，這些詞彙在音義上的構詞能力很強，最重要的是在當時語言發展環境中，這些同族詞的出現頻率很高（因具常用字詞的性質），所以相對地在構詞的語言心理也會利用這些常用詞彙，進行複合詞的組合。

　　複合化因素之一乃由於文明的發展，使得語義需要更豐富、精確的詞彙來表述思維，而這還不足以說明同族複合詞爲何也加入了複合化構詞的潮流之中，但是時間卻沒有維持得很久。其中原因爲何？其實可以從同族複合詞本身在複合詞發展史與訓詁發展史上所對應的角色推知。因爲透過複合詞本身的構詞型態可以了解到，複合詞本身的不必然需要具有音義關係的同族詞組合而成。具同族詞性質的複合詞只是複合構詞前期的構詞樣貌，因爲具有語原的關係，且時而呈現在訓釋詞中，所以容易被用爲複合構詞材料的來源。再者其並列形態是複合詞類型剛開始發展的樣貌，隨著有些詞變成詞素，有些詞產生詞性轉化和限制效果，動賓、偏正、聯合等等詞彙樣態不斷演化，加上詞序的變化，相對受限於並列式的同族複合詞已經無法跟上複合構詞的腳步，反而本身只存在同義關係的同義詞構成複合詞的形態變化較靈活，後來更產生一些來源於多個語素卻又不能按一般語義結構規則分析的「非理複合詞」，這些都比同族複合詞更能有效地提供複合構詞的需要，所以同族詞雖然很早就加入複合化構詞的潮流，但是時間並不長久。

商務印書館，2008 年），第一輯。